DU MÊME AUTEUR

Aux Éditions Gallimard

TON VISAGE DEMAIN / I. FIÈVRE ET LANCE, 2004
TON VISAGE DEMAIN / II. DANSE ET RÊVE, 2007
TON VISAGE DEMAIN / III. POISON ET OMBRE ET ADIEU, 2010
LE ROMAN D'OXFORD (Folio nº 4401)
L'HOMME SENTIMENTAL (Folio nº 4402)
CE QUE DIT LE MAJORDOME (Folio nº 4644)
UN CŒUR SI BLANC (Folio nº 4720)
LITTÉRATURE ET FANTÔME (Arcades nº 97)
DEMAIN DANS LA BATAILLE PENSE À MOI (Folio nº 5006)
COMME LES AMOURS, 2013
DANS LE DOS NOIR DU TEMPS (Folio nº 6237)
SI RUDE SOIT LE DÉBUT, 2017
BERTA ISLA, 2019
VIES ÉCRITES (Arcades nº 119)
MAUVAISE NATURE (Folio nº 6685)
TOMÁS NEVINSON, 2022

Aux Éditions Rivages

QUAND J'ÉTAIS MORTEL

Du monde entier

JAVIER MARÍAS

LES DOMAINES DU LOUP

roman

PRÉFACE DE L'AUTEUR

Traduit de l'espagnol
par Marie-Odile Fortier-Masek

GALLIMARD

Titre original :
LOS DOMINIOS DEL LOBO

Préface

En juin 1969, au terme de ma première année d'université, alors que je n'avais que dix-sept ans, je fis une escapade à Paris. Cette escapade n'avait rien de dramatique et n'était aucunement le résultat d'une sérieuse prise de bec avec mes géniteurs. Rien à voir non plus avec une discipline de fer à laquelle j'aurais pu être soumis à l'époque. Et moins encore avec une quelconque mainmise sur ma volonté vacillante qui m'aurait attiré là-bas par des promesses de richesse ou d'amour. À ce moment déjà, Paris n'évoquait plus guère de tels rêves. À vrai dire, je l'associais au cinéma plutôt qu'à la liberté, c'est donc à cause du cinéma que je me suis enfui.

Je crois qu'à peine quelques semaines plus tôt j'avais décidé d'écrire un roman dont l'action se déroulerait en Amérique du Nord. Toutefois il ne s'agissait pas d'une Amérique réelle, aussi ne m'est-il jamais venu à l'esprit d'aller l'écrire aux États-Unis, méfiant que je suis à l'égard des méthodes à la Zola. Mes moyens limités ne me l'auraient d'ailleurs pas permis : j'avais déjà assez de mal à me rendre à Paris. Je venais de gagner mes premiers émoluments en malmenant la traduction de scenarii de films d'horreur en collaboration avec mon cousin Carlos

Franco. Ce travail, qui faisait appel à une main-d'œuvre bon marché, nous avait été obtenu par le truchement d'un oncle commun, le réalisateur Jesús Franco, qui, en ces années-là, avait tourné plusieurs versions de *Dracula* et de *Fu-Manchu* avec un Christopher Lee sur le déclin. Qui plus est, mon oncle habitait Paris.

Il y avait à Paris la très célèbre Cinémathèque d'Henri Langlois, et je connaissais l'existence de nombreux cinémas d'art et d'essai qui, selon les règles imposées par la nouvelle vague et les *Cahiers du cinéma*, programmaient à tour de bras les films américains des années trente, quarante et cinquante. Cela allait être (et l'était déjà, en fait) mon matériau principal, aussi estimai-je que ce que j'avais de mieux à faire pour écrire le roman que j'avais en tête, c'était de passer un certain temps dans le seul endroit au monde où je serais en contact permanent avec ledit matériau.

Mes parents n'eurent pas d'objection de principe à ce voyage. Mais si c'était une chance que mon oncle Jesús vécût à Paris, c'était une malchance qu'un autre de mes oncles s'y trouvât également. Ce deuxième oncle – un parent éloigné, que je connaissais tout juste – était l'attaché naval de l'ambassade d'Espagne dans la capitale française ; c'est chez lui que mes parents décidèrent de m'envoyer, supposant que je mènerais ainsi une vie bien réglée et sous contrôle. J'envisageais cette vie éventuelle comme aussi stricte que celle d'un sous-officier, tandis que mon oncle Jesús m'offrait son appartement pour moi seul, puisqu'il allait passer l'été à filmer dans un autre pays. Mais Jesús Franco – plus connu sous le nom de Jess Frank – était loin d'être bien vu par ma famille. En effet, non seulement il se spécialisait dans les films d'horreur, mais c'était aussi un réalisateur prolifique de films pornographiques.

Mes parents redoutaient précisément ce qui, moi,

m'attirait, à savoir vivre seul chez un pornographe de réputation internationale, tout frère et beau-frère qu'il fût pour eux. Entre loger chez un attaché naval et être hébergé par un pornographe accompli, mon choix était clair, mais mes parents, eux, s'opposèrent carrément à cette dernière option. Le bras de fer prit fin le jour où, n'y tenant plus, je décidai de prendre la clé des champs.

J'avais déjà rédigé plusieurs pages de mon projet de roman lorsqu'un jour de juillet, je montai, à l'insu de tous, dans un train pour Paris. Je confiai à mon cousin un petit mot destiné à mes parents dans lequel je les informais de ma fugue, et ce petit mot – conformément à mes instructions – ne devait leur être remis qu'après dix heures du soir, heure à laquelle mon train franchirait la frontière. Je ne me souviens pour ainsi dire pas du voyage – si ce n'est de cet aimable Tchèque qui m'avait offert de partager son casse-croûte –, mais je me souviens du « ouf » de soulagement que j'avais poussé à notre arrivée en territoire français.

Je passai un mois et demi à Paris, menant une vie tout en contrastes. D'une part, j'avais à ma disposition un appartement aussi vaste que confortable, à proximité des Champs-Élysées – 15, rue Freycinet –, doté d'un salon où s'imposaient un piano à queue blanc et des étagères pleines à craquer de revues érotiques. D'autre part, fauché comme les blés ou presque, je gardais les trois sous que je gagnais sans vergogne pour des places de cinéma ; l'un des souvenirs les plus marquants de ce séjour est sans doute celui de mes fréquents repas se réduisant à un sandwich à la moutarde (sans même la saucisse traditionnelle) au milieu du salon érotique. Ce n'est qu'à l'occasion de la semaine que mon cousin Carlos passa avec moi en août que mon régime s'améliora. Carlos avait, lui aussi, décidé de faire une fugue, mais elle avait été de courte durée et ses parents, alors en vacances, ne s'en aperçurent même pas. Non seulement sa venue renfloua un peu nos finances, mais sa présence se traduisit par une deuxième source de revenus.

À l'époque, j'osais gratter la guitare et entonner des chansons de Bob Dylan et autres chanteurs du même genre, au défi de tout diapason. Je passais mes matinées parisiennes à la maison, où j'écrivais avec discipline, passion et innocence le livre que vous avez entre les mains. L'après-midi, fidèle à mon objectif de m'immerger dans la source qui me stimulait, j'allais de cinéma en cinéma. Le soir venu, ma guitare muette, j'avais la muflerie de m'approcher des terrasses des Champs-Élysées et de déranger un instant les paisibles citoyens qui y étaient assis pour leur demander « un petit quelque chose pour un étudiant », tombant ainsi dans tous les lieux communs de l'époque. Quand mon cousin m'eut rejoint, nous leur proposâmes aussi ses dessins, étalés sur le trottoir. Aujourd'hui, mon cousin Carlos Franco est un peintre dont la cote ne cesse de croître, je me demande si les généreux passants qui ont alors acheté ses œuvres pour cinq francs l'une ont eu la patience de les conserver.

Au cours du mois et demi où j'ai survécu à Paris à coups de sandwichs à la moutarde, j'ai vu – je n'oublierai jamais ce chiffre – quatre-vingt-cinq films, pas tous américains, je l'avoue. Et je n'ai rien acheté. À mon retour, le roman était presque terminé, et je crois qu'au mois d'octobre j'y avais mis le point final. L'idée d'essayer de le publier ne m'avait pas traversé l'esprit, je me contentais donc de le prêter à des amis qui me firent part de leurs commentaires et prirent plaisir à le lire. Fort de certains conseils, je lui ai fait subir de nombreuses modifications et de non moins nombreuses coupes (environ quatre-vingts pages ont sans doute été supprimées), ce qui explique que la date de publication indiquée à la fin de l'ouvrage soit le mois de janvier 1970.

J'ai raconté à haute voix, mais non par écrit, comment j'en suis venu à publier *Les domaines du loup*. À vrai dire, je n'avais pas encore retenu un titre lorsque j'ai fait la connaissance de Vicente Molina Foix, qui devait publier une anthologie de poésie, et peu après, de Juan Benet. Au cours de l'année universitaire 1969-1970, je me suis mis à fréquenter à Madrid un endroit où se retrouvaient, le soir, le monde du cinéma et celui des lettres et qui, par bonheur, n'était pas le Café Gijón. Certains soirs, une bande de copains se rendait sur le Paseo de Recoletos tout proche et, sur ce trottoir sans merci, je commettais l'imprudence d'effectuer sauts périlleux et pirouettes, un art pour lequel j'étais beaucoup plus doué que pour la guitare. Mon goût pour l'argent gagné dans la rue fit que Molina et Benet devinrent quasiment mes agents et désormais, seul un public de plus en plus nombreux, ayant dûment contribué au préalable à une collecte, eut droit à mes acrobaties. J'ai toujours soupçonné Molina et Benet – mais surtout Benet – de m'avoir exploité pendant cette courte période saltimbanque mais, quoi qu'il en soit, la part que je recevais suffisait pour me ramener chez moi en taxi. Mes managers improvisés ne tardèrent pas à découvrir qu'en plus de pirouetter, j'écrivais ou, du moins, j'avais écrit un roman. Tous deux l'ont lu et l'ont aimé. Molina finit par lui trouver un titre ; quant à Benet, il se chargea de la publication. C'est pourquoi *Les domaines du loup* leur est dédié.

De nos jours, plus personne n'est scandalisé de voir l'action d'un roman espagnol se dérouler en Allemagne, au Tibet ou dans le sud de la France, mais en 1971, année de la parution des *Domaines du loup*, de nombreux

Espagnols exigeaient encore que les romans témoignent des réalités du pays et contribuent à la chute du dictateur. *Les domaines du loup* a été bien accueilli par certains critiques et écrivains, qui y ont vu assez d'ironie, de maturité narrative et de potentiel imaginatif pour qu'il ne soit pas juste classé comme une simple fantaisie de jeunesse ; d'autres m'ont toutefois reproché de ne pas avoir abordé la dure réalité espagnole, de ne pas m'être inspiré de ce monde qui est le mien, de ne pas être parti de mon propre vécu, au lieu de créer un monde fictif, étranger au nôtre. À vrai dire, à dix-sept ou dix-huit ans, je n'avais guère d'autre expérience de la vie que celle acquise dans une salle de cinéma ou en lisant dans un fauteuil. Mais il y avait autre chose.

J'ai dit plus tôt que j'avais écrit ce roman avec candeur. Je devrais ajouter que je l'ai surtout écrit avec insouciance. S'il y a eu de ma part plus d'insouciance que de candeur, c'est parce que le jour où j'avais décidé de m'enfuir à Paris, il était bien clair pour moi que je ne voulais pas *nécessairement* écrire sur l'Espagne, pas plus que je ne voulais être *nécessairement* perçu comme un romancier espagnol. Les raisons de ce rejet (aussi global qu'injuste) étaient d'ordre littéraire et politique, mais ce n'est pas ici qu'il convient de les expliquer ou de les réfuter. Je veux juste attirer l'attention sur le fait que ce mépris initial pour ce qui est espagnol (dans la mesure où on l'assimile de façon simpliste au franquisme), je le partageais avec la plupart de ceux de ma génération – la première née après 1939 –, comme je n'ai pas tardé à le découvrir. Contrairement à ce que l'on a pu dire, cette génération littéraire fut tout aussi engagée politiquement que la précédente, à la seule différence que, pour la première fois depuis bien longtemps, elle a fait ce qui aujourd'hui nous paraît une évidence : elle a mené sa lutte politique dans les salles de cours des universités, lors de réunions clandestines, dans de sombres sous-sols, dans des courses folles à travers champs ou dans la rue, talonnée par la police montée, mais jamais dans des livres. Pour la simple raison qu'aucun de nos modèles littéraires n'avait écrit de littérature *engagée*.

Maintenant que je viens de relire *Les domaines du loup* pour la première fois depuis sa parution, en vue de cette réédition, je suis reconnaissant qu'en 1971, cet ouvrage ait bénéficié de l'attention sans concession de certains critiques et écrivains car, s'il m'a semblé acceptable pour une réimpression, je pense que cela est dû, moins à un précoce talent littéraire de ma part, qu'au fait qu'il *ne traite pas* de ma réalité de l'époque. Il y a de longs passages dont je ne me souvenais plus, pas même quand je les relisais, ils sont si totalement étrangers au contexte de ma vie actuelle que j'ai pu les parcourir en toute objectivité et sans rougir ; certaines pages – les meilleures – ne m'ont même pas semblé avoir été écrites par moi ni être caractéristiques de celui que j'étais à l'époque. Aussi ne me reste-t-il plus qu'à réaffirmer rétrospectivement ce que je pressentais en cet été 1969 : le romancier qui débute doit être attentif au choix de ses modèles car, qu'il le veuille ou non, il dépendra d'eux pour ses premiers pas. Et je crois me souvenir que Goethe l'a dit encore plus clairement : « Faites attention à ce que vous voulez être quand vous serez grands, car vous pourriez fort bien le devenir. »

Le texte qui suit est à peu près le même que celui qui a été publié en 1971, il y a seize ans. Les livres sont, j'estime, écrits une fois pour toutes, et je n'ai jamais aimé voir un adulte manipuler les jouets d'un enfant sans son consentement, surtout quand celui-ci n'est plus en mesure de le donner. Voilà pourquoi je me suis contenté, pour diverses raisons, de changer quelques chiffres et une douzaine de noms propres (anecdotiques, pour la plupart), de remédier à certaines impropriétés et de supprimer nombre de virgules qui, si obligatoires soient-elles, aujourd'hui me dérangent. L'enfant, lui, était, assurément, plus respectueux de la syntaxe.

Javier Marías,
février 1987

LES DOMAINES DU LOUP

Pour Juan Benet
et Vicente Molina Foix

That was the year
the small birds in their frail and delicate battalions
committed suicide against the Empire State,
having, in some never-explained manner,
lost their aerial radar, or ignored it.
That was the year
men and women everywhere stopped dying natural deaths.
The aged, facing sleep, took poison;
the infant, facing life, died with the mother in child-birth;
and the whole wild remainder of the population,
despairing but deliberate, crashed in auto accidents
on roads as clear and uncluttered as ponds.

Edwin Rolfe

La famille Taeger, composée de trois fils, Milton, Edward et Arthur, et d'une fille, Elaine, du grand-père Rudolph, de la tante Mansfield et de M. et Mme Taeger, commença à se disloquer en 1922, alors qu'elle vivait à Pittsburgh, en Pennsylvanie.

Âgé de vingt ans, Edward avait presque achevé ses études d'histoire à l'université. Il ne lui restait plus qu'une année et il voulait se marier sitôt son diplôme en poche. Son père, Davison Taeger, était architecte, il gagnait bien sa vie, et sa préoccupation majeure, tout autant que celle de son épouse, était de jouir d'une position sociale respectable et d'être considéré comme l'un des fleurons de l'élite de Pittsburgh. À l'époque, il y était déjà parvenu et il donnait tous les mois une réception à laquelle se pressaient plus de deux cents invités. C'est à l'occasion de l'une de ces soirées que commença la déchéance de la famille.

La tante Mansfield, sœur de Mme Taeger et veuve d'Archibald Mansfield, homme aux ambitions sénatoriales, victime d'un accident d'avion en 1919, avait, apparemment, fort bien accepté la mort de son mari, et ne s'était jamais laissée aller au cours de ces trois années à une crise de larmes ou d'hystérie. Toutefois, le soir dans sa chambre, quand personne ne la voyait, elle sortait d'un tiroir fermé à clé une petite photo de son époux devant laquelle elle priait comme si c'était l'image d'un saint. Elle l'embrassait ensuite pendant un long moment, puis elle se couchait. Aucun membre de la famille n'était, bien sûr, au courant de ce rituel, d'où leur ahurissement face à ce qu'il advint lors de la réception de novembre 1922.

Cette année-là, il n'avait pas été possible d'organiser celle du mois d'octobre, car M. et Mme Taeger avaient passé l'été en Europe, d'où ils étaient rentrés fort tardivement, aussi la réception de novembre célébrerait-elle leur retour et permettrait-elle d'accueillir, du même coup, le nouveau gouverneur de l'État de Pennsylvanie, M. Ramsay Gilman, un homme de quarante-cinq ans promis à un brillant avenir.

Discrète et digne comme toujours, la tante Mansfield n'assistait que très occasionnellement à ces soirées, se contentant de s'asseoir sur un canapé, de saluer aimablement les invités et de cancaner avec Arthur, son neveu préféré. Ce soir-là, elle pressentit toutefois qu'il allait se passer quelque chose de merveilleux, tant et si bien que, toujours escortée d'Art, elle s'efforça de participer plus activement à la soirée, se mêlant aux invités jusqu'à accepter trois ou quatre danses. Elle se remettait dans un fauteuil d'une valse épuisante quand on annonça l'arrivée du gouverneur de l'État. Une foule se rua vers la porte et entonna une petite chanson de bienvenue, composée par l'Association des dames de Pittsburgh, et qui disait, grosso modo :

Welcome, welcome, Mr Gilman,
Welcome, welcome to the town.
We all think that you are a good man
'Cause you're always dressed in brown.

« (Bienvenue, bienvenue, monsieur Gilman.
Bienvenue dans cette ville.
Nous sommes sûrs que vous êtes un type bien
Vous qui êtes toujours habillé en marron.) »

Là-dessus, tous éclatèrent de rire et rentrèrent. En écoutant cette chansonnette, la tante Mansfield avait glissé à son neveu :

— Je me demande comment M. Gilman peut tolérer ce genre de plaisanteries. Archie était plus sérieux, lui. Jamais il n'aurait laissé quoi que ce soit ternir son image. Il aurait aisément été élu sénateur.

M. Gilman fit son entrée, entouré d'une cour d'admirateurs. Grand, robuste, mais distingué, l'homme avait les cheveux tout blancs, sans aucun signe de calvitie. Vêtu d'un costume de circonstance dans les tons bruns très foncés, il tenait une badine. En le voyant, M. Taeger s'approcha et lui tendit la main, puis il entreprit de lui présenter les autres membres de la famille. Pendant que l'hôte souscrivait à la bienséance, la tante Mansfield pâlit et son regard se fixa sur la silhouette de M. Gilman. Quand vint son tour de lui être présentée, le gouverneur s'approcha d'elle et lui offrit la main, la tante Mansfield se leva brusquement de son fauteuil et lui prit les doigts pour les baiser avec une ostensible ferveur. M. Gilman l'observa, éberlué, s'efforça de sourire et dit :

— C'est trop d'honneur, je ne suis qu'un gouverneur.

La tante Mansfield fit la sourde oreille et s'exclama :

— Te voilà enfin de retour !

— Et là-dessus, elle s'effondra dans son fauteuil, morte.

Aucun de ceux qui étaient présents ne comprit au juste ce qu'elle avait voulu dire, quant à M. Gilman, il se sentit coupable des années durant, et jamais il n'osa contredire la famille Taeger sur quelque terrain juridique ou administratif que ce soit, si bien qu'au cours des trois années qui suivirent Davison Taeger fut le véritable gouverneur de l'État.

Le décès de la tante Mansfield et, plus encore, le fait que l'on en ignorât la cause engendrèrent certaine tension entre les membres de la famille et entraînèrent la fuite d'Arthur, le plus jeune des quatre enfants, à Los Angeles. Une semaine après la mort de sa tante, il se rendit au bureau de son père et lui dit :

— Papa, je veux te parler sérieusement. Tu sais ce que représentait pour moi la tante Mansfield et combien sa disparition m'a affecté. Que ce soit la maison ou la ville, tout ici me la rappelle et me cause une constante souffrance, voilà pourquoi je veux partir. À Los Angeles.

M. Taeger ne voulut rien entendre sous prétexte qu'il y avait déjà eu un scandale dans la famille et qu'il ne pouvait se permettre le luxe d'en avoir un autre. Art ne répondit rien mais, trois jours plus tard, il disparut de la maison sans même laisser un mot et l'on n'entendit plus parler de lui pendant cinq ans.

Tout en effectuant de vaines recherches, la famille cacha au monde l'absence d'Arthur jusqu'à ce que cela ne soit plus possible en raison des incessantes questions des voisins et connaissances. Elle leur expliqua alors que le jeune homme s'en était allé à Providence pour y terminer ses études supérieures et intégrer l'université du Rhode Island. Le mensonge ne servit à rien car Arthur envoya des cartes postales à tous ses amis de Pittsburgh en leur disant la vérité, bientôt tout le monde fut au courant. Les Taeger feignaient d'ignorer que les gens s'étaient rendu compte de la fuite d'Arthur pour ne pas avoir à donner d'explications à ce sujet. Ils perdirent ainsi de leur prestige et devinrent la cible de moqueries et de ragots. M. et Mme Taeger, Elaine et le grand-père Rudolph se sentaient humiliés et il leur devenait de plus en plus pénible de supporter cette situation. Le fiancé d'Elaine, Warren Murchison II, un jeune homme de bonne famille, la plaqua sous un prétexte quelconque mais, de toute évidence, en raison des moments difficiles que traversaient les Taeger. De même les membres du club Brantome, le cercle le plus huppé de la ville, auquel appartenait le grand-père Rudolph, refusèrent-ils, deux semaines de suite, de le saluer. Fort vexé, ce dernier rendit sa carte de membre. La situation devint critique et la réception prévue pour marquer le mois de décembre, qui en général était la plus courue de l'année, ne réunit que cinquante-trois invités. Après cela, et de sa propre initiative, la famille délaissa les mondanités, dans l'attente qu'un coup de chance lui redonne son ancien prestige et lui permette à nouveau de briller en société. Toutefois, et grâce à l'influence qu'il exerçait sur le gouverneur, M. Taeger s'efforçait de se venger de ceux qui proféraient les critiques les plus virulentes contre sa famille.

Milton et Edward, les deux fils aînés, étaient, au contraire, très heureux. Ils étaient ravis que leur plus jeune frère se soit enfui et que leurs parents, à l'égard desquels ils éprouvaient une vive antipathie, soient l'objet de plaisanteries et de commérages. La vie d'Edward se limitait à étudier et à se promener sur le campus avec sa fiancée, Kathie Lonergan. Milton, lui, avait déjà achevé ses études de droit et, en attendant d'avoir son propre cabinet, il travaillait le matin en tant qu'assistant et secrétaire de M. L. Q. Finnerty, l'un des ténors du barreau national, et il lui restait du temps pour se consacrer aux innombrables petites amies qu'il embobinait et à des parties nocturnes dans les bas quartiers.

Ce fut Milton qui aggrava la situation familiale aux yeux de la société le jour où il décida qu'il était, lui, un homme intelligent et que, par conséquent, il devait gagner sa vie sans le moindre effort. Il conçut un plan et il choisit sa victime.

Malgré leur déchéance, on continuait à inviter les Taeger à quelques réceptions et, en mars 1923, les Kerr en donnèrent une en l'honneur de leur fils Max, tout juste de retour à Pittsburgh après un tour du monde en radeau. Sitôt entrés, on les emmena dans une petite pièce tapissée de coupures d'à peu près toute la presse américaine titrant : « Max Kerr arrive à San Francisco », « Max Kerr boucle son tour du monde en radeau » ou « Grand triomphe de Max Kerr et de son radeau, *Fiona* ». Davison et Grace Taeger, tout aussi envieux qu'Elaine et le grand-père Rudolph, se contentèrent d'un commentaire méprisant censé parvenir aux oreilles de Fiona Kerr, la mère de Max, la plus orgueilleuse de tous. Milton, au contraire, s'approcha, tout miel ; après avoir félicité le fils et ses heureux parents, il prit Max à part et lui dit :

— Écoute, Max, entre nous, deux anciens camarades de fac, dis-moi, combien elle t'a payé, la boîte qui fabrique les radeaux pour toute cette publicité ?

Max était un jeune aussi solide qu'athlétique, mais il n'était pas très futé. De six ans plus âgé que Milton, il avait terminé ses études en même temps que lui. Il répondit, fier comme un paon et sans la moindre réticence :

— Tu ne le croiras pas, Milt, mais rien de moins que dix mille dollars. Pas si mal, hein ? À vrai dire, compte tenu de la somme, le risque en a valu la peine. Qui plus est, finalement, le risque passe, on l'oublie, alors que les billets, ça s'oublie pas.

Milton fit une moue dédaigneuse et il lança :

— Dix mille, pas plus ? Voyons, Max, tu es d'une naïveté désarmante ! Tu t'es fait escroquer, innocent que tu es. Tu sais combien une marque de maillots de bain a payé cet Anglais qui, il y a deux ans, a traversé dix fois de suite à la nage un célèbre lac en Angleterre ?

— Non, répondit Max, qui commençait à déchanter.

— Le double, vingt mille, en livres sterling, répondit Milt, et d'ajouter en constatant la désillusion de Max : Et tu ne peux plus rien y changer, n'est-ce pas ? Je suppose qu'hélas, tu as dû déjà signer tous les documents et contrats avec la marque qui a cautionné cet exploit.

— Oui, répondit Max, sous le choc.

Sa joie s'en était allée, il semblait anéanti. Milton se tut brièvement pour lui donner le temps de bien se rendre compte qu'on l'avait grugé et qu'il avait loupé un sacré magot. Il sourit, lui donna une tape amicale sur l'épaule.

— Bon, Max, dit-il, ne te rends pas malade pour ça. Tu peux investir tes dix mille dollars dans une affaire et gagner une fortune.

— Mais, dans quoi ? l'interrompit Max, consterné. J'y connais rien en affaires, moi, je saurais pas m'y prendre.

Milton attendit avant de poursuivre tout en se tripotant le menton comme s'il réfléchissait.

— Max, dit-il enfin, peut-être que par la suite je m'en voudrai, mais nous sommes de bons amis et je ne veux pas te voir comme ça après une telle prouesse. Je vais te rendre un service. J'ai un tuyau de dernière minute qui n'a pas encore filtré, pas même à la Bourse. Ils seront, à coup sûr, au courant lundi matin. Aujourd'hui, on est vendredi, il est donc encore temps d'investir ton argent avant que ce fameux tuyau ne soit crevé. Tu verras que la valeur des actions de la Compagnie des chemins de fer du Nord-Est va prendre deux cents pour cent du cours actuel. Qu'est-ce que tu en penses ?

Le visage de Max s'illumina.

— C'est sûr, Milt ? Personne n'en sait encore rien ? Comment le sais-tu, toi ?

— C'est le genre de question que l'on ne pose pas, Max, mais c'est sûr. Et à l'heure qu'il est, personne n'en a la moindre idée. Mais tu dois acheter les actions à New York, au siège social. C'est mieux, c'est plus sûr. Et tu dois te dépêcher, sauter dans le train. Ils ferment le samedi après-midi et ne rouvrent que le lundi.

Max fit à nouveau grise mine.

— Oh ! Je ne peux pas, Milt, dit-il. Comment veux-tu que je quitte une réception en mon honneur ? Mes parents ne me le pardonneraient jamais.

— Débrouille-toi pour que quelqu'un y aille à ta place, l'interrompit Milton.

— Mais qui ? dit Max en regardant autour de lui. – Ne trouvant personne, il ajouta : Pourrais-tu y aller toi-même ? S'il te plaît ! En plus, tu es avocat et tu t'y connais dans ce domaine. Rappelle-toi qu'à la fac j'étais plutôt nul.

— C'est bon, Max. J'irai, mais pas un traître mot à qui que ce soit, pas même à tes parents. Qu'un riche investisseur ait vent de l'affaire et elle te filera sous le nez. Compris ? File-moi le fric. Il y a un train dans une heure et demie, je vais essayer de le prendre.

Ils montèrent dans la chambre de Max sans prêter attention à la mère de ce dernier venue réclamer la présence de son fils pour raconter ses aventures aux invités. Max ouvrit un tiroir d'où il prit dix mille dollars, en espèces, si étonnant que cela puisse paraître. Il les remit à Milton qui les fourra dans sa veste et ils descendirent.

— Très bien, Max, dit Milton, je serai de retour dimanche soir.

— Parfait. Merci pour tout, Milt. Je te le revaudrai.

— Je t'en prie. Au revoir.

— Au revoir, Milt.

Milton alla voir sa mère pour lui dire qu'il rentrait à la maison, car il se sentait très fatigué. Là-dessus, il sortit. Une fois chez lui, il se rendit dans sa chambre, se hâta de faire ses valises, emporta toutes ses affaires, y compris certaines qui appartenaient à Edward, et commanda un taxi. Quand la voiture arriva, Milton était déjà devant la porte. À la gare, il acheta un billet pour Chicago. Après une heure et demie d'attente, il monta dans le train et partit.

Bien entendu, constatant le lendemain que Milton manquait à l'appel et que ses vêtements avaient disparu, Mme Taeger alla trouver Max pour lui demander s'il savait quelque chose et de quoi ils avaient parlé la veille au soir. Surpris de savoir que Milton avait emporté toutes ses affaires, Max lui raconta. Aussitôt, son père se renseigna sur le cours des actions de la Compagnie des chemins de fer du Nord-Est et il découvrit qu'il n'avait pas bougé et qu'il ne fallait pas s'attendre à une hausse de ces valeurs avant longtemps. Cet épisode contribua dans une très large mesure à proscrire quasi définitivement la famille Taeger de la haute société de Pittsburgh. À la maison, la situation était non moins déplorable : M. Taeger, d'une humeur massacrante, passait ses journées à travailler dans son bureau et ses soirées à essayer de trouver, mais en vain, une piste qui le mènerait à Arthur ou à Milton ; son épouse ne savait que faire, mais elle n'avait eu d'autre solution que de se faire radier de l'Association de dames patronnesses dont les activités avaient rempli sa vie depuis de nombreuses années ; le grand-père Rudolph passait son temps à boire et à fumer dans un fauteuil à bascule tout en maugréant sur la dégradation et l'avilissement des êtres au fil des ans, établissant des comparaisons entre ses petits-enfants, son fils et lui-même. Elaine attenta par deux fois à ses jours, elle y parvint à la seconde. Elle laissa chaque fois une lettre à peu près identique, si bien que sa mort ne fit aucun effet sur ses amis, ce qui était, en fin de compte, ce qu'elle souhaitait. Disons que ce fut maladroit.

Seul M. L. Q. Finnerty, l'ancien patron de Milton, passait de temps en temps les voir. C'était le seul ami qu'il leur restait et ils lui étaient sincèrement reconnaissants de ses visites. Edward, que ni les malheurs familiaux ni même le suicide de sa sœur, pour laquelle il éprouvait une véritable aversion, ne semblaient avoir affecté, échoua aux examens de fin d'année, il dut refaire son année et il laissa tomber sa fiancée, Kathie Lonergan, pour une autre femme.

Chaque jour, à la sortie des cours, Kathie attendait Edward ; tous deux allaient se promener en ville ou s'asseoir sur un banc. Edward essayait d'obtenir d'elle un peu plus que des baisers, mais Kathie s'y refusait. Presque tous les amis d'Edward se moquaient de lui : Kathie devait être sans aucun doute la fille la plus chaste de la fac. Edward le savait, et même si cela le gênait, il l'acceptait, car elle était sa première conquête féminine et pour rien au monde il n'aurait voulu la perdre. Autant Milton et Arthur étaient attirants et bien faits de leur personne, comme leur mère, autant Elaine et Edward étaient vraiment des plus ordinaires, comme leur père. Ils en avaient été complexés toute leur vie, aussi avaient-ils choyé et jalousement surveillé toute conquête. Edward n'avait aucune envie qu'il lui arrive la même chose qu'à sa sœur et, tant que Kathie restait à ses côtés, il encaissait les moqueries de ses camarades qui l'appelaient « puceau ».

En mai 1923, peu avant les examens, Kathie Lonergan contracta une hépatite, le médecin lui interdit les visites. Edward l'appelait souvent, mais il ne pouvait la voir. Passant ses journées à travailler, il avait besoin de se distraire à la fin des cours. C'est ainsi qu'il fit la connaissance de Rosanna, une serveuse italienne, dans un bar à hot-dogs fréquenté par les autres étudiants où Larry Lane, son meilleur ami, l'avait emmené un soir.

Ils entrèrent, commandèrent de la bière et un sandwich ; Rosanna, la serveuse, resta plantée là à regarder effrontément Edward :

— Il est nouveau, celui-là, n'est-ce pas, Larry ?

— Oui, répondit ce dernier. Rosanna, je te présente mon ami, Edward Taeger. Eddie, je te présente Rosanna.

Rosanna devait avoir dix-neuf ans. Elle était plate comme une limande, mais elle avait une jolie silhouette et elle était très drôle. Elle parlait et flirtait avec tous les étudiants. Elle avait failli se fiancer à Luke Sanford, l'athlète le plus populaire de l'université, mais elle l'avait plaqué, car il passait plus de temps à jouer au rugby et au basket qu'avec elle ; à présent, elle n'avait pas de copain attitré. Edward et Larry restèrent avec elle jusqu'à l'heure du dîner et, au moment de partir, Rosanna s'approcha d'Edward et lui glissa :

— Vu que tu es nouveau, un baiser, voire plus – et elle fit courir un ongle le long de sa colonne vertébrale.

Edward ressentit un léger frisson, ce qui lui plut. En rentrant chez lui, il se dit que Kathie Lonergan ne lui avait jamais rien fait de semblable et que, sans doute, elle ne savait même pas comment faire.

À partir de ce jour, il alla très souvent trouver Rosanna, l'emmenant même, de temps en temps, au cinéma ou se promener. Il s'aperçut qu'en dépit de Luke Sanford et des baisers langoureux avec les autres étudiants, elle était très pudique, qu'elle adorait les fleurs et avait soif de s'instruire. Quand Edward se rendit compte de son attrait pour la culture, il commença à l'initier à l'histoire et à l'art. Elle s'y intéressait et appréciait la compagnie d'Edward.

Ils finirent par sortir tous les soirs, Kathie Lonergan en eut vent. Elle appela Edward.

— Eddie, dit-elle, je veux que tu me dises franchement ce que représente pour toi cette Italienne. Ça ne me plaît pas que tu passes tout ce temps avec elle, non pas pour toi, mais parce que ce serait fort déplaisant que l'on aille raconter que tu m'as abandonnée pour une serveuse. Je refuse qu'il en soit ainsi, je te demande donc de mettre les choses au clair afin que ce soit moi qui rompe notre engagement et que ma réputation demeure intacte. Je ne veux pas que la fange de ta famille m'éclabousse du même coup. Il ne manquerait plus que tu épouses une serveuse d'origine italienne pour que c'en soit fini de tes parents. Par conséquent, dis-moi ce que tu penses faire, pour que je sache à quoi m'en tenir et que je puisse ainsi prendre la décision qui me sera le moins préjudiciable, même si j'estime que continuer avec toi après les histoires de tes frères suffit pour qu'aucun garçon ne veuille plus me parler. Je ne te l'ai jamais dit, Eddie, mais si je ne t'ai pas laissé tomber après les histoires d'Art et de Milt, c'est parce que ça me faisait de la peine que tu te retrouves seul, mais je vois que tu n'es pas aussi timide et vulnérable que je l'imaginais et que tu peux te dégoter d'autres femmes, par conséquent, fais-moi tout de suite part de tes plans avec cette fille.

Edward n'apprécia pas du tout ces propos. Il trouva que Kathie était une bécasse qui n'en valait pas la peine et que Rosanna était cent fois mieux qu'elle, aussi répondit-il par un mensonge :

— Oui, je vais l'épouser, Kathie. Maintenant tu es au courant. Je n'ai fait ma demande qu'aujourd'hui et elle m'a répondu oui, j'avais l'intention de t'appeler ce soir pour te l'annoncer et te le faire comprendre afin que tu ne m'en veuilles pas, mais tu m'as devancé et peu m'importe ce que tu penses de moi. Je l'aime et je vais l'épouser, tu piges ?

— Oh ! s'exclama Kathie, et elle raccrocha.

Edward resta assis sur la chaise, tranquille et serein, prenant la mesure de ce qu'il venait de faire et se demandant comment y remédier. Ses amis sauraient dès le lendemain qu'il allait épouser Rosanna, il devait donc lui faire sa demande avant qu'elle ne l'apprenne et démente la nouvelle. Il monta dans sa voiture et se rendit au bar des hot-dogs. Rosanna était de service. En le voyant entrer, elle le salua gaiement. Edward lui saisit la main, la fit sortir et la fourra vite fait dans le véhicule.

— Que se passe-t-il, Eddie ? Laisse-moi, il faut que je reste ici, dit-elle, une fois dans la voiture.

— Tais-toi, dit Eddie en lui mettant le doigt sur les lèvres. Réponds-moi par oui ou par non. Veux-tu m'épouser ?

Elle le regarda sans surprise et dit tout calmement, dans un petit filet de voix :

— Oui.

Edward poussa un soupir de soulagement.

— Rentrons le dire à tout le monde, déclara-t-il.

Edward et Rosanna annoncèrent officiellement leurs fiançailles dans ce bar et ils se marièrent un mois plus tard, alors qu'Edward n'avait pas achevé ses études. Il décida de refaire son année, de se mettre à travailler loin de la ville et il s'en alla à l'université du Delaware avec son épouse.

Ce mariage fut le coup de grâce pour les Taeger. Qui aurait pu imaginer la subite disparition des quatre enfants de la famille en l'espace de six mois ? Davison Taeger resta encore trois ans à Pittsburgh, jusqu'à ce que Ramsay Gilman perde les élections et quitte sa charge de gouverneur. Pendant ce temps, il s'affairait dans l'ombre, en s'efforçant de se faire oublier. Désœuvrée, Grace, son épouse, se mit à aller seule au cinéma et à fréquenter les pubs des bas quartiers, où aucune de ses connaissances ne pouvait la croiser. Elle commença à suivre tous les hommes qui l'approchaient quand elle était saoule et à ne pas rentrer dormir chez elle. Au début, Davison essaya de comprendre, se disant qu'il était logique qu'une femme qui avait perdu ses quatre enfants de façon aussi brutale et insolite fût perturbée et n'eût pas conscience de ce qu'elle faisait. Mais c'était juste une excuse pour ne pas prendre de décision. Il n'eut pas à en prendre car, un soir, Grace ne rentra pas, pas plus qu'elle ne rentra le lendemain. Cela n'était jamais arrivé : pas une seule fois Grace ne s'était absentée plus d'une nuit. Inquiet et furieux, Davison partit à sa recherche dans les pubs du quartier sud où elle avait ses habitudes. Il apprit qu'elle était sortie du café Foster avec un haltérophile du nom de Joe Buchanan. On lui donna l'adresse de Buchanan, il s'y rendit. Il trouva l'homme étalé sur son lit avec une gueule de bois pas possible. Chauve, la cinquantaine, l'homme était obèse. Quand Davison lui demanda s'il avait vu sa femme, il répondit :

— Nous sommes restés ici tous les deux jusqu'à trois heures du matin. Là-dessus, Tom Baron, un de mes amis, est arrivé et elle lui a dit qu'elle le préférait à moi. Je m'en fichais pas mal, qu'il se la garde. Elle a déclaré qu'elle voulait quitter la ville pour de bon, Tom a accepté. Je les ai emmenés à la gare dans ma camionnette, ils ont pris un train en direction de je ne sais trop quelle ville de l'Ouest, je ne m'en souviens pas. Elle a parlé de vous. Elle a dit qu'elle ne voulait plus vous voir, parce que vous la blâmiez du regard à longueur de journée et ça, elle ne tolérait pas ça. Elle a ajouté qu'elle ne pouvait vivre avec un homme qui lui faisait des reproches et qu'elle n'avait aucune intention de revenir. Mais vous connaissez les femmes... Elles disent une chose et elles en font une autre. Elle reviendra, vous verrez, mon ami, ne vous inquiétez pas.

Mais Davison en avait ras le bol et malgré tout ce que Joe Buchanan pouvait lui dire, il savait que son épouse ne reviendrait pas, et que si elle revenait, il ne la reprendrait pas et demanderait le divorce.

Compte tenu de l'isolement dans lequel vivait la famille depuis le mariage d'Edward, le départ de Grace Taeger ne parvint pas aux oreilles citadines. Davison se consacra à son travail avec plus d'ardeur que jamais, s'efforçant de se laisser absorber par l'architecture. Le vendredi soir, M. Finnerty venait souvent dîner avec lui et le grand-père Rudolph, et les trois passaient un très bon moment. C'étaient des soirées plutôt agréables au cours desquelles M. Finnerty leur racontait par le menu ses dernières interventions à la tribune. Ces discussions éveillèrent chez le grand-père un certain intérêt pour les romans policiers et la criminologie. Il achetait tous les journaux du matin et du soir et découpait avec minutie les pages des faits divers. Il rassemblait le plus possible d'éléments sur l'affaire la plus intéressante de la semaine et tentait de la résoudre. Il y parvenait difficilement mais, pour peu que l'un de ceux sur lesquels portaient ses soupçons fût incarcéré, il jubilait et passait plusieurs jours d'excellente humeur. Il se passionnait tant et si bien pour les crimes que vint un jour où il décida d'en commettre un et de mettre la police et les criminologues au défi de l'élucider. Il choisit pour victime la propriétaire d'une pâtisserie de son quartier. Cela se passait à la Noël 1925 et ce fut ce qui, hormis la défaite électorale de Gilman, incita Davison Taeger à quitter Pittsburgh.

Le grand-père Rudolph savait que Mlle Curzón, la pâtissière, vivait seule dans une petite chambre non loin de la boutique et qu'elle ne dormait pas avant une heure du matin car elle lisait. Jusque-là, elle continuait à servir les clients qui, à l'aube, n'affluaient pas. Il élabora minutieusement son plan et décida de le mettre à exécution le 23 décembre. Ce jour-là, il dit à Davison qu'il avait prévu de jouer aux cartes avec des amis et qu'il ne dormirait pas à la maison. Arrivé à la pâtisserie, il sonna. Il attendit quelques minutes et Mlle Curzón apparut en robe de chambre et bigoudis.

— Ah ! C'est vous, monsieur Taeger, dit-elle, que désirez-vous ?

— Bonsoir, mademoiselle Curzón, dit le grand-père d'une voix solennelle. Je me suis permis l'audace de vous apporter un petit cadeau de Noël. Oh ! rien du tout. Histoire de boire une coupe ensemble.

Et il sortit de sous son manteau une bouteille de champagne.

— Oh ! vous n'auriez pas dû vous déranger, vous êtes trop aimable, monsieur Taeger, dit Mlle Curzón, et elle ajouta, en s'effaçant pour le laisser entrer : Passez, je vous en prie.

— Vous n'auriez rien à manger, par hasard ? Quelque chose comme... un gâteau ? demanda le grand-père Rudolph, espiègle, et il se mit à rire.

Mlle Curzón rit à son tour, et de tout aussi bon cœur. Poursuivant la plaisanterie, elle répondit qu'elle allait voir, avant de descendre dans sa réserve. Quand elle remonta, le grand-père Rudolph était confortablement installé dans un fauteuil. Il avait débouché la bouteille et versait le champagne dans de petites tasses en porcelaine blanche.

— De l'alcool dans des tasses, commenta-t-il, on prétend que ça lui donne bien meilleur goût.

Il en tendit une à la vieille demoiselle et but l'autre d'un trait.

— Comment vont les affaires, mademoiselle Curzón ? demanda-t-il.

— Assez bien, comme toujours. Vous savez que dans ce domaine les ventes ne varient guère, répondit-elle. – Elle se tut, puis ajouta : Les enfants sont mes meilleurs clients. Ils achètent toujours pour dix cents de caramels à la framboise.

— Je vois. Vous boirez bien une autre tasse, mademoiselle Curzón, dit le grand-père, et il la resservit. Essayons ces gâteaux à la pomme que vous faites si bien, parce que ceux à la pomme, c'est vous-même qui les faites, n'est-ce pas ?

Mlle Curzón rougit légèrement et acquiesça.

— Vous êtes trop aimable, monsieur Taeger.

— Bah ! Ce n'est rien que la vérité, répondit le grand-père en prenant de grands airs condescendants, puis il ajouta : Voudriez-vous que nous jouions à quelque chose, mademoiselle Curzón, que nous représentions, par exemple, une scène tirée d'une pièce de théâtre ?

— Si vous voulez, monsieur Taeger. Mais je n'en connais pas, c'est la vérité.

— Ne vous inquiétez pas. Je vous dirai ce que vous devez faire. Vous allez voir que ça va vous plaire. Allons, asseyez-vous dans ce fauteuil et faites semblant de dormir. Je me charge du reste. Je suis votre mari et je vais vous faire une surprise. Vous avez travaillé toute la journée et vous êtes épuisée, vous vous êtes même endormie. Moi, je rentre du bureau. C'était jour de paie et je vous rapporte un cadeau. Je vous laisse libre de réagir à votre guise quand je vous le donnerai. On va voir quel genre d'actrice vous êtes. Asseyez-vous. Parfait. Prête ? Ne dites rien avant que je vous parle, compris ?

— Oui, répondit Mlle Curzón, déjà assise, les yeux fermés.

— Bon, on y va.

Le grand-père Rudolph alla jusqu'à la porte. Il tira un couteau de la poche de sa veste et s'approcha d'elle par-derrière. De la paume, il lui couvrit les yeux, avant de faire glisser soudain sa main jusqu'à la bouche tout en lui enfonçant le poignard dans le sein gauche. Mlle Curzón émit un son étouffé, elle ouvrit les yeux. Le grand-père Rudolph sortit l'arme et vérifia que Mlle Curzón était morte. Il se rendit alors à la cuisine, où il prit des couteaux de tailles diverses. Il retourna dans la petite pièce et les planta un à un dans le trou qu'avait fait son poignard pour que l'on ne sache pas avec quelle sorte d'arme la pâtissière avait été assassinée. Il ramassa ensuite les tasses et les assiettes, les lava et les essuya, puis il nettoya avec un mouchoir les objets qu'il avait touchés. Il remit tout en place, ni vu ni connu. Il prit la bouteille de champagne et, quelques minutes plus tard, il était dans la rue. Personne ne le vit sortir. Il lui avait fallu moins d'une demi-heure pour accomplir tout ça.

Il rentra chez lui fort satisfait et dit à son fils qu'en cinq paris il avait perdu tout l'argent qu'il avait sur lui et que s'il y avait bien une chose qu'il n'aimait pas, c'était de se retrouver là en spectateur à la table de jeu. Il était minuit moins le quart.

Deux jours plus tard, la nouvelle parut dans les journaux. Comme à l'accoutumée, le grand-père Rudolph les acheta tous. On ne trouvait aucune explication à cet assassinat. On pensait à un homme pris de folie meurtrière, à Ford Curzón, le neveu de la pâtissière, mais on ne tarda pas à constater qu'il avait mis le cap sur l'Australie trois mois plus tôt, aussi n'existait-il pas de suspect. On prétendait que l'assassin était un sadique qui se serait acharné, plantant l'arme à de nombreuses reprises. On ne savait pas quelle avait été l'arme du crime, on parlait d'une hache, d'un poignard, d'un clou, d'un pic à glace. Le grand-père Rudolph ne se tenait plus de joie. Il se sentait heureux et l'être le plus intelligent du monde. Dès qu'il vit M. Finnerty, il lui demanda ce qu'il pensait de l'affaire et ce dernier lui répondit qu'en vérité il ne savait qu'en penser. Il ne voyait là que le geste probable d'un déséquilibré. Il ne trouvait personne qui eût des raisons d'assassiner Mlle Curzón et d'après lui cela demeurerait l'une de ces énigmes que l'on ne résout jamais. Voilà qui ne manqua pas de flatter le grand-père Rudolph, il passa deux semaines de très bonne humeur. Mais les gens et les journaux se lassèrent de l'affaire et on ne mentionna plus la mort de Mlle Curzón. Le grand-père le vécut très mal tout en mourant d'envie de se confier à quelqu'un qui l'admirerait pour son ingéniosité. Un beau jour, n'en pouvant plus, il le raconta par le menu à M. Finnerty qui le complimenta, mais le lendemain la police se présenta chez le grand-père avec un mandat d'arrêt. Seul et unique témoin à charge, M. Finnerty ne put assumer la défense, mais son disciple le plus brillant l'accepta, sous sa direction, et obtint que l'on ne condamne l'aïeul qu'à vingt ans de prison, ce qui, dans son cas, signifiait la perpétuité, car le grand-père avait déjà plus de quatre-vingts ans.

La nouvelle mit la ville en émoi et la fuite de Mme Taeger apparut au grand jour. Accablé, renvoyé de son travail de crainte que l'assassinat fût une tare familiale et pour éviter d'entacher le nom de l'entreprise de construction, Davison plia bagages et s'en alla à Saint-Louis. Jamais on ne sut à Pittsburgh ce qu'il advint des membres de la famille Taeger, à l'exception d'Arthur, d'Edward et de Milton qui, eux, parviendraient à la célébrité.

Quand Osgood Perkins se retrouva sans travail pour la onzième fois en moins d'un mois, il en conclut que, pour vivre dans l'État du Mississippi, il n'était pas nécessaire de travailler, d'autant plus que tous les emplois possibles étaient vraiment fastidieux, régis par des horaires très stricts et des patrons qui vous donnaient des ordres aux moments les plus inopportuns.

Il avait fait le tour de toutes les stations-service des environs de Mendenhall, de la plupart des épiceries de la ville, de toutes les églises où il n'y avait personne pour balayer, jouer de l'orgue ou chanter les psaumes d'une voix claire et puissante que suivrait le chœur, mais aucun de ces emplois ne lui avait plu et il les avait tous abandonnés au bout de quelques jours.

Il se remit donc à vagabonder le long du fleuve, comme il l'avait fait toute sa vie, se nourrissant de ce qu'il chapardait dans les fermes voisines, jusqu'au jour où on le surprit dans celle de Mme Woodthorpe, alors qu'il emportait les pneus de la voiture de la dame pour les peindre et les revendre en qualité d'objets décoratifs modernes, ce qui lui valut un mois derrière les barreaux.

Cet épisode essentiel changea sa vie.

Quand on le flanqua dans une cellule collective, il tomba directement sur un vieillard à l'abondante barbe blanche, emplumé et déguenillé, coiffé d'un gigantesque sombréro, qui lui dit tout de go :

— Tiens, tiens ! Tu as fini par arriver, crétin. Tu en as mis du temps ! Où étais-tu passé ? Aurais-tu succombé à d'enjôleuses sirènes, imbécile, va !

Osgood était pour le moins étonné, mais il n'osait ni l'insulter ni riposter au cas où ce vieillard eût été son grand-père qu'il avait recherché par monts et par vaux de ses quatorze à seize ans, après la mort de son père, un populaire pionnier de la chanson qui, durant une vingtaine d'années, s'était intéressé aux slows du Sud, avec son ami, Jason O'Hara. Ledit paternel était mort pour avoir injurié, un jour où il était de méchante humeur, une vieille habitante d'une petite ville proche de Savannah, dont le fauteuil roulant, poussé par un colosse noir, l'empêchait de passer. La femme, qui n'était autre que la grand-mère Gladstone, et, à l'époque, l'aînée de l'une des familles les plus notables, les plus patriciennes et les plus influentes de l'État de Géorgie, l'accusa de tentative d'assassinat, et Nehemiah Perkins fut lynché. Du coup, Osgood alla vivre avec Jason et son fils, Templeton, jusqu'au jour où il se dit qu'il devrait partir à travers tout le pays, à la recherche de son grand-père Emil, et rester auprès de lui jusqu'à la fin de ses jours. Il ne savait rien de lui, si ce n'est qu'il avait vécu quelque temps dans l'Arkansas avec son épouse avant de disparaître sans rien dire, et qu'on l'avait aperçu une fois à Louisville. Qu'importe, il partit à sa recherche et dès qu'il voyait un vieillard, il lui demandait s'il s'appelait Emil Perkins l'Intrépide. Mais aucun ne répondait jamais à ce nom et quand il atteignit l'âge de seize ans, il finit par se lasser et cessa de poser la question, même si elle lui revenait à l'esprit sitôt qu'il croisait un vieillard barbu ou en redingote. Voilà pourquoi il ne répondit pas au vieil homme de la prison et attendit qu'il lui adresse à nouveau la parole.

— Ça fait trente ans que je t'attends, lui dit le vieux, les yeux rivés sur lui, et qui soudain, s'emporta : Pourquoi as-tu mis si longtemps à grandir ? On ne t'a donc pas donné de lait ? Quand on sait qu'on vous attend on se hâte d'arriver. Bon, c'est vrai que tu n'en savais rien ; en fin de compte, c'est pas ta faute à toi. – Il se tut, respira bien à fond, et ajouta, en retirant son chapeau d'un geste comique : Je m'appelle Owen MacPherson et je suis de Bâton-Rouge. On me connaît également sous le nom d'Owen The Deer. À une époque, j'ai été prophète et enquêteur, jusqu'à ce que j'en aie plein le dos. Après ça, je me suis retrouvé pompier, violoniste, sprinteur et érudit, ce que je suis à présent. Toutefois, au temps où j'étais prophète, je suis parvenu à la conclusion que seul un jeune aux cheveux noirs et aux yeux marron qui me tomberait dessus en me faisant mal aux genoux pourrait être mon héritier et mon domestique tant que je serais en vie. J'ai attendu tout ce temps-là que ça arrive. J'ai été jusqu'à huiler personnellement la roue du destin, mais peine perdue. Rien de rien, jusqu'à ce jour. Je me réjouis que tu aies fini par arriver, idiot.

Osgood était enchanté. Il se leva et se présenta :

— Je suis Osgood Perkins, de Mendenhall, Mississippi. J'ai roulé ma bosse dans l'Arkansas, le Tennessee, la Géorgie et la Louisiane. J'ai eu un père et un grand-père, mais j'ai jamais rien su au sujet de ma mère ni de ma grand-mère. Ravi de vous connaître, j'en suis très flatté.

C'est ainsi qu'Owen MacPherson entra dans la vie d'Osgood Perkins.

À partir de ce jour, les deux prisonniers furent inséparables. Au bout de trois semaines, Osgood sortit de prison pour bonne conduite et, un mois plus tard, le vieillard le rejoignit. Osgood l'attendait dans une péniche abandonnée sur les rives du fleuve. Le vieil homme, qui exigeait qu'il l'appelle « docteur », lui raconta tout ce qu'il savait. Osgood se contentait de prêter une oreille enthousiaste, sans jamais se lancer dans de grandes discussions avec lui.

— Jamais tu ne trouveras un homme foncièrement bon, ni un homme foncièrement méchant, Osgood. En revanche, tu trouveras des femmes foncièrement bonnes ou des femmes foncièrement méchantes. La seule classification que tu pourras établir quand il s'agit des hommes est celle des érudits et des non-érudits. Les érudits sont l'élite. Pour en être, il suffit de savoir regarder, observer, écouter et assimiler. Point n'est besoin de savoir lire, écrire ni étudier. Tu as des hommes qui passent le plus clair de leur vie à lire et qui, à leur mort, doivent être classés parmi les non-érudits. Je ne te dis pas non plus qu'il ne faille pas lire. Quant aux femmes, tu n'auras d'autre solution que de les répartir entre bonnes et méchantes et aussi entre laides et belles, mais ça, c'est déjà secondaire. Disons qu'en définitive elles se réduisent à de bonnes ou de méchantes choses, rien d'autre. Je n'ai jamais rencontré une femme avec laquelle je me sente autant à l'aise qu'avec un homme. Avec une femme, on ne peut être à l'aise que dans l'intimité, encore faut-il qu'elle se taise. Elles sont franchement stupides et pour peu que, pardessus le marché, elles soient méchantes, alors c'est fichu. En réalité, je les hais. Elles te prennent toujours tout, elles t'exploitent jusqu'au trognon, elles te retiennent malgré toi et tu sais pourquoi ? Pour la simple raison qu'elles ont des seins. Les seins, c'est des petites merveilles, pas vrai ? Mais c'est absurde. Le temps que tu te libères de l'influence de leurs nichons, tu constates que tu as perdu la moitié de ta vie, lové entre eux, et qu'en réalité ça n'en valait vraiment pas la peine. Tu as perdu un temps précieux pour une bêtise, et là n'est pas le pire : le pire, c'est que tu as beau le savoir, tu retombes toujours entre moult seins accueillants. Devine combien de temps il m'est arrivé de rester ainsi enchaîné ? Deux ans. Elle habitait San Francisco. Elle s'appelait Cicely Willingham et elle était brune. Elle avait les yeux verts, on aurait dit une actrice. Née en Angleterre, elle avait une drôle de façon de parler, on la comprenait à peine. C'était là un avantage, mais elle était bourrée de manies. Oui, elle était ni plus ni moins maniaque. Elle ne se nourrissait que de tomates et de glaces, et elle exigeait, oui, elle passait son temps à exiger des tas de choses qu'il m'était impossible de lui donner. Mais j'aimais ses numéros de cirque : elle jonglait, faisait le poirier, parvenait à équilibrer quatre assiettes sur deux perches, avalait des cigarettes allumées, maîtrisait tous ces arts et m'offrait des séances spéciales et privées. Elle se produisait dans une boîte de nuit, chantait de surcroît et se déhanchait au rythme du mambo. On la présentait sous le nom de Cicely l'Enjôleuse. Et enjôleuse, elle l'était : elle m'enjôla deux années durant avec ses seins et ses talents. Je trouvais ça génial, mais il m'était impossible d'entamer une conversation avec elle sur quelque sujet que ce fût, chats, fleurs ou berceaux. Impossible. Elle ne voulait pas. Elle voulait juste faire la fête, se goinfrer de tomates et de glaces. Qui plus est, elle se lassa de moi. C'est vrai, crois-moi, elle se lassa d'Owen MacPherson The Deer, et elle me flanqua à la porte pour un type de Chicago du nom de Milt Taeger, un riche et célèbre gangster. Pouah ! Deux ans de ma vie pour en arriver là. Je m'en fus et compris que les femmes n'en valaient pas la peine, qu'elles étaient une perte de temps, mais je revenais toujours vers elles. Pas moyen de faire autrement. Faut être fichtrement érudit pour éviter ce genre de dégâts et je veux que tu le deviennes vite, maintenant que tu es encore jeune. Tu seras mon héritier, Os. Tu verras, oui tu verras tout ce que nous ferons quand nous sortirons d'ici. Nous serons heureux. Nous vivrons près du fleuve et nous passerons nos journées à parler, à pêcher, à éviter les femmes. Bonnes ou méchantes, bien faites ou non, nous les éviterons toutes autant qu'elles sont.

Il lui apprit d'interminables listes de mots qu'il ignorait ainsi que de nombreuses insultes qui sonnaient fort bien. Il se mettait parfois en colère, invectivait les policiers et les autres prisonniers, y compris Osgood qui, lui, ne bronchait pas. Il leur reprochait de ne pas comprendre, d'être incultes, d'abuser de sa confiance. De quoi enchanter Osgood, qui admirait le vieux en qui il voyait son maître et protecteur. En échange de ses enseignements, il l'autorisa à jouer du banjo qui avait appartenu à Nehemiah, son père, un instrument dont il ne se séparait jamais. Il lui apprit un tas de chansons dans lesquelles il était question de Moïse, de Noirs trimant dans les plantations et de déconvenues amoureuses.

Le vieil homme séjournait encore en prison quand mourut un détenu auquel il n'avait que rarement adressé la parole et cela à seule fin de lui donner un ordre. Il s'agissait d'un Noir plus âgé, un dénommé Josh, qui avait écopé de deux ans de prison pour avoir, en état d'ébriété, agressé un policier. Toujours seul dans son cachot, l'homme ne parlait qu'au vieillard, quand ce dernier lui demandait quelque chose, et il semblait lui vouer une véritable admiration. On ne sut pas de quoi au juste l'homme était mort ou du moins on en cacha la raison aux autres détenus. Certes, l'homme avait un air maladif, mais deux ou trois jours avant son décès, un policier l'avait sorti de sa cellule et l'avait roué de coups. Josh était revenu le visage tuméfié, strié de balafres et d'estafilades encore récentes, mais cicatrisées, et avec deux dents en moins. Tous les prisonniers avaient ri et s'étaient bien moqués de lui, à l'exception d'Osgood, qui avait un bon fond et qui, avec la permission de The Deer, l'avait pris à l'écart pour le consoler. Dès lors, même s'il ne parlait pas davantage et devenait de jour en jour plus faible et plus taciturne, le Noir regardait souvent l'endroit où se tenaient en permanence Osgood et MacPherson, leur adressant un sourire imperceptible, empreint de tendresse et de reconnaissance.

Le jour de sa mort, congestionné, secoué de spasmes, il les appela à grand renfort de gestes exprimant son impuissance et sa détresse et il leur raconta, avec bien des difficultés, une histoire non dénuée d'intérêt. Il leur dit qu'en Louisiane, au XIXe siècle, avait vécu un saint homme noir, connu sous le nom de Saint Patrick le Bouseux, si vite oublié par ceux-là mêmes qui l'avaient côtoyé que l'on ne retrouvait aucune trace de son existence. Cet homme avait passé les cent deux ans de sa vie à faire la charité, à prêcher sur les berges des rivières, dans les plantations de tabac ou les champs de coton et à s'efforcer de comprendre pourquoi les hommes se comportaient aussi mal. En récompense pour son zèle, il avait reçu, de saint Patrick en personne, dix mille dollars en or qu'il avait refusés bien qu'ils lui eussent été remis par le saint homme, missionné par le Seigneur : il estimait qu'un jour ou l'autre quelqu'un les mériterait plus que lui et pourrait les utiliser de façon plus appropriée et au profit d'un plus grand nombre de personnes. Il avait donc caché ce magot dans un énorme chêne, à une douzaine de miles d'une ville du nom de Houma, proche de Morgan City, en direction de l'Isle Dernière, assez près de la côte. Josh avait trouvé l'endroit, mais il n'avait pu repartir avec l'or, compte tenu du poids et faute de savoir où l'entreposer, aussi l'avait-il laissé sur place et s'en était-il retourné à Houma en quête d'une charrette ou d'une brouette, bien décidé à revenir le lendemain au petit jour. Mais ce soir-là, dans l'euphorie qui suivit sa découverte, il acheta des bouteilles et s'enivra. Il était là qui courait dans les rues, étreignant les femmes et débitant des inepties, quand il frappa avec une bouteille le policier qui l'interpellait. Le soir même, on l'emmena à la prison où il resta détenu jusqu'à sa mort.

Grisé par cette histoire, Osgood se mit à échafauder des plans pour se rendre à Houma, à la recherche du trésor de Saint Patrick le Bouseux, dès sa sortie de prison, mais quand il lui en fit part, le vieil homme le rabroua vertement :

— Voyons, Osgood, quel crétin tu fais ! Tu ne vas pas me dire que tu as cru toutes les fariboles que ce nègre moribond t'a racontées ! Ces trucs-là, ça n'existe pas, ce sont des légendes ou juste des mensonges de Noirs fanatiques et superstitieux. Je n'ai jamais entendu parler de ce Bouseux et rappelle-toi, à moins que tu ne l'aies déjà oublié, que je suis un érudit. S'il avait existé, je le saurais, moi.

— On le sentait pourtant vraiment sûr de lui quand il disait ça, balbutia Osgood.

— Oh ! Ils sont pas nés de la dernière pluie, ces Noirs ! Ils s'y entendent pour vous duper, mais ne va pas les croire, jamais. Ils mentent comme ils respirent et la plupart du temps par simple plaisir, parce qu'ils aiment ça. Bah !

— Mais ça nous coûte rien d'essayer, docteur, insista Osgood. Nous pouvons nous rendre à Houma quand on sortira de taule, et s'il y a rien, on revient, un point c'est tout.

Cette fois, le vieil homme sentit la moutarde lui monter au nez.

— Osgood, tu me déçois ! À quoi t'a servi tout ce que je t'ai enseigné ? Moi, je m'évertue à faire de toi un érudit et toi, tu n'apprends rien. Tu es mon élève et tu devrais, au point où nous en sommes, savoir distinguer la vérité du mensonge. En outre, nous avions décidé d'aller vivre au bord de la rivière, pour parfaire ton éducation et pêcher. Je me dis que tu n'es peut-être pas l'élu, et si c'est le cas, je vais devoir t'abandonner, idiot que tu es. Qu'est-ce que tu as cru ? Si tu veux continuer avec moi, il va falloir que tu me promettes de ne plus mentionner cette affaire-là, de l'oublier.

Effrayé par la menace de perdre son maître, Osgood consentit et demanda pardon au vieux, l'assurant qu'à l'avenir il ne le décevrait plus.

Ainsi l'histoire de Josh fut-elle provisoirement oubliée.

À sa sortie de prison, Owen MacPherson se rendit à la péniche, amarrée aux berges du Mississippi entre Bâton-Rouge et Hammond, qu'il connaissait déjà et où l'attendait Osgood.

Il trouva la péniche très changée, toute propre, et Osgood bronzé et radieux.

C'est ainsi qu'ils commencèrent à vivre ensemble. Osgood se levait de bonne heure puis, assis sur le porche à contempler le fleuve, il taquinait le goujon en prévision du petit déjeuner de The Deer avant de faire une courte promenade, de façon à être de retour quand le vieux se réveillerait. Ce dernier lui parlait de tout ce qu'il savait et lui racontait les histoires de personnes qu'il avait connues. L'un des récits qu'il apprécia le plus fut celui d'un petit monstre new-yorkais prénommé Gospel. Le vieil homme le lui conta un jour de pluie.

— Gospel était un sadique, mais il s'amusait beaucoup. À vrai dire, il était plutôt monstrueux, à mi-chemin entre l'homme-loup et Quasimodo, dont je t'ai déjà parlé.

« Il devait avoir environ deux ans quand il avait été recueilli à la porte d'un orphelinat par trop charitable, mais il était fort difficile de lui donner un âge car, dès cinq ans, il était assez moustachu pour avoir l'air d'un nain. À vingt ans, il avait beaucoup grandi et mesurait un mètre cinquante. Enfant, il se complaisait à maltraiter les gens, surtout les vieilles femmes et les religieuses qui s'occupaient de lui à l'orphelinat.

« Parmi ses hauts faits de l'époque figurent l'incendie d'une ferme et l'effondrement d'un mur en construction sur un orphelin, condamné depuis à ne plus se relever d'un lit auquel il est sanglé, car il est parfois saisi de crises de rage, après le coup qu'il a reçu dans son enfance. Je tiens à préciser que Gospel, surnom qu'on lui attribua assez peu judicieusement à l'orphelinat, était doté d'une force peu commune, ce qui permet de concevoir qu'il ait pu faire s'écrouler un petit mur.

« Gospel était intelligent et astucieux, personne ne sut qu'il était l'auteur de ces forfaits : ils avaient tout l'air d'accidents. Enseignants et médecins ne voyaient en lui qu'un pauvre diable borné et introverti. Ils lui apprirent à se servir d'une hache et à couper du bois avec une remarquable dextérité afin qu'il trouve du travail le jour où il ne serait plus sous leur tutelle. Mais ce que Gospel aimait par-dessus tout, c'était danser. Il raffolait des films de Fred Astaire, qu'il imitait.

« De sa vie, il n'eut qu'un seul ami : un gros mollasson, retardé mental qu'il dominait, qui l'emmenait à cheval, jusqu'au jour où Gospel apporta des éperons qu'il lui planta dans la chair. Jamais plus il ne remonta à cheval et il se sentit très seul.

« De toute évidence, si, à l'orphelinat, il pouvait presque toujours faire ses quatre volontés, il se sentit opprimé, emprisonné quand il le quitta, à l'âge de vingt ans, pour travailler dans une exploitation forestière où l'on n'avait pas le droit de faire tomber des arbres sur le crâne de ses compagnons. Voilà pourquoi il n'y resta pas longtemps, s'échappa et alla vivre dans un hôtel ; c'est alors que commença vraiment sa vie de criminel.

« En son premier jour de liberté, il sortit avec un des fouets de sa collection et fouetta un gamin en costume marin, lui infligeant de graves lésions. Comme on le poursuivait, il grimpa sur un toit et fit tomber une cheminée sur ses poursuivants, causant un mort et plusieurs blessés.

« Au point où nous en sommes de cette histoire, il convient de préciser que, dans le fond, Gospel était un bon bougre, il faisait le mal pour son profit car il s'amusait, sans jamais se rendre compte qu'il faisait du mal aux autres, loin de là.

« Il se plaisait à danser avec un bâton comme Fred Astaire. Ce bâton lui servit toutefois à exterminer un gros laideron qui prenait le soleil sur un banc, profitant d'un de ses moments d'oisiveté du dimanche après-midi.

« Gospel ne tomba amoureux qu'une seule fois dans sa vie et il essaya de violer la femme en question, sans y parvenir.

« Gospel fut arrêté et liquidé en décembre, à la Noël, par la faute d'une religieuse qui le dénonça, il avait vingt-quatre ans au compteur. Il s'écroula, criblé de balles, au pied d'un sapin de Noël. Et la seule phrase que balbutia cet homme, muet de naissance, même s'il comprenait et entendait ce qu'on disait, fut : “Quel plaisir !”, tout en caressant l'une des boules vertes de l'arbre. Là-dessus, il cria quelque chose d'inintelligible, avant de trépasser.

The Deer lui raconta bien d'autres histoires, dont celle de Christopher Fox, un marin irlandais qui, au XIXe siècle, arriva à San Francisco à bord du *John Forbes-Richardson* et qui s'éprit tant et si bien de cette ville que, contraint de la quitter, il se mua en un petit ornithorynque dont personne ne s'expliquait la présence sur le bateau, avant d'être déclaré mascotte officielle et protectrice, prompte à détourner les tempêtes et les écueils. Il semblerait que l'ornithorynque ait accompli sa mission de son vivant.

Ou l'histoire de Richard Francis Gemmell, originaire du Minnesota, qui, un jour, avala d'une traite deux cents abricots sans boire une goutte d'eau et survécut. Ou encore celle de Duffy Orbison, de tout temps le plus bel homme qui existât, aux dires du vieillard, et qui finit par se suicider car, où qu'il allât, les femmes, fussent-elles jeunes, enfants ou vieillardes, essayaient de l'embrasser et de l'étreindre. Il parcourut presque tout le pays, fuyant d'un village à l'autre, sans qu'on le laisse jamais tranquille, tant il était beau. Il se donna la mort sur une petite plage de Floride où il arriva, un soir, à l'insu de tous. Il se jeta dans la mer et on le retrouva le lendemain matin à moitié nu sur le sable. Beaucoup le prirent pour la réincarnation de quelque dieu mythologique et on l'incinéra.

Ces histoires étaient le passe-temps préféré du vieil homme qui ne cessait d'en affirmer l'authenticité, tout en riant d'une façon qui laissait planer le doute. Osgood ne savait qu'en penser. Elles lui semblaient farfelues, certes, mais il refusait d'envisager une seconde que son maître pût mentir. Bref, elles l'enchantaient et il en redemandait.

Ils ne passaient pas tout leur temps dans la péniche, ils se rendaient parfois jusqu'à la route menant à Bâton-Rouge où ils allaient faire un tour dans un magasin, chapardant, dès que possible, de la nourriture, du linge, voire de l'argent avec lequel le vieux s'offrait la nuit dans un bordel miteux. Il ne laissait pas Osgood y entrer, alléguant que lui-même, si érudit fût-il, avait passé l'âge auquel se perdre une fois de plus entre deux seins pouvait lui porter préjudice, alors que pour Osgood cela représentait un énorme danger, car il n'était pas encore assez érudit pour ne pas se perdre à tout jamais, s'il y goûtait.

C'est ainsi qu'Osgood regagnait seul la péniche et que le vieux revenait le lendemain plus heureux qu'à l'accoutumée.

Il leur arrivait également de se rendre à la ferme de Mme Humberstone, une vieille dame qui vivait seule avec ses chiens et une espèce de régisseur du nom de Rad qui la faisait jouir de sa dextérité à manier le fouet tout en veillant sur la ferme avec compétence et assiduité. Cette vieille dame avait beaucoup d'affection pour Osgood qui, avec ses dix-sept ans, lui inspirait une infinie tendresse. Elle l'invitait souvent à prendre le thé qu'elle accompagnait de petits gâteaux, elle lui faisait la lecture ou jouait pour lui des pièces de théâtre dans lesquelles elle interprétait tous les personnages. Osgood fit ainsi connaissance avec les classiques. Après sa cinquième visite à Mme Humbertstone, le vieux qui, au début, ne l'accompagnait pas, finit par se joindre à eux, incapable de supporter davantage les affres de la jalousie.

Ils étaient assez heureux, mais l'argent commença à se faire rare. Ils ne pouvaient plus chaparder : ils étaient connus chez tous les commerçants du coin et, même s'ils avaient de quoi se nourrir, le vieux avait souvent des caprices allant d'une harpe à un tuyau d'arrosage, ou des glaces au petit déjeuner. Du coup, après moult réflexions, Owen décida qu'il leur faudrait travailler un certain temps dans un camp agricole des environs.

À peine étaient-ils arrivés qu'on leur remit une feuille sur laquelle était consigné le règlement :

CAMP AGRICOLE DE DONALDSONVILLE

Règlement

Cher campeur,

Les lignes qui suivent sont destinées à te souhaiter la bienvenue au camp. Nous espérons que ton séjour y sera le plus agréable possible. Tu trouveras ci-dessous quelques renseignements susceptibles de t'être utiles.

L'adresse complète de ce camp est :

Camp agricole national

Donaldsonville, Louisiane.

Ce camp est l'un des plus grands et l'un des plus modernes de l'État de Louisiane. On en doit la réalisation aux efforts conjugués de MM. W. G. Masterson, le régisseur, et d'Albert Claxton, le responsable, qui ont réussi à créer dans ce camp les meilleures conditions de vie, d'hygiène et de confort possibles.

Suivait une série de règles et de menaces dont le vieux omit la lecture, jusqu'à ce qu'arrive le paragraphe relatif aux divertissements qui stipulait :

Il y aura une séance de cinéma chaque mardi soir, l'entrée en sera fixée à cinquante cents. On dansera le vendredi soir, avec un tourne-disque, mais les campeurs devront apporter leurs propres disques.

Le paragraphe qui retint ensuite son attention fut celui qui parlait du salaire :

Le travail commence, en principe, à huit heures du matin. On passe te prendre à sept heures cinquante. À l'époque de la cueillette des fraises, les horaires pourront être légèrement modifiés. Tu termines, en principe, à six heures du soir, mais on peut te demander, le cas échéant, de rester plus tard. En principe, tu ne travailleras pas le samedi et jamais le dimanche. Le tarif sera établi en fonction des fruits récoltés pour mériter ton salaire. Tu seras payé par le secrétaire d'État au travail. Chaque vendredi, on te remettra des bons qui te permettront de retirer ton argent au bureau du ministère le plus proche, à savoir celui de Bâton-Rouge. De notre côté, nous déciderons à quel moment tu auras récolté assez de fruits pour mériter ta paie. La dernière semaine, et à la fin de son contrat, chaque saisonnier ou saisonnière recevra son dû, mais il nous faudra auparavant inspecter sa tente et sa couchette, et voir son certificat de bonne conduite. Quand tu partiras du camp, n'emporte pas, s'il te plaît, la couverture dont tu t'es servi pendant ton séjour. Lave-la et remets-la à l'un des régisseurs ou à l'un des surveillants.

Silence absolu dans le camp à partir de onze heures du soir. Toutes les lumières devront être éteintes.

Enfin, nous sommes en mesure de prouver qu'aucun des camps agricoles de la société Thaler ou dépendant d'Ilford Farms n'a jamais connu jusqu'ici de véritable problème ni d'agissements répréhensibles. Aussi te demandons-nous, et surtout pour ton propre bien, de ne rien faire qui puisse entacher cette réputation. Merci.

En entendant cela des lèvres du vieil homme, Osgood, accablé, lui dit :

— Docteur, en ce qui me concerne, il y a trop d'horaires, de menaces et d'obligations et je crains de ne pas être capable de le supporter. Je propose que nous prenions nos cliques et nos claques, autrement dit que nous renoncions. Une semaine, passe encore... Mais un mois, c'est trop long. Qui plus est, il se pourrait aussi qu'ils nous paient pas. Nous n'avons pas idée de ce qu'ils estimeront mériter salaire.

Mais le vieil homme, bien déterminé à acheter une coûteuse boîte à musique qui jouait une valse autrichienne du XIXe siècle qu'il avait repérée dans une boutique de Bâton-Rouge, le menaça à nouveau de l'abandonner s'il ne se pliait pas à ses exigences ou ergotait bêtement à propos d'évidences indiscutables. Il demanda à Osgood quel était à ses yeux le plus important : lui procurer le bonheur d'acquérir la petite boîte à musique ou faire le sacrifice de travailler un mois au grand air et en bonne compagnie, ce qui, en outre, représenterait pour lui une nouvelle expérience et contribuerait à améliorer son érudition.

Osgood faillit lui rappeler qu'il y avait un trésor près de Houma, mais il se retint, de peur que le vieux ne l'abandonne s'il manquait à sa promesse de ne plus mentionner ce sujet.

Ainsi donc, et comme toujours, il se soumit à la volonté du vieil homme et s'engagea à travailler dans le camp agricole de Donaldsonville.

Il y avait là des hommes et des femmes originaires d'à peu près tous les États du Sud, de l'Arizona à la Floride, soit un total de quatre-vingt-deux campeurs, plus deux régisseurs, M. Masterson et M. Claxton, sans oublier dix surveillants.

La ferme était très grande : outre les vergers, elle comportait deux baraquements, l'un destiné au personnel masculin, l'autre au personnel féminin, ainsi qu'une petite esplanade avec des tentes pour les couples.

Dans les baraquements, les couchettes allaient par trois. Osgood et le vieux se retrouvèrent avec un gros bonhomme qui en voulait, un gars jamais en retard pour les repas, champion de la cueillette de fraises, toujours volontaire pour n'importe quel boulot sortant de l'ordinaire. En dépit de son embonpoint, l'homme était agile, costaud, empressé, ordonné. Engagé pour tout le printemps et tout l'été, il ne touchait jamais ses bons hebdomadaires, les gardant précieusement afin de recevoir en une seule fois l'argent qu'il avait gagné. Sa bonne conduite des années précédentes lui avait valu d'être nommé chef de baraquement et sa mission consistait à veiller à ce que personne n'en sorte après onze heures du soir, à ce qu'aucune femme n'y entre, à ce qu'il y règne un silence absolu et qu'aucune lumière ne reste allumée durant la nuit. Son rôle l'enchantait. Propre et soigné, il n'avait rien de pernicieux.

Au début, la vie dans le camp se révéla très pénible. The Deer ne se réveillait jamais à l'heure exigée, Osgood devait chaque matin se battre contre Fred, le gros plein de soupe de l'Alabama, pour qu'il n'aille pas lui retirer brusquement ses draps et lui chatouiller les pieds. Osgood lui promettait qu'il veillerait à ce que cette « antiquaille », comme le surnommait le mastodonte qui se croyait aussi malin qu'ingénieux, soit frais et dispos à l'heure du petit déjeuner. Au lieu de cueillir des fraises, Osgood s'allongeait dans l'herbe et regardait voleter les insectes, il en attrapait un de temps en temps et lui arrachait les ailes avec une lenteur étudiée. Le vieux le réprimandait et le forçait à se relever. Osgood cueillait alors sans enthousiasme une poignée de fraises et, cinq minutes plus tard, on le retrouvait vautré sur l'herbe.

Leur seul bon moment, c'était après le dîner : cinq hommes d'un certain âge chantaient sous le porche de leur baraquement au son de divers instruments. Osgood connaissait la plupart de ces airs, aussi le laissèrent-ils les accompagner avec son banjo. Une de ces ritournelles plaisait beaucoup aux autres campeurs. Sitôt qu'il la chantait, vous auriez entendu voler une mouche, si ce n'est que le vieux, contrarié de ne pas être le centre d'intérêt, proférait des injures à la fin de chaque couplet. Osgood ne comprenait pas bien son attitude, mais il se disait qu'il devait y avoir une raison, aussi ne se fâchait-il pas. Il attendait avec impatience la tombée de la nuit pour rejoindre les musiciens et chanter des ballades du Sud qui lui rappelaient l'époque où, en compagnie de son père et de Jason O'Hara, il sillonnait les villages dans une roulotte, désireux d'apprendre de nouvelles chansons.

À partir du sixième jour, l'ambiance du camp s'améliora,

du moins pour Osgood qui, pour la première fois, se décida à adresser la parole à une jeune fille qu'il trouvait à son goût. Elle s'appelait Adèle Jones et elle était toute menue. Elle avait vingt ans, était orpheline et travaillait comme serveuse dans une buvette au milieu de la route jusqu'à ce qu'elle soit flanquée à la porte pour avoir pris des boissons sans les payer de ses deniers. Du coup, elle s'était rendue au camp agricole sans savoir que ce genre de travail était épuisant. Elle avait un contrat pour le printemps et pour l'été et elle était très découragée. Ce jour-là, allongé sur l'herbe, Osgood prenait le frais quand il la vit s'évanouir. Il se précipita, l'emmena sous un arbre et se mit à cueillir les fraises à toute vitesse. Quand elle se réveilla, Osgood la rassura : elle n'avait pas à s'inquiéter pour son boulot, qu'elle se repose, il cueillerait à sa place. Elle le regarda tendrement et le remercia. Dorénavant, sitôt la journée terminée, à peine le vieux s'était-il affalé sur sa couchette, vaincu par la fatigue, qu'ils ne se quittaient plus et avaient de grandes conversations. Adèle lui racontait son enfance, elle lui parlait de ses parents, quand ils étaient encore en vie.

— Mon père était riche, mais il se retrouva sur la paille lors de la dépression, je ne l'ai jamais connu nageant dans l'opulence. Il est mort peu après ma naissance. Ma mère et moi sommes parties dans le Sud, elle cousait et repassait le linge dans un hôtel de La Nouvelle-Orléans. J'allais à l'école, mais je n'y suis pas restée plus de deux ans parce que, d'après les professeurs, j'étais pas faite pour ça : j'étais sotte, j'avais pas grand-chose dans le crâne et j'avais guère de volonté. Du coup, j'ai commencé à travailler en faisant le poirier dans la rue. Tiens, regarde. – Là-dessus, Adèle se leva et fit le poirier pendant une ou deux minutes, ses jupes remontèrent et Osgood put admirer tout à loisir ses jambes blanches, de vraies pattes de poulet, et ses petites culottes en triste état. – J'ai toujours su le faire, reprit-elle, ah ! on m'en lançait des pièces de monnaie ! Mais à la fin de la journée j'avais la tête prête à éclater et j'étais écarlate, j'en pouvais plus. Après ça j'ai eu une longue maladie, je sais pas trop laquelle, et je l'ai refilée à ma mère. Moi, je m'en suis tirée, mais ma mère en est morte et je me suis retrouvée seule au monde. Après ça j'ai travaillé comme danseuse dans une boîte de nuit des bas quartiers jusqu'à ce qu'ils me renvoient parce que j'avais refusé de me produire aussi légèrement vêtue que le souhaitait le patron. J'ai été femme de chambre, laveuse de carreaux et gardienne de chiens, j'ai même essayé d'être réceptionniste, mais il fallait parler plusieurs langues. Après ça, j'ai tenu la buvette sur la grand-route, avant d'atterrir ici. À la fin de l'été, je partirai en Californie, c'est là que vit un monsieur de mes amis qui s'appelle Vince Wilcoxon et il m'embauchera comme cascadeuse au cinéma. Je sais en faire des choses, je sais sauter, faire des pirouettes, des choses difficiles et qui me semblent dangereuses, des trucs que les actrices n'osent pas faire de peur de se tuer. Mais moi, j'ai pas peur, j'ai fait ça toute ma vie et jamais je me suis fait mal.

— Et pourquoi ne travailles-tu pas dans un cirque ? lui demanda Osgood.

— Parce qu'il faut voyager et j'aime pas ça. Je préfère un endroit fixe pour avoir des amis.

— Mais tu peux te faire des amis parmi les gens du cirque, non ?

— Oui.

Ce soir-là, quand Osgood regagna son baraquement, il constata que le vieux n'était pas dans sa couchette. Surpris et inquiet, il se mit à le chercher dans tout le camp, mais en vain. À la fin, il rencontra Fred, le gros plein de soupe d'Alabama, et il lui demanda s'il savait où était passé MacPherson. Fred sourit avec condescendance.

— Il s'est barré, par chance, répondit-il.
— Barré ? demanda Osgood stupéfait.
— Oui, il m'a donné ça pour toi, répondit Fred en lui tendant un bout de papier plié en deux.

Osgood rentra au camp, et là, allongé sur sa couchette, il lut le message.

Osgood, je vous ai observés ce soir et les soirs précédents, toi et ce moustique brunâtre et chassieux qui déambule dans le camp selon sa fantaisie, et j'en ai conclu que tu n'as rien appris. Tu te perdras entre ses seins flasques et maigrichons qui n'en valent même pas la peine, et je refuse de voir ça. Je me suis trompé quand je m'imaginais que tu étais l'élu, mon futur disciple et mon héritier. Je continuerai à le chercher jusqu'à ce que je le trouve. Tu as eu la chance de devenir le successeur du plus grand érudit de l'histoire, Owen MacPherson The Deer, et tu n'as pas su en tirer parti. Libre à toi. Tu l'as laissé échapper et je n'y suis pour rien. Oublie-moi, si tu le peux. N'essaie ni de me suivre, ni de me demander pardon, tu ne l'obtiendras pas. Adieu, Osgood.

Owen

Terence Barr arriva à San Francisco, plus décidé que jamais à travailler et à composer une bonne centaine de chansons en six mois. Il ne se doutait pas qu'il n'en écrirait que deux, et encore à grand-peine. La maison de disques, qui, en général, achetait ses œuvres, lui avait accordé les fonds nécessaires en vue d'un séjour de six mois à San Francisco tout en lui laissant une totale liberté. Voilà qui lui permettrait de parfaire son éducation et ses études musicales entreprises trois ans plus tôt à New York, Détroit et La Nouvelle-Orléans. Telle avait été sa requête initiale : il avait en effet remarqué que ses sources d'inspiration se tarissaient et il redoutait d'être à jamais catalogué dans un style dont il lui serait difficile de se démarquer. La maison de disques et, plus précisément, Graham Guy Nelson, responsable de la section consacrée aux compositeurs, avait réfléchi pendant une quinzaine de jours, puis il avait calculé un budget pour le séjour de Barr à San Francisco, une somme modeste, mais suffisante pour vivre à l'aise dans une pension de famille sans histoires. Nelson avait accepté, à condition que Barr tienne ses engagements dès son retour : ce dernier écrirait donc cent chansons durant son séjour, dont soixante-quinze promises à Buddy Sloper, le chanteur le plus en vogue de la maison de disques ; le contrat stipulait que, de retour de San Francisco, Barr ne demanderait pas un centime de plus.

Il était donc parti de New York, où il possédait un luxueux appartement, avec cinq mille dollars en espèces dans ses valises, des entrées gratuites pour toutes les boîtes de nuit, les clubs de jazz ou les comédies musicales de San Francisco et sans doute l'une des plus grandes chances de sa vie de devenir l'un des compositeurs de chansons les plus cotés du pays.

Sitôt arrivé, Terence Barr se dirigea vers les quartiers proches du port à la recherche d'une chambre ou d'une pension le moins chère possible afin d'épargner au maximum et de se constituer un petit magot. Il fallait que la chambre ait un piano, le premier venu ferait l'affaire, qu'importe s'il était désaccordé ou si c'était une antiquité à laquelle on n'avait pas touché depuis belle lurette. L'essentiel était qu'il soit accordable et que le son n'en soit pas trop catastrophique. Il lui fut très difficile de trouver le logement qu'il souhaitait, mais il y parvint. Il s'agissait d'une pension de famille dans un quartier non loin du port, dans l'une des venelles où se faufilent les tramways à longueur de journée. La chambre se trouvait au troisième étage ; sans être minuscule, elle n'était pas pour autant spacieuse, elle était décemment meublée avec un lit, une table, quatre chaises, un fauteuil usé jusqu'à la corde, une étagère, un piano à bout de souffle, qui, une fois accordé, émettait un son acceptable. Il partageait la salle de bains avec le locataire de la chambre mitoyenne, il y avait assez de lumière, une belle vue et des lampes de bureau dont l'abat-jour était une mosaïque haute en couleur. Bref, la chambre était accueillante et vous pouviez y travailler tout à loisir, ce qui comptait pour Barr. À côté se trouvait un bar à putes qui appartenait à la propriétaire de la pension, Mme Burnham, une grande bringue blonde, à la poitrine généreuse, si intimidée qu'à la seule vue de Barr elle accepta de baisser le loyer sans réclamer le mois de caution d'usage, et l'autorisa à jouer du piano sans qu'il débourse un sou. En dépit de ses allures de femme facile mais déterminée, à l'entendre parler on lui aurait donné le bon Dieu sans confession. Sitôt qu'elle vit Barr, ce jeune qui demandait un piano et dont le sourire révélait des dents parfaitement alignées et d'une extrême blancheur, elle adopta à son égard l'attitude d'une mère amoureuse de son rejeton, qui ose à peine lui parler de peur qu'il ne se mette en colère, l'insulte ou cesse de l'aimer pour peu qu'elle sorte une bêtise ou exige trop de lui. Quand ils entrèrent tous deux dans la chambre que Barr allait louer, si propre que fût la pièce, elle prétendit le contraire et appela sur-le-champ une domestique pour l'aérer et la nettoyer sous prétexte qu'un pianiste se devait d'avoir une chambre agréable et bien rangée. Elle lui apporta plusieurs tableaux qu'elle gardait dans sa chambre, des croûtes signées Eileen Meredith : des paysages, des scènes d'intérieur et quelques nus. Las de toutes ses attentions, Barr la remercia, la mit dehors, et se reposa.

Le lendemain, il se leva de bonne heure, s'habilla, alla prendre son petit déjeuner dans une cafétéria et s'en fut saluer Philip Lowell, le représentant de sa maison de disques à San Francisco. Court sur pattes, l'homme avait le cheveu blond, mais rare, et d'énormes dents. Il le fit entrer dans une pièce accueillante :

— Comme vous le savez, dit-il, notre société a fait un gros effort pour satisfaire votre souhait de passer six mois ici. Elle a investi beaucoup d'argent, qu'il s'agisse de celui qu'elle vous a donné ou de celui qu'elle perd chaque jour à New York du fait de votre absence. On vous a imposé certaines conditions, vous avez promis de les respecter, vous en avez réclamé d'autres que, de notre côté, nous avons déjà remplies. Très bien. Vous n'allez pas apprécier ce que je vais vous dire, mais je vous garantis que je n'y suis pour rien, M. Nelson en est à l'origine et il n'a pas confiance en vous. Croyez-moi, je n'ai rien contre vous, je viens tout juste de faire votre connaissance, mais ici on est déjà au courant de vos petits scandales, de vos aventures sentimentales, de la vie de bâton de chaise que vous meniez à New York. Nous estimons que ce genre de conduite ne vous serait aucunement bénéfique, ni pour vous ni pour votre travail. Vous avez donc demandé qu'on vous laisse tranquille, qu'on vous fiche la paix, que l'on vous accorde toute liberté d'action, vous les aurez, croyez-moi, ne serait-ce que par la force des choses. Pour éviter que vous vous dispersiez entre les clubs, les bouges et les beuveries, nous vous assignerons un surveillant qui logera, si possible, dans la même pension que vous, qui vous accompagnera où que vous alliez et s'assurera que vous travaillez chaque jour au piano. Je le regrette vivement, Barr, mais ce sont les ordres de M. Nelson, et non pas les miens.

À la fin de ce laïus, Barr se leva, indigné :

— C'est absurde ! s'exclama-t-il. Écoutez-moi, monsieur Lowell. Comme vous l'avez dit plus tôt, une de mes exigences était la liberté d'action, absolument nécessaire pour me permettre de développer mes activités musicales. Et voilà que vous venez à présent m'annoncer qu'on va me flanquer d'un cerbère pour veiller sur moi. Croyez-vous vraiment que je puisse écrire une seule chanson sachant qu'il y a un type qui m'espionne, qui attend que je sorte ou que je fasse quoi que ce soit, pour me suivre comme mon ombre... ? Je vous garantis que non. Dans ces conditions, à quoi bon être à San Francisco ? Mieux vaut que je m'en aille et que je continue à écrire des chansons qui se ressemblent toutes, jusqu'à ce que le public en ait marre d'écouter toujours les mêmes rengaines et que c'en soit à jamais fini de l'idole qu'est Buddy Sloper. Revoyez tout cela avec M. Nelson, faites ce que bon lui semble mais, soit vous me débarrassez de ce foutu garde-chiourme, soit vous dites adieu aux innovations et, à coup sûr, adieu à Terence Barr, compositeur. Un point c'est tout ! Ou vous me fichez la paix, ou je ne composerai plus aucune chanson pour Buddy, tant pis pour lui. À présent, il est très coté, mais Russ Hackathorne le rattrape presque dans les ventes, et si je le laisse, il plongera. Il a juste besoin de se renouveler pour se maintenir au top. À eux de choisir : le garde-chiourme ou moi.

Lowell sortit une cigarette du tiroir le plus proche et l'alluma.

— Écoutez, Barr, dit-il, comme je vous l'ai déjà fait remarquer, ce n'est pas mon affaire et Nelson m'a appelé d'urgence hier soir pour me demander de vous prévenir lorsque vous viendriez me saluer. Il veut avant tout que vous ayez quelqu'un pour vous surveiller. Pour ma part, j'estime que vous avez raison et je vais tenter quelque chose qui, par la suite, se retournera peut-être contre moi. Je ne vous assignerai pas un surveillant, autrement dit personne ne vous accompagnera où que vous alliez, ni ne vous suivra comme votre ombre. Le moins que je puisse faire, c'est de ne vous envoyer ce surveillant que tous les quinze jours, à seule fin de constater que vous travaillez et que vous progressez. Je vous préviens que l'on ne vous communiquera pas la date précise de l'inspection, aussi je vous conseille d'éviter d'avoir la gueule de bois le matin. Si Mlle Maxwell, qui sera la personne qui vous rendra visite, s'aperçoit de la moindre entorse à la règle, elle devra vivre à vos côtés et vous accompagner partout. Je ne veux pas qu'ensuite Nelson me renvoie par votre faute. Compris ?

— D'accord, concéda Barr, et ne vous inquiétez pas,

vous ne perdrez pas votre emploi et je n'aurai pas la gueule de bois le matin. Au revoir et merci, monsieur Lowell.

— Oh ! une minute, Barr. Avez-vous déjà trouvé un hôtel ? Donnez-moi votre adresse pour Mlle Maxwell, je vous prie.

Barr la lui donna. Lowell fronça les sourcils.

— C'est dans les bas quartiers, ça, remarqua-t-il. La pension doit être très bon marché, je présume.

— Oui, répondit Barr, mais tout compte fait, elle me revient très cher. Ils me comptent un énorme supplément pour le piano. Au revoir, monsieur Lowell.

Il sortit du bureau et alla faire un tour. On était le 15 mai 1962, une journée ensoleillée, mais un peu fraîche. Il acheta un guide des spectacles, entra dans un café ; la chance était au rendez-vous : la table voisine était occupée par un homme corpulent, bien mis, qui attendait quelqu'un. Survint un autre homme qui alla s'asseoir à côté de lui.

— Bonjour, monsieur Keefer, dit le nouveau venu, j'ai de mauvaises nouvelles pour vous. Je suis désolé, mais je n'ai pas trouvé de pianiste réputé qui ne soit pas déjà engagé pour toute la semaine. Comme je vous l'ai déjà dit, nous nous y sommes pris trop tard. Frank Waite est parti hier à Las Vegas, Ralph McLeod doit passer un mois à Reeves, quant à Ian Lamont, il est souffrant. C'était les trois seuls envisageables, mais aucune chance. Je ne peux rien faire d'autre. Il va falloir que vous alliez à Oakland voir si Lindsay Winwood n'est pas dans les vignes du Seigneur, sinon, il faudra engager un pianiste de second ordre. Ça fait trois jours que j'appelle Winwood, mais personne ne répond. Je ne sais même pas s'il est encore à Oakland et, à supposer qu'il y soit, ce sera très difficile de le trouver. Je vous conseille dès à présent d'en engager un de second ordre si tant est qu'il soit encore libre.

— Mais je vous ai déjà prévenu que M. Elwood ne voulait qu'un virtuose sur son yacht. Cela doit être une semaine de festivités avec de nombreux invités, la fine fleur de la société de San Francisco y sera et l'on ne peut se permettre, compte tenu de ce qu'il représente et de sa situation, de commettre l'erreur d'engager un pianiste médiocre. Je ne sais plus que faire. M. Elwood m'a dit que si je ne lui dégotais pas un bon pianiste, il me flanquerait à la porte.

M. Keefer semblait découragé. Il se rongeait fébrilement les ongles en répétant qu'il ne savait que faire. Il était dans un tel état que Barr en éprouva de la peine. Il avait beau avoir prévu de ne pas bouger de San Francisco, il se dit que ce M. Elwood devait être millionnaire et que, de ce fait, il rémunérerait généreusement une semaine de prestation artistique sur son yacht. À cause de cela et du désarroi que lui inspirait M. Keefer, il se leva et leur dit :

— Pardonnez-moi d'intervenir dans votre conversation, messieurs, mais, sans le vouloir, j'ai entendu ce que vous disiez. Le hasard a voulu que je sois pianiste et compositeur. Je m'appelle Terence Barr, j'ai composé la plupart des chansons de Buddy Sloper. Je pense que vous, au moins, vous avez dû entendre parler de moi, dit-il à l'homme qui n'était pas M. Keefer.

Ce dernier le regarda, stupéfait, et son visage s'illumina.

— Terence Barr ! Bien sûr que j'ai entendu parler de vous ! Mais asseyez-vous, je vous prie. Je ne savais pas que vous étiez à San Francisco. Vous n'avez pas idée de ce que je suis heureux de faire votre connaissance. Je suis Harvey Roberts, imprésario de musiciens. Je vous présente M. Keefer, secrétaire de Coleman Elwood, l'un des hommes les plus riches de la ville.

Tous trois se serrèrent la main, Barr s'assit en disant :

— Bon, si j'ai bien entendu, et je vous prie une fois de plus de m'en excuser, il vous faut un pianiste à la solide réputation. Je pensais passer une semaine de vacances ici, mais je suis prêt à vous rendre service, si c'est bien payé. La balle est dans votre camp.

M. Keefer prit la parole :

— Monsieur Barr, voici ce dont il s'agit : M. Elwood organise une semaine de festivités sur son yacht. Nous avons son orchestre personnel, mais il nous manque un pianiste de renom.

— Ça, je l'ai compris, interrompit Barr. Combien ?

— Vos honoraires seront fixés à cinq mille dollars. Qu'en pensez-vous ?

Barr entrevit la possibilité de faire monter les enchères.

— Ce n'est pas assez, dit-il. Dites-vous que je venais ici pour me reposer, sans aucune intention de jouer du piano. Encore faut-il que la compensation financière en vaille le coup pour que j'accepte. Que diriez-vous de dix mille dollars ?

M. Keefer recommença à se ronger les ongles.

— Il faudrait que j'en discute avec M. Elwood, dit-il.

— Eh bien, appelez-le, répondit Barr. Voilà un téléphone, dépêchez-vous. Je ne peux pas me permettre de perdre mon temps comme ça.

— Mais il est très tôt. M. Elwood n'est pas encore réveillé.

— Eh bien, réveillez-le, rétorqua Barr, de plus en plus sûr de lui. Ce n'est pas mon affaire.

Après un instant d'hésitation, M. Keefer alla l'appeler. Il revint dix minutes plus tard.

— Monsieur Barr, tout est arrangé, dit-il. Vous aurez vos dix mille dollars. Soyez sur le quai ce soir à huit heures. En tenue de soirée, on ne sait jamais. En principe, le smoking n'est pas de rigueur pour les réceptions que donne M. Elwood, mais il lui arrive d'être tout excité et d'avoir d'étranges exigences. On ne sait jamais ce qui va se passer. Je vous préviens qu'il peut être de fort mauvaise humeur et piquer des colères. Je ferais sans doute mieux de me taire ; toutefois, sait-on jamais, veillez à ne pas marcher sur ses plates-bandes amoureuses. Il n'apprécierait pas ça. Le yacht s'appelle le *Colwood*. Nous lèverons l'ancre à neuf heures du soir, mais il faut que vous soyez là à huit heures pour faire la connaissance de M. Elwood et de sa famille, et pour vous installer. Bon, c'est tout, monsieur Barr. Merci beaucoup et au revoir.

— Une minute, monsieur, dit Barr. Vous ne croyez tout de même pas que je vais me rendre sur le quai par mes propres moyens. Il va falloir, bien sûr, qu'on passe me prendre en voiture. Je serai dans le hall de l'hôtel Cleveland à huit heures moins le quart. Au revoir, messieurs.

M. Keefer sortit, la tête haute. Barr commença à s'en vouloir d'avoir ressenti une certaine compassion à son égard. Roberts s'en alla quelques minutes plus tard, Barr se retrouva seul. Il passa la fin de la matinée à se promener en ville. Il regagna ensuite la pension de Mme Burnham pour y prendre sa tenue de soirée, après quoi il se rendit dans une salle de cinéma à deux pas du Cleveland, le plus grand et le plus luxueux hôtel de San Francisco. Il sortit du cinéma à dix-neuf heures trente, soudoya un groom, histoire que le concierge n'aille pas répondre qu'il n'y avait à l'hôtel aucun client du nom de Barr. Il attendit à peine deux ou trois minutes. Le groom revint accompagné d'un chauffeur corpulent qui le mena à une voiture élégante. Durant le trajet jusqu'au quai, le chauffeur se montra fort aimable, ne cessant de lui offrir cigarettes et boissons ; Barr commença à se sentir important, riche et reconnu. Ce genre de vie ne lui plaisait pas outre mesure, mais il dut s'avouer que cela pouvait avoir du bon pour peu que la plaisanterie ne dure pas trop longtemps.

Le yacht était immense et partout il était écrit *Colwood*, que ce soit sur les portes des cabines, sur les bouées de sauvetage, dans la piscine, sur les cendriers ou dans les couloirs. Le chauffeur l'amena jusqu'à une cabine propre et bien aménagée où il le pria d'attendre. Barr ouvrit sa valise, rangea dans une jolie armoire en acajou le peu d'affaires qu'il avait emportées, puis il s'assit sur le lit moelleux. Il contemplait la mer par le hublot quand on frappa à la porte. Une charmante jeune fille, en jupe de tennis et chemisier jaune, entra.

— Salut, dit-elle, je suis Chris Elwood. Vous êtes le pianiste, n'est-ce pas ? Mon père n'est pas là, il arrivera avec le reste des invités. C'est donc moi qui vous ferai les honneurs du bateau.

Barr lui tendit la main, la remercia et se présenta. Elle poursuivit :

— Voici votre cabine. J'espère qu'elle vous plaira. Et voilà votre lit. Le matelas est moelleux.

Et elle s'assit dessus.

Barr en fut perplexe. Tout ça, il l'avait déjà deviné et cette jeune demoiselle d'une quinzaine d'années n'avait nul besoin de le lui expliquer. Elle ajouta :

— Asseyez-vous ici, à côté de moi.

Barr en resta sans voix, il ne comprenait pas ce que voulait cette gamine, mais comme elle avait tout l'air d'une enfant gâtée, il n'osa pas refuser et s'assit.

Le brouhaha d'une foule qui approchait se fit entendre, puis le bruit s'éloigna vers une autre partie du yacht. Quelques secondes plus tard, la porte de la cabine de Barr s'ouvrit brusquement, laissant apparaître un homme aussi grand que corpulent à l'abondante crinière blanche, assortie à une immense moustache. Il portait une élégante veste de sport et un pantalon blanc à pont, comme en portent les marins. En voyant Barr et Chris Elwood, il poussa un cri, se rua sur la jeune fille et la gifla. Il l'envoya se rhabiller et lui ordonna de filer dans sa cabine et de ne pas en sortir sans sa permission. Quand elle eut obtempéré, les traits de l'homme se détendirent, il se tourna vers Barr qui s'était déjà habillé. L'homme se racla la gorge et lui dit :

— Monsieur Barr, je suis Coleman Elwood. Je tiens d'abord à vous remercier d'avoir eu l'amabilité de vous proposer pour jouer ce soir sur mon yacht. Permettez-moi ensuite de vous parler en toute sincérité. Comme vous l'avez sans doute supposé, cette jeune demoiselle est ma fille. Elle a seize ans et, quand elle en avait treize, nous nous sommes aperçus qu'elle était nymphomane. Nous l'avons emmenée chez les meilleurs spécialistes du pays, et aussi les plus chers, et il semblerait que l'on ne puisse y remédier. C'est de famille, cela vient du côté de mon épouse, elle aussi nymphomane. Je ne l'ai su qu'au bout de deux ans de mariage. Quoi qu'il en soit, je l'aime beaucoup et elle fait de son mieux pour réprimer ces ardeurs. Ma fille, en revanche, ne fait aucun effort. Nous la gardons sous étroite surveillance, elle ne sort jamais seule, mais parfois elle s'échappe comme ça a été le cas tout à l'heure. Je sais, par conséquent, que vous n'y êtes pour rien et je ne vous en veux aucunement. Bon, restons-en là. L'orchestre commencera à jouer à neuf heures. Si ce n'est pas trop vous demander, j'apprécierais que vous ne sortiez pas de votre cabine avant que je vous y invite. Je souhaite faire une surprise à mes invités. Ça ne vous dérange pas ?

— Pas le moins du monde, monsieur Elwood, pas le moins du monde, répondit aimablement Barr. – À la sympathie qu'il éprouvait à l'égard de cet homme aussi patient que tolérant s'adjoignait une grande compassion.

— Encore merci pour tout, monsieur Barr. – Elwood le regarda comme s'il avait perçu qu'il le comprenait, et il ajouta : Bonsoir. M. Keefer viendra vous prévenir. – Là-dessus, après un sourire furtif, il sortit.

M. Keefer apparut à neuf heures vingt. Il le précéda au long d'un interminable couloir menant à un immense salon où se pressaient une quarantaine de personnes. L'orchestre s'installait déjà sur une petite estrade. Une fois les musiciens à leurs places respectives, M. Elwood monta sur scène, demanda le silence et prit la parole. Joyeux, jovial et insouciant, on aurait dit qu'il n'était plus du tout le même homme que celui qui avait parlé à Barr. Après les remerciements d'usage, il présenta Barr.

— Mesdames, messieurs, dit-il, j'ai enfin le plaisir de vous offrir une surprise. J'ai l'honneur de vous présenter une idole de la musique légère, l'homme qui a révélé le célèbre Buddy Sloper, mesdames et messieurs, voici Terence Barr.

À cet instant, Keefer poussa Barr qui se fraya un passage jusqu'à l'estrade. Ce faisant, il entendit quelques commentaires du genre : « Qui est-ce ? » ou « Je ne le connais pas », ou encore « Si c'était Buddy, ça serait mieux », ou encore « Une idole, lui ? ». Il avait beau y être habitué, cela le perturba. (Disons que, comme dans tous les domaines, ou presque, le véritable auteur passe inaperçu ou est moins favorisé au tiroir-caisse.) Quelques applaudissements peu enthousiastes retentirent, il salua et s'assit, face à un piano à queue. Il interpréta une vingtaine de chansons, programmées par M. Roberts jusqu'à onze heures du soir, heure à laquelle M. Elwood fit un signe à l'orchestre qui se retira aussitôt. S'approchant ensuite de Barr, il lui dit que l'heure n'était plus à la danse, mais à des occupations plus salutaires. Il lui adressa un clin d'œil, sourit et disparut. Barr se leva et sortit prendre l'air. Autour de lui des couples s'embrassaient. Il aperçut M. Elwood en compagnie d'une rousse aux courbes voluptueuses et le chauffeur avec un jeune tendron aux yeux bleus. Il alla s'asseoir dans un transat près de la poupe et attendit une demi-heure que quelqu'un vienne lui tenir compagnie, mais en vain. Épuisé par une journée aussi agitée, il se dirigea vers sa cabine. C'est alors que quelque chose retint son attention ; M. Keefer se promenait en compagnie d'un jeune plutôt bien doté par la nature à qui il donnait des instructions pour que M. Elwood ne sache rien de ce qu'ils allaient faire. Intrigué, Barr les suivit à leur insu jusqu'à l'une des cabines latérales. Keefer appela doucement. La porte s'ouvrit et Barr put entendre la voix de Chris Elwood :

— Tu en as mis du temps, Keefer ! Qui m'amènes-tu, cette fois ? Laisse-moi voir.

Keefer s'effaça pour que le jeune puisse entrer.

— C'est bien, dit-elle, mais j'aurais préféré le pianiste. Regarde si tu ne peux pas me l'avoir pour demain. Prends ça et file. – Et elle lui glissa de l'argent.

Elle referma la porte, Keefer empocha les billets et se dirigea vers l'endroit où Barr s'était caché. Quand il fut à deux mètres de lui, Barr sortit de l'ombre et lui dit :

— Bonsoir, Keefer.

L'homme sursauta et balbutia :

— Tiens, salut, monsieur Barr, bonsoir, comment ça va ?

— Très bien, répondit Barr, mais tout irait encore mieux si vous étiez assez aimable pour m'accorder quelques minutes. Voulez-vous venir dans ma cabine ?

— Bien sûr, monsieur Barr, j'en serai enchanté.

Ils se dirigèrent vers la cabine de Barr. En arrivant, ils se servirent à boire et ils s'assirent.

— Dites-moi, commença Keefer, quoi de neuf ?

Barr demeura silencieux quelques secondes avant de parler, puis il se décida :

— Monsieur Keefer, je me fiche pas mal de ce que vous faites. Peu m'importe que M. Elwood vous renvoie ou non ou que vous fournissiez des amants à sa fille, ce qui l'empêche de se guérir de sa maladie, et vous permet de continuer à faire votre boulot, et à recevoir de juteux bakchichs, en dehors de vos coquets émoluments de secrétaire. Combien vous glisse chaque soir Mlle Elwood ? N'est-ce pas vingt dollars que j'ai vus ? Sans oublier les six cents dollars par mois que vous recevez d'elle. Si je voulais, je pourrais vous confondre sur-le-champ. Je n'aurais qu'à rapporter à M. Elwood ce que je viens de voir. Mais je tiens à vous donner une chance, Keefer. Je vous ferai cette faveur si, de votre côté, vous m'en faites une en retour.

Keefer, mal à l'aise, remua sur son siège.

— Combien voulez-vous ? demanda-t-il.

Cette question enchanta Barr. Il se sentit important, un mec à la James Cagney. Essayant de se donner l'air d'un dur, il répondit sèchement :

— Cinq cents maintenant et cinq cents à la fin de la semaine.

Keefer transpirait, il allait parler, mais Barr le devança :

— Pas question de chipoter. Je vous vois venir. Cinq cents maintenant, cinq cents après ou rien. Rien de signé. Et ne vous en faites pas, jamais de ma vie je ne reviendrai vous en réclamer davantage. Je ne suis pas un professionnel. Si vous payez, vous n'entendrez plus parler de moi, je vous le garantis, et vous pourrez continuer avec M. Elwood et avec sa fille, je m'en fiche. Alors, qu'en pensez-vous ?

— D'accord, répondit Keefer. Je vous apporte le fric.

Il sortit et réapparut cinq minutes plus tard avec cinq cents dollars en petites coupures qu'il remit à Barr. Ce dernier les recompta, le laissa repartir et se coucha, il était le plus heureux des hommes.

Le lendemain, il se réveilla à dix heures. Il s'habillait quand sonna le téléphone sur la petite table de nuit : M. Elwood l'appelait pour le féliciter de sa prestation de la veille et lui demander s'il souhaitait prendre son petit déjeuner dans sa cabine. Elwood se montra fort aimable et plein de sollicitude. Barr le remercia et répondit qu'il préférait le prendre dans la salle à manger. Il finit de s'habiller, puis il demanda à un garçon d'étage qui passait où il pourrait trouver du café, et il le suivit jusqu'à une salle où il n'y avait pas encore grand monde. Il s'assit à une table agréable, dans un coin, commanda des toasts, du beurre et de la confiture, un œuf et du café. Il déjeuna avec appétit et alla faire un tour sur le yacht. Parvenu à la piscine, il entra dans une cabine, se mit en maillot de bain, bien qu'aucun de ceux qui étaient là n'en portât, et s'allongea sur une serviette pour profiter du soleil.

— Salut !

Barr leva la tête et vit une femme d'environ trente-cinq ans, une grande brune, aux prises avec un énorme ballon en plastique.

— Salut, répondit Barr.

Elle vint s'asseoir à côté de lui.

— Je suis Marcia Elwood. Comment allez-vous, monsieur Barr ?

— Bien, merci, enchanté de faire votre connaissance, répondit Barr.

— Je ne vous ai pas vu hier soir, après les chansons. Je vous ai même cherché. Où étiez-vous passé ?

— Par là-bas, dit Barr, d'un ton peu aimable. – Il ne savait pas pour quelle raison les seules personnes à lui adresser la parole étaient les membres de la famille Elwood, amplement pourvue en matière de nymphomanes en activité. Il était loin d'apprécier que Mme Elwood se rue sur lui pour ainsi dire, au risque que surgisse le mari, que celui-ci les voie et se fasse ainsi une fausse idée de lui. Mais tel ne fut pas le cas, Mme Elwood lui posa quelques questions sur la musique avant d'aller dans l'eau. Barr s'endormit. En se rendant à la salle à manger, il croisa Keefer, qu'il salua fort courtoisement. Keefer semblait avoir vieilli de quatre ans, il était blanc comme un linge. Barr en conclut, non sans une certaine satisfaction, qu'il n'aurait aucun problème à obtenir les autres cinq cents dollars.

Ce soir-là, alors qu'il jouait du piano dans la salle de bal, Barr eut une idée. Il ne quitta pas Keefer des yeux de toute la soirée et sitôt que M. Elwood lui fit signe de ne plus jouer, il se précipita vers lui et lui dit :

— Écoutez, Keefer, il va falloir que je vous demande encore un service.

— Mais ne m'avez-vous pas dit, hier soir, que vous ne me demanderiez plus d'argent ? protesta Keefer d'une voix suppliante.

— Ne vous inquiétez pas, cette fois il ne s'agit pas d'argent, interrompit Barr. Écoutez : hier, j'ai entendu dire à Chris Elwood qu'elle aimerait que ce soit moi qui y aille ce soir. Eh bien, voulez-vous que je vous aide à payer les cinq cents dollars que vous me devez ?

Keefer était surpris.

— Je ne comprends pas, Barr.

— C'est très simple. Je crois qu'elle vous glissera un bon pourboire si je viens avec vous.

— Qu'avez-vous en tête ? Je ne marche pas dans la combine. J'ignore ce que vous manigancez, mais je ne marche pas.

Barr commença à s'impatienter.

— Keefer, ne soyez pas ridicule. Faites ce que je vous dis ou je me verrai dans l'obligation de tout révéler sur-le-champ à M. Elwood. Je vous préviens que, si vous ne m'obéissez pas, je me moque pas mal de renoncer aux cinq cents dollars que vous me devez. Quant à vous, vous en sortiriez perdant.

Keefer le regarda, exaspéré.

— D'accord, Barr, de toute façon je suis coincé, finit-il par dire, mais un jour vous vous en repentirez.

— J'en doute, répondit Barr avec un grand sourire. Vous êtes infichu de faire quoi que ce soit. Allons-y.

Ils sortirent du salon. Personne n'avait fait attention à leur présence, il n'y avait pas âme qui vive dans la partie du bateau où se trouvait la cabine de Chris Elwood. En chemin, Keefer lui expliqua la provenance de l'argent de la fille d'Elwood : étant donné qu'on ne la laissait ni sortir seule ni s'amuser, on lui allouait chaque mois une somme plutôt coquette pour ses vêtements, ses disques et ses magazines. Chris en avait à satiété depuis plus de deux ans, aussi M. Elwood ne remarquait-il pas les nouveautés et s'imaginait-il qu'elle continuait à gaspiller son argent avec ce genre de futilités. Evelyn Pennick, la femme qui chaperonnait Chris dès qu'elle allait faire des courses, et Sterne, le chauffeur, étaient soudoyés par Keefer pour garder le silence. Aussi Chris avait-elle beaucoup d'argent dans sa chambre, ce qui lui servait à payer Keefer, qui, à son tour, rémunérait les amants.

Devant la cabine de la jeune fille, Keefer frappa trois petits coups à la porte ; elle s'ouvrit aussitôt. La fille d'Elwood apparut en peignoir. À la vue de Barr, son visage s'illumina. Elle le prit par le bras et le fit entrer, après avoir glissé cinquante dollars à Keefer. Barr avait la conscience tranquille : après tout, se disait-il, aucun remède ne la guérirait jamais, aussi ne pouvait-il lui faire de mal.

Quand ils eurent terminé, Barr s'assit dans un fauteuil.

— Écoute-moi, Chris, dit-il, je ne vais pas y aller par quatre chemins. Je sais pertinemment que ta mère et toi, vous éprouvez une passion peu commune pour les hommes. Je sais très bien que vous n'êtes pas malades au point de ne pas comprendre ce qui vous arrive. Ton père m'a parlé ouvertement de ton cas. Il m'a confié t'avoir emmenée, ces trois dernières années, consulter les meilleurs spécialistes du pays, mais en vain. Il est donc logique que tu te tapes un mec tous les soirs. Je sais qu'il te serait très dur de t'en passer du jour au lendemain, mais je sais aussi que ton père serait fichtrement content si c'était le cas et qu'il se dirait qu'il reste encore un espoir pour toi. Je me vois, par conséquent, face à un dilemme : choisir entre ton père et toi, entre ton bonheur et son bonheur. Après mûre réflexion, j'ai conclu que le tien était le plus important et qu'à mon avis le bonheur d'une jeune personne comptait davantage que celui d'un adulte. J'ai donc décidé de prendre ton parti. Je crains toutefois que ma conscience ne cesse de me tourmenter car c'est une décision aussi subjective qu'arbitraire. J'estime donc que, de ton côté, tu dois me refiler un peu de fric en récompense. Si je me dis que j'ai fait ça pour des espèces sonnantes et trébuchantes, je me sentirai plus serein. Tu comprends où je veux en venir, Chris ? Tu comprends le problème que ça me pose, n'est-ce pas ?

En sortant de la cabine de Chris, Barr tomba nez à nez avec Keefer, très agité.

— Qu'est-ce qui s'est passé, Barr ? Qu'avez-vous fait ? demanda ce dernier.

— Rien de spécial, répondit Barr. Ça s'est très bien passé avec elle, elle est aussi sensuelle que sympa. Elle m'a fait promettre de revenir tous les soirs et m'a filé cent dollars. C'est tout, ne vous en faites pas, mon vieux.

Là-dessus, il lui donna deux ou trois petites tapes sur la nuque avant de se diriger vers sa cabine.

Le lendemain, Barr se leva d'excellente humeur et de bonne heure. Il se disait que, sauf imprévu, il quitterait le yacht de M. Elwood avec douze mille dollars ou plus en espèces, ce qui représentait une somme qu'il n'avait jamais rêvé gagner aussi aisément. Tout à sa joie, il envisagea la possibilité d'en gagner encore davantage, cette fois grâce à M. Elwood. À peine réveillé, il demanda qu'on le mette en communication avec la cabine de ce dernier.

— Monsieur Elwood, dit-il, je souhaite vous voir pour vous parler de quelque chose de très important qui devrait, à mon avis, vous intéresser. Quand cela sera-t-il possible ?

— Quand vous voudrez, Barr, répondit Elwood, mais de quoi s'agit-il ?

— Non, je préfère vous le dire quand je vous verrai. Ça vous irait dans une demi-heure, près des transats à l'arrière du yacht ?

Elwood accepta puis il raccrocha. Barr s'habilla à toute allure et se présenta à l'endroit convenu à dix heures trente précises. M. Elwood était déjà là. Ils se saluèrent et Barr prit la parole :

— Monsieur Elwood, vous vous souvenez du jour de mon arrivée, quand vous m'avez parlé du problème de votre épouse et de votre fille ? Eh bien, j'ai réfléchi, j'ai fait la connaissance de votre épouse, j'ai bavardé avec elle, et je suis arrivé à la conclusion que je pourrais peut-être la guérir si vous me laissiez une totale liberté d'action jusqu'à la fin de la semaine et autorisiez ma méthode sans la moindre réserve.

M. Elwood ne cilla pas.

— Comment ça ? demanda-t-il.

— C'est mon affaire, monsieur Elwood. Peut-être que si je vous l'expliquais, vous ne me donneriez pas votre consentement. Je crois être en mesure de guérir votre épouse. C'est un pari à prendre. Si je réussis, vous me devrez trois mille dollars. Sinon, je ne vous en demanderai que cinq mille pour l'ensemble de mes prestations. C'est oui ou c'est non ?

M. Elwood resta un moment silencieux, puis il finit par donner son accord à la condition que, pour que le marché soit rempli, son épouse soit non seulement complètement guérie, mais qu'elle lui revienne. Barr accepta et lui fit signer une promesse.

Barr passa le reste de la journée et celle du lendemain à élaborer son plan. Son cerveau fonctionnait à plein régime, le blocage psychique qu'il avait éprouvé à New York avant son départ pour San Francisco avait complètement disparu, laissant place à une vivacité d'esprit qu'on ne lui connaissait pas.

Ces jours-là, Barr rechercha souvent la compagnie de Mme Elwood, mais toujours en des endroits où se pressaient les autres invités, excluant ainsi toute conversation, toute intimité, avec elle. Mme Elwood avait divers centres d'intérêt, ils parlaient cinéma, politique ou sport sans jamais aborder des sujets personnels. Après le bal, sitôt qu'elle se faisait par trop insistante, Barr simulait la fatigue, s'excusait de se retirer d'aussi bonne heure, puis regagnait sa cabine. Il percevait que Marcia Elwood souhaitait nouer une relation plus intime avec lui et, soucieux d'entretenir ses espoirs, il se risquait à aborder des thèmes amoureux, mais toujours dans un contexte littéraire, artistique ou relevant de la problématique raciale, à seule fin de titiller la femme, sans lui laisser la moindre possibilité d'exprimer, d'insinuer ou de concrétiser son désir.

Trois jours après sa conversation avec M. Elwood, autrement dit cinq jours après son arrivée sur le bateau, sa prestation achevée, Barr se rendit, le soir, en douce, à l'arrière du yacht, endroit le plus souvent désert, tout en s'arrangeant pour que Marcia le remarque. Une fois installé, il l'attendit. Elle arriva quelques minutes plus tard et s'assit à côté de lui. Ils commencèrent à parler des invités et de l'orchestre. En deux jours, Barr avait gagné l'entière confiance et l'admiration sans bornes de Marcia qui, dans sa naïveté, finissait toujours par lui donner raison pour peu qu'ils discutent, acceptait tous ses conseils, persuadée qu'il était l'un des êtres les plus intelligents du pays. Barr, quant à lui, était vraiment stupéfait de sa capacité à inventer des théories abracadabrantesques, à jouer les cuistres et à parler avec le plus grand cynisme de choses auxquelles il ne connaissait strictement rien.

Ce soir-là, après avoir bavardé un quart d'heure, elle lui demanda de l'accompagner dans sa cabine.

— Non, répondit Barr, ça ne serait pas une bonne idée, tu n'aimerais pas.

— Pourquoi, demanda-t-elle, je ne te plais pas ? Tu n'en as pas envie ?

Barr semblait très perturbé, inquiet.

— Bien sûr que si, répondit-il. Mais tu risquerais d'être déçue.

— Je ne le crois pas, je ne peux pas y croire. En tout cas, tu me plais beaucoup. Allons-y, s'il te plaît.

— Non, je fais ça pour ton bien, je te le garantis. Je ne voudrais pas que tu perdes tes illusions.

Là-dessus, Marcia se rapprocha de lui et l'embrassa. Barr tenta de réfréner ses ardeurs, mais elle, n'y tenant plus, s'entêta.

Frémissant, en sueur, Barr la bouscula, la flanqua par terre et lui sauta dessus en hurlant :

— Fiche-moi la paix, idiote, tu peux pas voir que j'y arrive pas ?

Et de lui asséner des coups violents, désordonnés. Elle hurla. De la main, Barr la bâillonna, tout en lui comprimant la poitrine avec ses genoux. Elle parvint à se dégager et se remit à crier. En l'entendant, Barr sembla redoubler de colère, il s'acharna. Il la giflait avec sa paume et le revers de sa main, il lui enfonçait les doigts dans les côtes, il lui mordait le nez. Elle se débattait et s'égosillait :

— Lâche-moi, monstre ! Lâche-moi !

Plus elle avait mal, plus les coups pleuvaient ; sa frénésie amenait Barr à des extrêmes insoupçonnés. Il se leva un instant, s'arma d'un flotteur qu'il avait à portée de main et l'en frappa avec fureur jusqu'à ce qu'elle perde connaissance. Alors il s'arrêta, se redressa, se saisit du verre de whisky qu'il avait apporté à l'arrière du yacht, là où étaient les transats, et le jeta à la figure de Marcia, tout en essayant de la ranimer à l'aide de petites tapes.

Marcia reprit peu à peu connaissance et dès qu'elle le vit se remit à crier. Barr la bâillonna et lui dit :

— Chut. Je ne vais rien te faire. Tout ça c'est du passé. Pardonne-moi. J'en suis désolé, je ne l'ai pas fait consciemment. Si tu le souhaites, je vais t'expliquer pourquoi je l'ai fait. Mais arrête de crier, calme-toi, c'est fini, personne ne te frappera plus.

Voyant que Barr se montrait affectueux et rassurant, Marcia se tut. Il l'aida à se relever et la balança sur un transat. Avec son mouchoir, il lui nettoya les blessures et les contusions qu'il lui avait infligées. Elle s'apaisa. Barr vint alors s'asseoir auprès d'elle et se mit à parler, le regard vague, la voix lointaine.

— Marcia, dit-il, ah ! si tu savais combien je regrette cette scène, mais je t'avais prévenue et tu l'as bien cherché. La fidélité est ce qui compte le plus pour moi en ce monde et je suis incapable de vivre avec une femme depuis la mort de mon épouse. Je suis veuf, oui. Je ne parle jamais d'elle, parce que son seul souvenir m'est douloureux. C'était un être merveilleux comme cette terre n'en a jamais porté. Nous nous sommes mariés très jeunes et elle est morte un an plus tard. Dès lors, chaque fois que j'ai vécu avec une femme, il m'est arrivé plus ou moins la même chose. C'est insupportable. Je ne peux pas supporter de voir une femme essayer de remplacer Joan. Aussitôt, je la hais. Je t'apprécie beaucoup, et je suis désolé. J'en ai parlé à ton mari, à Coleman, avec lequel, ces jours-ci, je me suis lié d'amitié. Il a très bien compris, c'est quelqu'un de merveilleux. Tu as bien de la chance, Marcia, de l'avoir pour époux et tu as tort de ne pas en être plus proche. Cole m'a compris parce qu'il est dans la même situation. Il a perdu sa femme, il t'a perdue, toi, même si tu n'es pas morte, et ça le rend malheureux. Je sais pour ma part combien l'on souffre lorsqu'on est très amoureux, et je vois combien il souffre parce qu'il t'aime et que toi, tu ne réponds plus à son amour. Je crois que tu ferais mieux de retourner avec lui et de rester pour toujours à ses côtés. Il t'aime.

— Oui, dit Marcia, songeuse.

Le lendemain, sixième et dernier jour de croisière, Barr tarda à faire son apparition sur le pont. Épuisé par la nuit précédente, il se leva à l'heure du déjeuner. Il avait terminé son repas quand M. Elwood vint vers lui, sourire aux lèvres. Il lui serra la main en lui disant :

— Monsieur Barr, merci, merci pour ce que vous avez fait. J'ignore comment vous y êtes parvenu, peu m'importe si vous êtes l'auteur des coups qu'a reçus Marcia ou s'ils sont dus à une chute dans un escalier, comme elle le prétend. Ça m'est égal, parfaitement égal. Je vous signale juste qu'hier, à une heure avancée de la nuit, Marcia est entrée dans ma chambre, elle qui s'en abstenait depuis deux ans ; elle m'a dit qu'elle m'aimait, elle aussi, qu'elle m'avait toujours aimé, que je veuille bien lui pardonner, qu'elle avait été aveugle, que les hommes qui perdent leur épouse souffrent et cætera, et cætera. Je n'y comprends rien, j'ignore ce que vous avez fait, mais vous me voyez le plus heureux des hommes. Tenez, voici votre argent : treize mille dollars.

Et il lui remit un chèque de ce montant. Barr le regarda avec condescendance et le lui rendit en disant :

— Monsieur Elwood, nous étions convenus que je serais payé en espèces et je crois que vous devrez me donner vingt mille dollars si vous souhaitez en savoir davantage sur une façon de guérir éventuellement votre fille.

Elwood le regarda, surpris :

— Que voulez-vous dire, Barr ?

— Précisément cela. Vingt mille, répondit Barr d'un air détaché.

— D'accord, vingt mille, mais dites-moi de quoi il s'agit, s'impatienta Elwood.

— D'abord, le fric, et en espèces, insista Barr. Et à une condition. Quoi que je vous dise, vous devrez me promettre de ne pas vous mettre en colère et de ne prendre aucune disposition avant trois jours à cette même heure, autrement dit jusqu'au 24 mai 1962 à deux heures de l'après-midi.

— Pour quelle raison ? Qu'avez-vous donc à me dire ?

— Peu importe. Je ne veux même pas de questions. Vous acceptez, oui ou non ?

— Oui ! explosa Elwood.

Là-dessus, il partit chercher l'argent, en claquant la porte derrière lui.

Barr se leva, sortit de la salle à manger et se dirigea vers les transats, à l'arrière du bateau.

Au bout d'une demi-heure, Elwood apparut avec un petit attaché-case.

— Où étiez-vous passé ? Je vous ai cherché partout. Ma patience a des limites, Barr, dit-il.

Barr ne releva pas. Il prit l'attaché-case, l'ouvrit, compta les billets.

— Très bien, dit-il. À présent, signez l'attestation suivante : s'il arrive quoi que ce soit à M. Terence Barr de New York, domicilié à l'adresse que je préciserai, avant le 24 mai 1962, je jure que je remettrai cinquante pour cent de ma fortune et de mes biens à M. Philip Lowell de San Francisco. Faites-en une copie et appelez un notaire et deux témoins.

Elwood était stupéfait, indigné.

— Qu'avez-vous en tête, Barr ? Qui est ce Lowell ? Dans quelle mesure serai-je responsable au cas où vous auriez un accident ? Vous commencez à me taper sur le système, Barr.

Avec un geste de dédain, Barr répondit :

— Personne ne vous oblige à signer ça, Elwood. Mais personne non plus ne m'oblige à vous dire ce que je sais. Laissez tomber si ça ne vous plaît pas. Vous pouvez toutefois spécifier que vous ferez cela au cas où quelqu'un mettrait fin à mes jours, et non pas si je suis victime d'un accident. Je ne pense pas, quoi qu'il en soit, que vous ayez à remettre cet argent si vous ne prenez pas de mesures avant cette date. Qu'en dites-vous ? Vous voulez la guérison de votre fille, oui ou non ?

— Oui, absolument, répondit Elwood, épuisé, dans tous ses états.

Il s'éloigna à grands pas et réapparut quelques minutes plus tard avec un notaire qui faisait partie des invités et deux stewards. Une fois l'acte établi, les trois hommes se retirèrent, Barr et Elwood se retrouvèrent seuls.

— Eh bien ? dit ce dernier.

Maîtrisant parfaitement la situation, Barr bâilla avec nonchalance.

— Eh bien ? répéta Elwood.

Barr sourit.

— Ne soyez pas impatient, monsieur Elwood. Chaque chose en son temps. Ce que j'ai à vous dire, c'est que votre secrétaire, votre homme de confiance, M. Keefer, fournit des amants à votre fille pour une poignée de dollars. Tous les soirs. Sterne, le chauffeur, et une certaine Evelyn Pennick sont impliqués dans cette affaire. À mon avis, si vous les renvoyez et si vous faites suivre un traitement à Chris, elle guérira très vite.

Elwood serra les mâchoires.

— J'en suis sûr, dit-il.

Là-dessus, il s'en alla, et Barr se retrouva seul avec sa mallette bourrée de billets contenant l'acte qui liait les mains d'Elwood. Ils atteignaient San Francisco quand il partit à la recherche de Keefer qui lui remit les cinq cents dollars qu'il lui devait.

Une fois au port, il prit congé de tout le monde. M. Elwood enlaçait sa femme. Il était plus calme, il alla même jusqu'à le remercier pour son aide. Marcia lui posa un baiser timide sur la joue, quant à Keefer, il ne daigna pas lui dire au revoir. Chris ne sortit pas de sa cabine puisqu'elle y était enfermée à clé. Sterne le laissa dans le hall de l'hôtel Cleveland. Barr se dirigea alors vers la pension de Mme Burnham où il réussit à entrer et sortir ni vu ni connu, après avoir repris ses affaires et les cinq mille dollars auxquels il n'avait pas touché depuis son départ de New York.

Il descendit dans la rue, longea quelques pâtés de maisons, entra dans une cabine téléphonique et demanda à parler à M. Graham G. Nelson, à New York. En entendant la voix pâteuse de son interlocuteur, il dit :

— Nelson, ici Terry. Je te présente ma démission en qualité de compositeur de la compagnie. Je n'ai écrit que deux chansons, mais je ne vous les donnerai pas et je crois que je n'en écrirai plus jamais. Adieu, Nelson – et il raccrocha sans donner seulement le temps à son chef de placer un mot.

Il avait hâte de sortir de la ville, il prit donc un taxi et, avec ses vingt-six mille cent dollars exempts d'impôts, il se rendit à l'aéroport de San Francisco où il acheta un billet d'avion. Huit heures plus tard, entre l'embarquement et le vol, Barr atterrissait à Tampa, en Floride.

En 1934, à Chicago, deux chaînes de boîtes de nuit se faisaient concurrence dans la vente d'alcool. Les autres endroits où l'alcool était en vente libre, en dépit de la prohibition, appartenaient à des particuliers et ne gênaient en rien ces deux chaînes. À la tête de l'une de ces chaînes était Vincenzo Ruta, chef de la mafia depuis 1929, époque de la Grande Dépression au cours de laquelle la mafia contrôlait la plupart des affaires louches du pays. L'autre était très récente. Fondée en 1923, elle avait véritablement pris de l'importance vers 1931. Cinq hommes seulement avaient dirigé l'organisation : Mark Farr, Robinson Lummis, Dayton Hawkins, Clifford Vance, le dernier en date étant Zydmunt Grabowski, d'origine polonaise. Ces cinq hommes et trois autres, Woodrow Silvers, Addison Parfrey et Jim O'Connell, décédés en 1932, lors des bagarres avec les partisans de Don Marchetti, avaient fondé l'organisation.

Aucun d'eux n'était italien et jamais on n'avait accepté un élément de ladite ascendance, jusqu'à ce que Zydmunt Grabowski s'empare du pouvoir. Il l'avait usurpé à la mort de Cliff Vance dont l'assassinat restait à élucider, et il avait donné un nouveau souffle aux activités de l'organisation.

Bravant l'opinion de la majorité des membres du conseil, il avait décrété que, dans ce genre d'entreprise, la discrimination était absurde, le critère de sélection de tout élément étant l'intelligence et la compétence et non pas l'hérédité, aussi avait-il commencé à admettre au syndicat des Italiens de valeur sûre. Pour y parvenir, il avait dû éliminer une bonne partie des vieux de la vieille. Après les violentes bagarres et les crimes qui marquèrent la Noël 1932, à la suite de l'élimination de la bande de Don Marchetti et de la mort de Cliff Vance, Grabowski avait atteint son objectif : diriger une organisation de la façon qu'il estimait la plus judicieuse. Ce syndicat ne s'était jamais immiscé dans les affaires de Vincenzo Ruta et de son adjoint, Al Donnelly, que beaucoup prétendaient être son amant. Grabowski s'était contenté de s'implanter peu à peu et de conquérir les quartiers qui étaient le fief d'associations de taille et de potentiel égaux ou inférieurs à la sienne, comme celle de Roberto Martorelli ou celle de Don Marchetti, mais ces derniers avaient toujours respecté la mafia. Toutefois, quand Grabowski prit la direction du syndicat, il estima que la seule façon de ne plus avoir peur de Ruta et de se retrouver sur un pied d'égalité avec lui pour mieux le liquider par la suite, c'était d'être à tu et à toi avec lui et de se lancer dans le commerce des boissons et du jeu, domaine où Vince Ruta régnait en maître absolu depuis de nombreuses années. Il avait ainsi fait main basse sur les boîtes de nuit et les raffineries d'alcool de Marchetti et de Martorelli. Il s'était empressé de les développer, de les rénover et de les rendre opérationnelles, devenant le deuxième distributeur de la ville. Vincenzo Ruta n'avait pas apprécié, il avait tenté de les lui racheter, mais Grabowski avait d'autres idées en tête que de lui livrer la ville sur un plateau d'argent, aussi avait-il refusé. Malgré d'incessantes dénonciations à la police et de fréquentes descentes dans ses bars, Grabowski ne baissa pas les bras, il continua à vendre des boissons, tout en organisant la destruction de quelques-unes des boîtes de nuit de Ruta en représailles. Ce dernier, déjà d'un certain âge et, par là même, conservateur, avait laissé faire les hommes de Grabowski sans engager une lutte ouverte et sans appel. Il se disait que si Grabowski osait riposter, c'était parce qu'il était sûr de lui et de sa force, et même s'il le savait moins puissant que lui, il n'avait aucune envie de se retrouver privé de ses effectifs et de ses biens à la fin du conflit. Entre-temps, Zydmunt Grabowski avait quasiment réussi à concurrencer Ruta, aussi jugea-t-il qu'il était temps d'en finir avec lui et de le bannir de Chicago. Après maintes négociations en vue d'un accord de base, et de non moins nombreuses provocations qui indignèrent Ruta et l'incitèrent à se défendre, constatant de surcroît que toutes ses attaques se résumaient à des coups d'épée dans l'eau, Zydmunt Grabowski décida de mettre en œuvre un plan qui pousserait, à coup sûr, Vince Ruta à mener, en personne, une ultime et formidable offensive contre lui.

Un homme, que l'on n'avait pour ainsi dire jamais vu en ville, se promenait sur Colman Street dans les quartiers sud vers neuf heures et demie, le soir du 12 décembre 1934. Il regarda les vitrines de plusieurs boutiques et, à hauteur de celle d'un chausseur pour hommes qui se trouvait précisément en face du Lonesome Road, un salon de thé et lieu de détente, il retira son chapeau à larges bords, s'examina attentivement dans la vitre, lissa ses cheveux, remit son chapeau et traversa la rue. Grand, blond et mince, très blanc de teint, il portait la raie au milieu. Chaussé de bottines, vêtu avec un soin méticuleux, il arborait un costume sombre, une cravate que retenait une épingle en platine, une chemise impeccable, un manteau beige qui lui arrivait au-dessous des genoux. Il s'arrêta de nouveau à l'entrée du Lonesome Road, sortit de sa poche une longue cigarette turque, qu'il alluma. Après une ou deux bouffées, il poussa la porte. Le Lonesome Road était une petite salle confortable, lambrissée de boiseries ; il ne s'y trouvait que deux ou trois clients. L'homme s'assit à une table. Aussitôt une serveuse s'approcha de lui, sourire aux lèvres.

— Que voulez-vous boire, monsieur ?

— Qu'avez-vous à me proposer ?

— Surtout du thé.

— Le thé ne réchauffe pas comme le whisky. Vous avez du whisky ?

— C'est interdit, monsieur.

— Je ne vous demande pas si c'est interdit, je vous demande si vous en avez.

La serveuse sembla paniquer.

— Vous connaissez quelqu'un qui vous a dit qu'on en vendait ici ? hasarda-t-elle, candide.

— Oui, mademoiselle. Un de mes amis qui s'appelle Dick Lovelock ou Lovelacci si vous préférez.

— Dick Lovelock ? Je crois que le barman le connaît. Une minute, s'il vous plaît.

La serveuse alla au bar et murmura quelque chose au barman qui regarda effrontément l'homme au manteau beige avant de s'éclipser par une porte. La serveuse resta près du comptoir en souriant, l'air gênée. Le barman revint, parla à la serveuse, qui acquiesça d'un signe de tête et se dirigea vers l'homme au manteau beige.

— Je crois qu'il nous en reste une bouteille, dit-elle. Venez par ici, s'il vous plaît.

L'homme éteignit sa cigarette et se leva. La serveuse le conduisit à une espèce de cuisine. Elle tira des rideaux qui dissimulaient des étagères sans livres. Elle frappa quelques coups, l'une des étagères coulissa, laissant voir le visage d'un jeune qui arborait un grain de beauté postiche sur une joue.

— C'est lui qui prétend connaître Dick, dit la serveuse.

Le jeune homme referma l'étagère, les étagères coulissèrent vers la droite et disparurent, donnant accès à une salle bondée et enfumée. Des jeunes en petite tenue dansaient un fox-trot et, tout au fond, on entrevoyait des tables pour jouer à la roulette ou aux cartes. L'homme au manteau beige remercia la serveuse, passa dans la salle et alla s'asseoir à une table collée au mur auquel il tourna le dos, jouxtant la porte. Il demanda un whisky écossais au barman venu prendre sa commande et, quand ce dernier le lui eut apporté, il le but à petites gorgées.

— Salut, l'ami.

— Salut, l'ami, répondit l'homme au manteau beige à celui qui venait de s'asseoir en face de lui, et il ajouta : Je ne me souviens pas que l'on nous ait présentés.

— Peu importe, répondit l'autre avec un sourire. Je me présenterai moi-même. Sandro Scarfini, et vous ?

— Milt Taeger.

— Milt Taeger ?

— Oui, ça vous dit quelque chose ?

— Ça ne me dit rien du tout. Mais ça n'a aucune importance, Milt. On m'a dit que vous connaissiez Dick Lovelock, vous savez qu'il est mort ?

— Non, je l'ignorais. Et on vous a menti si on vous a raconté que c'était un de mes amis. J'ai juste entendu parler de lui, mais je ne l'ai jamais vu.

Sandro Scarfini fit un geste de surprise.

— Mais c'est ce que vous avez dit à Nelle, la serveuse. Pour quelle raison ?

— C'est exact mais c'était un mensonge. Je voulais entrer ici, c'est tout.

— Pour quoi faire ?

— Pour boire un bon whisky écossais et pour parler avec Al Donnelly.

— Pour parler avec Al ? Vous le connaissez ?

— Non, répondit Milt. – Il parlait très posément, d'une voix douce et assurée.

Scarfini fronça les sourcils et demanda :

— Comment m'avez-vous dit que vous vous appeliez ?

— Milt Taeger. Peut-être que cela vous en dirait davantage si je vous parlais de Peter Riessen.

— Peter Riessen ? Oui, je le connais. Qu'avez-vous à voir avec lui ?

— J'ai travaillé pour lui, mais j'en ai eu marre. Il payait mal, celui-là, et par-dessus le marché je n'aimais pas New York. Je voudrais voir Al Donnelly. Je sais qu'il est ici. Auriez-vous l'amabilité de le prévenir ? Je ne suis pas sûr, mais je crois que c'est ce jeune homme blond près de l'orchestre, répondit Taeger sans regarder dans cette direction.

Scarfini, lui, se retourna.

— Oui, c'est lui, confirma-t-il. Mais ce que vous avez à lui dire, vous pouvez tout aussi bien me le dire à moi. À quoi bon le déranger ?

— Pour moi si, ça en vaut la peine. Dites-lui que je suis ici, insista Milt Taeger d'un ton qui n'admettait pas la réplique.

Scarfini le regarda droit dans les yeux, puis il se leva, s'approcha de la table de Donnelly et lui parla. L'homme se mit debout, tous deux se dirigèrent vers Milt. Ils s'assirent et Donnelly prit la parole :

— Sandro m'a dit que vous souhaitiez me parler, monsieur...

— Taeger, Milt Taeger, mais je préférerais que ce soit en privé avec vous, si toutefois cela ne vous dérange pas, monsieur Scarfini.

Scarfini regarda Al Donnelly, qui lui fit signe de se retirer. Quand il se fut éloigné, Donnelly reprit :

— Très bien. Nous voici seuls. Qu'avez-vous donc à me dire ? C'est Peter Riessen qui vous a envoyé ?

— Non, monsieur Donnelly. Je ne travaille plus pour lui, mais je n'ai pas envie que nous parlions ici. Que diriez-vous de prendre l'air ?

— Non, répondit Donnelly. Dites-moi une bonne fois pour toutes ce qui vous amène, pas besoin d'aller dans la rue. Parlez, bon sang !

D'une main, Milt tenait son verre, gardant l'autre glissée dans une poche de son manteau. Il soupira et dit sur le ton calme et monocorde qu'il avait employé jusqu'alors :

— Monsieur Donnelly, nous allons sortir bavarder. J'ai dans la poche droite de mon manteau un pistolet braqué sur votre ventre. Pour peu que vous fassiez le moindre mouvement, ou que vous appeliez un de vos sbires, je vous vide le chargeur dans le ventre. Et je me fiche pas mal qu'ensuite vos hommes me criblent de balles, mais d'abord j'en finis avec vous, pigé ? Par conséquent, réglez l'addition, dites simplement à Scarfini que vous sortez une minute et allons-y. Soyez naturel, faites en sorte qu'ils ne se doutent de rien. Rappelez-vous que je suis à côté de vous et qu'au moindre dérapage, c'en sera fini de Donnelly. Faites ce que je vous dis.

Al Donnelly avait pâli. Une gorgée d'alcool lui redonna des couleurs. Il se leva et fit ce que Milt lui avait ordonné. Ils traversèrent la cuisine, le salon de thé et sortirent dans la rue. Ils se mirent à marcher, presque collés l'un à l'autre, sans dire un mot. Ils longèrent deux pâtés de maisons et s'arrêtèrent au troisième. Une voiture noire était garée là.

— Montez, dit Milt.

Donnelly obtempéra, il s'assit à côté du chauffeur. Milt

s'assit à l'arrière et dégaina. Il plaqua le canon contre la nuque de Donnelly et dit au chauffeur :

— Allons-y, Jamie.

Donnelly regarda le conducteur et, en constatant qu'il s'agissait de Jamie Duvalle, il s'affola.

— Qu'est-ce qui se passe ? Que me voulez-vous ? demanda-t-il. Qu'allez-vous me faire ?

— Ferme-la ou ça finira mal pour toi, rétorqua Jamie.

Donnelly se tut. La voiture traversa la ville et prit la route de l'Ouest. Aucun des trois ne parla de tout le trajet. À la fin, ils s'arrêtèrent près d'une vieille cabane en pleine campagne. Milt rompit le silence :

— À présent, tu peux lui prendre son pistolet, Jamie.

Jamie Duvalle fouilla Donnelly et tira un gros revolver de sa veste.

— Sors, ordonna Milt.

Donnelly descendit de la voiture, suivi de Jamie et de Milt. Ils pénétrèrent dans la cabane, saluèrent un vieillard assis dans un fauteuil à bascule.

— Une minute, Milt, dit Jamie, je dois passer un coup de téléphone.

Il sortit de la pièce, referma la porte et composa un numéro.

— Grabowski ? dit-il. Ici Jamie. Ça y est, on le tient, mais j'ai pensé que mieux valait peut-être faire chanter Ruta, exiger qu'il quitte la ville, avec toute sa troupe.

— Non, tonna la voix à l'autre bout du fil. Il partirait sans doute, mais il reviendrait. Mieux vaut en finir une bonne fois pour toutes avec lui. C'est la seule solution. Faites ce que je vous ai dit.

— Compris, répondit Jamie, et il raccrocha.

Il rentra dans la pièce. Al Donnelly était assis dans un fauteuil et Milt, appuyé sur le bras du fauteuil, pointait le pistolet sur sa nuque. Donnelly était pâle comme un linge.

— Allons-nous-en, dit Jamie.

Tous trois sortirent par la porte de derrière, qui donnait sur une misérable cour arborée. Elle faisait aussi, en quelque sorte, office de potager, des légumes verts y voisinaient avec des choux-fleurs. Jamie sortit son pistolet et alluma une cigarette.

— Qu'est-ce que vous allez me faire ? demanda Al Donnelly, paniqué, près de s'évanouir.

Milt lui flanqua une gifle qui l'expédia par terre :

— Nous t'avons ordonné de te taire, lui rappela-t-il. Qui as-tu appelé, Jamie ?

— Grabowski. Faut en finir.

Alors Milt se baissa jusqu'à hauteur de Donnelly. Il lui colla le canon du pistolet sur la tempe et tira. Donnelly vacilla, des petits bouts d'os voletèrent et il s'effondra.

— Vide-lui le chargeur dans la gueule, dit Jamie. Qu'il paraisse le plus monstrueux possible quand Ruta le verra.

Milt prit son temps, regardant après chaque tir à quoi ressemblait le visage de Donnelly. À la fin, Al Donnelly était méconnaissable, ensanglanté, avec des trous à la place des yeux, complètement défiguré. À de nombreux endroits, ses cheveux blonds avaient disparu.

— Portons-le à la voiture, dit Jamie.

Ils le soulevèrent à deux et l'allongèrent sur la banquette arrière. Jamie démarra et ils prirent le chemin de la ville. Ils avaient presque atteint la banlieue ouest quand Milt ouvrit la portière et balança le cadavre de Donnelly dans le fossé. Ils continuèrent jusqu'à une cabine téléphonique. Jamie descendit, glissa quelques pièces et composa le numéro.

— M. Ruta, s'il vous plaît, demanda-t-il.

— De la part de qui ?

— Jamie Duvalle, et dites-lui qu'il ferait bien de prendre cet appel.

— Un moment.

Ruta mit plusieurs minutes à répondre.

— Que veux-tu, Duvalle ? Je n'ai rien à te dire.

— Ne vous inquiétez pas, je n'ai pas l'intention de vous proposer un marché, je voulais juste vous annoncer une bien pénible nouvelle. Un de mes jeunes amis du nom de Milt vient de descendre Al Donnelly. Vous trouverez son cadavre dans le fossé au kilomètre 9 de la route de l'Ouest, celle qui mène à Oak Park, précisa Jamie, et il raccrocha.

Quelques heures plus tard commencerait la bataille du 12 décembre 1934, appelée la nuit de la San Constantino, au cours de laquelle Vincenzo Ruta et la plupart de ses hommes allaient perdre la vie.

Osgood Perkins était à La Nouvelle-Orléans quand mourut Adèle Jones avec laquelle il avait vécu un peu plus d'un an. Le jour de l'enterrement, après l'avoir laissée au cimetière, il se rendit dans un endroit où Kevin Baldwin et ses amis jouaient du saxophone.

— Salut, Kevin, lui dit-il en entrant.

Kevin était en train de répéter. C'était un Noir, un grand échalas avec des lunettes. Il le salua, en levant un pied. Osgood s'assit à une table basse. Le lieu était une sorte de club des plus modestes où l'on ne servait que des boissons fraîches. Les murs étaient rouges, les tables noires et minuscules.

Osgood avait l'air fatigué, mais pas triste. Il commanda distraitement un coca-cola et, quand on le lui apporta, il le but à petites gorgées. Kevin et son orchestre commençaient à jouer quand Osgood remarqua, près de lui, un jeune garçon plus ou moins de son âge, assis entre deux filles. Il le regarda attentivement un moment. Le jeune s'en rendit compte, il l'observa à son tour avec curiosité. Osgood détourna le regard, mais il s'aperçut que le garçon se levait et venait vers lui. Il leva les yeux : debout, souriant, le garçon lui tendait la main. Osgood la serra.

— Comment vas-tu, Osgood ? dit le jeune. Je suis heureux de te voir.

Osgood se mordit la lèvre comme s'il essayait de le remettre.

— Oui, je te connais, mais je ne...

— Je suis Templeton, Templeton O'Hara. Nous avons vécu plusieurs années ensemble, avec Jason, mon père. Tu ne te rappelles pas ?

Le visage d'Osgood s'illumina. Il se leva et lui serra de nouveau la main, cette fois avec effusion, tout en s'exclamant :

— Templeton ! Bien sûr ! Mon vieil ami Templeton ! Comment vas-tu ? Que deviens-tu ? Qu'est-ce que tu fais ? Et ton père ? Où vit-il ?

Templeton O'Hara vint s'asseoir à côté de lui et répondit :

— Jason est mort il y a quatre ans. Je l'ai enterré à côté de l'oncle Nehemiah et je me suis barré. J'ai vendu la baraque et je me suis mis à bosser. Ça fait six mois que je vis ici. Je suis mécanicien dans un garage. Sûr que tu l'as retrouvé ton grand-père Emil, non ?

— Non, répondit Osgood avec un sourire. La recherche n'a pas été bien longue, mais je n'ai pas voulu revenir vivre avec vous. À vrai dire, je m'ennuyais.

— Et maintenant, tu t'amuses ? demanda Templeton, non sans une pointe de malice.

— Plus ou moins, répondit Osgood, d'ailleurs, j'ai un projet.

— Ah, oui ? Lequel ?

— Un projet important dont je peux pas parler, même avec toi, à moins que...

— À moins que quoi ?

— À moins que tu n'aies de l'argent.

— À moins que j'aie de l'argent ? De quoi s'agit-il ? D'une affaire ?

— On peut dire ça. Tu as du fric ?

— J'en ai un peu. Pourquoi en as-tu besoin ? Pour l'investir ?

Osgood esquissa un sourire et répondit :

— Non, pour quelque chose de beaucoup plus sûr, un truc qui ne peut pas foirer. Mais avant tout, il faut que je sache si tu es prêt ou non à financer ce projet.

— J'en sais rien, Osgood. Tant que tu m'auras pas dit de quoi il s'agit, comment veux-tu que je sache ? Combien il te faut ?

— Aucune idée. Ça coûte combien de louer une camionnette ou une voiture pendant un ou deux jours ?

Templeton le regarda, stupéfait.

— Trois fois rien, répondit-il. Juste ça ? T'as même pas assez pour ça ?

— Pour l'instant, j'ai que deux dollars cinquante-cinq. Depuis un peu plus d'un an, c'est tout ce que j'ai en poche. Et ça fait plus d'un an que je veux mener à bien ce projet.

— Et de quoi vis-tu ?

— Disons qu'une fille m'entretenait et me filait du fric. Elle est morte hier.

— Désolé.

— Sois pas désolé, Templeton. Qu'est-ce que ça peut faire ?

— Rien, répondit ce dernier. – Il se tut, puis il reprit : D'accord, je veux bien le financer ton projet. De quoi s'agit-il ?

Osgood allait répondre quand l'une des filles qui étaient avec Templeton s'approcha d'eux et demanda :

— Tu viens ou non, Tem ? Amène ton ami si tu veux, mais nous laisse pas toutes seules.

— Sue Ann, je te présente Osgood Perkins, un de mes vieux copains, dit Templeton qui ajouta, à l'intention d'Osgood : Allons les rejoindre et après tu me raconteras.

— D'accord.

Ils se levèrent, passèrent à la table que Templeton avait occupée au début. Osgood salua Molly Ann, l'autre fille, et tous redemandèrent du coca-cola.

Le lendemain, Osgood et Templeton se retrouvèrent près du garage de ce dernier. Ils se serrèrent la main.

— Ils t'ont donné l'autorisation ? demanda Osgood.

— Oui.

— Tu as le fric ?

— Ouais.

— Allons-y.

Ils se dirigèrent vers Shaw & Lomax, une agence de location de voitures où ils optèrent pour une décapotable pourvue d'un grand coffre. Ils payèrent comptant, signèrent un reçu et partirent vers le sud-ouest. Il faisait beau, ils étaient ravis. S'accompagnant de son cher banjo, Osgood fredonnait une vieille chanson.

— Comme au bon vieux temps ou presque, remarqua Templeton.

— Oui.

Osgood continua à chanter et ils ne se reparlèrent pas jusqu'à Houma. Après un copieux petit déjeuner suivi d'un tour en ville, ils reprirent la route du Sud jusqu'au kilomètre 13 où se trouvait une chênaie. Ils garèrent la voiture sur le bas-côté et en descendirent tout excités.

— Inspecte les chênes qui sont au cœur de la forêt, dit Osgood. Moi, je m'occuperai de ceux qui sont par ici.

Certains chênes présentaient des cavités. Templeton et Osgood les étudièrent attentivement, mais ils ne trouvèrent rien. Ils répétèrent trois fois la même opération, veillant à n'oublier aucun arbre, mais en vain. Fatigué, Osgood remonta dans la voiture et dit :

— Ce maudit nègre a dû nous jouer un tour. Saint Patrick le Bouseux ! Qui aurait pu y croire ! Juste un idiot comme moi ! Il avait raison le vieux, parfaitement raison.

— En fait, hier soir, je ne t'ai pas vraiment cru, Osgood, avoua Templeton. Ça m'a semblé rocambolesque. Désolé.

— C'est plutôt moi qui suis désolé. J'ai vécu toute une année dans l'espoir de rencontrer quelqu'un qui pourrait m'aider et en qui je pourrais avoir confiance. Je croyais dur comme fer en l'existence de ce trésor. Ça n'a rien de drôle de s'apercevoir que l'espoir qui t'a nourri et qui t'a bercé pendant toute une année se réduit à un tour que t'a joué un foutu nègre moribond. Ce genre de choses me révolte.

— Bon, mais qu'est-ce qu'on peut y faire ? répondit Templeton.

— Oui, je sais que je ne peux rien y faire et que ça ne sert à rien de me lamenter, mais ça me rend malade de m'être fait avoir. Tu es sûr qu'on n'a pas oublié un chêne ?

— Sûr et certain, Osgood. Que dalle. Que dalle. Saint Patrick le Bouseux n'a jamais existé. Mets-toi ça dans le crâne. Tu t'es fait avoir. On a regardé quatre fois tous les chênes. Désolé.

— Suffit, Temp. Allons-nous-en. On n'a plus rien à faire ici.

Ce fut un coup dur pour Osgood qui refusait d'admettre au fond de lui-même que Josh le nègre lui avait menti d'un bout à l'autre. Il prit congé de Templeton et alla trouver Kevin chez lui, dans un petit appartement du quartier français bien entretenu et bien rangé.

— Salut, Kevin, dit-il, quand ce dernier lui ouvrit la porte. Je viens te dire au revoir.

— Tu t'en vas ? demanda le saxophoniste.

— Oui. J'étais ici parce que j'avais quelque chose à faire à Houma. Maintenant que c'est fait, je me tire.

— Où vas-tu ?

— Je sais pas encore, répondit Osgood. – Il cligna deux ou trois fois les yeux avant d'ajouter : Pourquoi viendrais-tu pas avec moi ? Je parie que McKee te paie au lance-pierre.

— C'est vrai, il me paie très mal. Mais qu'est-ce que tu comptes faire ?

— J'en sais rien, mais j'ai bien l'intention de m'enrichir.

— T'enrichir ? Comment ?

— Je te dis que j'en ai aucune idée. Je verrai. On peut tout à fait se débrouiller.

— Peut-être.

Ils se turent. Osgood reprit :

— Alors, tu viens ou non ?

— Oui.

Une ou deux heures plus tard Osgood Perkins et Kevin Baldwin quittaient La Nouvelle-Orléans, dans une voiture volée. Laissant derrière eux la Louisiane, ils atteignirent l'État du Mississippi, qu'ils traversèrent avant de parvenir en Alabama. Ils s'arrêtèrent à Citronelle, petite ville où ils cherchèrent un logement. Kevin avait quelques économies, juste de quoi subsister cinq jours sans travailler. Toujours est-il que le lendemain matin, chacun s'en fut chercher un travail. Osgood eut de la chance, il se rendit dans une salle de billard et demanda à voir le patron, un gros rougeaud aux petits yeux inscrutables, du nom de Carl Finch.

— Que voulez-vous ? demanda-t-il.

— Du travail, répondit Osgood.

— Vous jouez au billard ?

— Oui.

— Bien ?

— Oui.

— Allons-y, dit Carl Finch, qui lui refila une queue de billard et en prit une lui-même.

— On joue l'un contre l'autre ?

— Oui.

Osgood le battit à plate couture. Il avait toujours aimé jouer au billard et à La Nouvelle-Orléans, il s'y était entraîné trois heures par jour.

— Bon, finit par dire Finch. Vous n'êtes tout de même pas un pro, n'est-ce pas ?

— Non.

— Dans ce cas, le boulot est pour vous. Soixante-quinze par semaine.

— D'accord. Quand est-ce que je commence ?

— Tout de suite.

— Bien. Que dois-je faire ?

— Vous voyez cette table ? dit Finch en lui montrant une table sur laquelle était posé un écriteau : « Pariez contre la maison ».

— Oui, répondit Osgood.

— Bon, eh bien la maison, ça sera vous maintenant.

— D'accord. Et jusque-là, qui était la maison ?

— Moi, et je perds toujours contre les passionnés de billard. Du coup, je ne fais pas de bénéfice. Tiens, on dirait que voilà votre premier adversaire.

Un jeune garçon brun, aux longs favoris, chemise noire, cravate blanche et chapeau venait d'entrer.

— Salut, Carl, dit-il. On vient jouer un peu.

Carl sourit.

— Pas contre moi. Contre moi, c'est fini. Désormais, la maison, c'est lui, dit-il en désignant Osgood.

— Il est un peu jeune, non ? dit le garçon aux favoris.

Osgood ne répondit rien, Finch reprit :

— Ça n'a aucune importance. L'essentiel, c'est qu'il joue bien.

— Alors, allons-y.

Le garçon prit une queue de billard et lança la partie. Il se débrouillait plutôt bien au billard américain. Il joua quatre coups de suite sans laisser Osgood intervenir. Mais quand vint son tour, Osgood ne s'arrêta plus. Le garçon jeta cinq dollars sur le tapis vert en disant :

— Bien joué, mon gars, bravo ! C'était juste l'échauffement. On rejoue.

Finch ramassa les cinq dollars, les fourra dans sa poche et replaça les boules. Cette fois, Osgood commença et ne laissa jouer que deux fois de suite le garçon aux favoris. Il jeta à nouveau cinq dollars que Finch s'empressa d'empocher et dit :

— On change de table.

— Impossible, George, réagit Finch, c'est la table où l'on parie contre la maison.

— On en change, répondit le garçon. Je me méfie de cette table.

— D'accord, dit Finch.

Ils changèrent de table. George joua le premier. La partie ressembla à la première, voire fut un peu plus compétitive ; Osgood gagna une fois de plus. George s'énervait, il grommelait :

— Faut que je le pile, faut que je le pile.

À huit heures du soir, George avait perdu cinquante-cinq dollars et la salle de billard était pleine de clients qui ne jouaient pas entre eux, mais attendaient leur tour pour se mesurer à Osgood qu'ils appelaient « le petit jeune ». George offrait un spectacle lamentable. La langue pendante, il suait à grosses gouttes, ce qui le rendait maladroit et affectait la précision de ses coups. Osgood, au contraire, était très détendu quoiqu'un peu las. Ils atteignaient les soixante-quinze dollars quand George, sans rien dire, enfila sa veste et sortit. Osgood s'apprêtait à faire de même, il posa sa queue de billard, mais ceux qui attendaient leur tour protestèrent.

— Où crois-tu donc aller, mon gars ? lui lança Finch.

— Je m'en vais, répondit Osgood. En une soirée, j'ai gagné ce que je gagne en une semaine au boulot. Et ça fait six heures que je suis ici. Je suis crevé.

— Pas question que tu partes maintenant, mon garçon. Tous ces gens veulent jouer contre toi.

— Eh bien, il faudra qu'ils remettent ça à demain, répondit Osgood en se dirigeant vers la sortie.

Un grand gaillard à la gueule d'ancien boxeur s'interposa entre la porte et lui et dit en pointant les tables d'un doigt velu :

— À nous deux, mon petit.

Osgood ne répondit rien, il fit demi-tour et saisit la queue de billard.

À une heure et demie du matin, Carl Finch ferma son établissement. Osgood s'assit sur un tabouret, la tête entre les mains. Finch s'approcha et lui donna des petites tapes dans le dos.

— Bon travail, lui dit-il.

Osgood leva la tête et répondit :

— Cent soixante-cinq dollars, c'est beaucoup en une journée, et c'est moi qui les ai gagnés. Soixante-quinze dollars par semaine, c'est des clopinettes, comparé à ça. Je veux plus que ça.

— Voilà les exigences qui commencent ! s'exclama Finch. Tu as dit oui pour soixante-quinze dollars, pas question de revenir là-dessus.

— Bien sûr que si ! Je n'ai pas l'intention de me laisser tondre la laine sur le dos.

— Il faudra pourtant que tu t'y fasses, dit Finch. Kaplan ! hurla-t-il.

Une porte s'ouvrit et l'ancien boxeur, qui avait empêché Osgood de partir, apparut.

— Qu'y a-t-il, patron ?

— Le garçon veut nous quitter, Kaplan, répondit Finch.

— Sans blague ? grimaça Kaplan.

— Oui, répondit Finch qui ajouta : Mais je pense que nous parviendrons à le convaincre, pas vrai, Kaplan ?

— Bien entendu, déclara le grand gaillard.

Il s'approcha d'Osgood qu'il attrapa d'une seule main par la chemise et à qui il flanqua un coup de poing. Osgood tomba par terre, tout étourdi, Finch extirpa un vieux bout de papier de sa poche et lui dit :

— Signe ici.

Osgood se releva péniblement. Il lut le papier, un document imprimé qui disait : « Je m'engage à travailler pour M. Carl Finch dans ses salles de billard, pour la somme de cinquante dollars par semaine et ce jusqu'à ce qu'il décide qu'il n'a plus besoin de mes services. »

— Si vous croyez que je vais signer ça, ça ne tourne pas rond dans votre tête, dit-il.

Finch fit signe à Kaplan, qui recommença à rouer Osgood de coups, cette fois dans le bas-ventre. Osgood resta recroquevillé sur lui-même.

— Alors, tu signes ? demanda Finch à Osgood.

Ce dernier se ressaisit un peu, il prit le stylo à bille que lui tendait Finch et signa.

— Je peux partir ? demanda-t-il.

— Oui, répondit Finch, mais fais gaffe, sors pas de la ville.

— Vous inquiétez pas, dit Osgood qui s'en alla en boitant.

— Minute !

Entendant la voix de Finch, Osgood fit demi-tour et ouvrit la porte de la salle de billard.

— Où tu crèches ?

— Au Vermillion Inn.

— Demain à neuf heures, on ira te réveiller.

Quand Osgood rentra dans sa chambre, il trouva Kevin en train de jouer du saxo sans qu'il en sorte une seule note. Kevin lui sourit et dit :

— Tu as dégoté un boulot ? Moi, pas.

Osgood se jeta sur le lit et répondit :

— Oui, mais je suis crevé. Éteins la lumière.

À neuf heures du matin, on frappa à la porte. Kevin ouvrit. Kaplan était là.

— Qu'est-ce que tu veux ? lui demanda Kevin.

Kaplan l'écarta brutalement, il entra, s'approcha d'Osgood qui dormait comme un bienheureux et il se mit à le secouer. Kevin tenta de s'interposer, mais il reçut un coup de coude qui l'expédia au sol. Osgood se réveilla.

— Dépêche-toi, lui dit Kaplan. Il est neuf heures.

— Qui c'est ce gars, Osgood ? demanda Kevin.

— Je t'expliquerai, répondit Osgood. Je peux me laver ? ajouta-t-il à l'intention de Kaplan.

— Pas besoin d'être propre pour jouer, répondit Kaplan.

Quand, à dix heures, ils arrivèrent à la salle de billard, Osgood fut extrêmement surpris : onze joueurs l'attendaient déjà.

— Personne ne travaille donc par ici ? demanda-t-il à Kaplan.

— Certains, mais pas les plus malins, répondit ce dernier.

— Salut, mon garçon, dit Finch en voyant arriver Osgood. Alors, prêt à les battre tous à plate couture ?

Sans même répondre, Osgood saisit une queue de billard.

— Au premier, dit Finch.

Queue de billard en main, un homme blond, maigre comme un clou, se planta devant Osgood.

— Qui commence ? demanda Osgood.

— M. Patterson, répondit Finch.

Patterson joua trois coups de suite. Vint le tour d'Osgood

qui échoua. Patterson joua à sa place, et termina la partie. Le public poussa des cris de joie.

— Eh bien, aboule les cinq dollars, Finch, dit Patterson avec un sourire. Et recommençons.

Finch lâcha les cinq dollars et demanda à mi-voix à Osgood :

— Qu'est-ce qu'il se passe ?

— Le gars est bon, meilleur que moi, répondit Osgood.

— Pourtant hier, tu l'as battu deux fois.

— Mais aujourd'hui, j'ai presque pas fermé l'œil de la nuit, vous comprenez.

— Bon. Quoi qu'il en soit, ne perds pas une nouvelle fois.

— Je vais essayer, c'est tout ce que je peux faire, répondit Osgood.

Cette fois, il tira le premier. Il joua deux fois. Patterson rata son coup, cédant son tour à Osgood, qui échoua encore. Patterson termina la partie. Et l'assistance de jubiler à nouveau et Osgood de sourire, tout content. Finch l'attrapa alors par le bras :

— Mes amis, voilà qui sort de l'ordinaire, dit-il en souriant, il faut que je parle avec mon représentant. Viens, Kaplan.

Il traîna Osgood jusqu'à une chambre et à peine étaient-ils entrés que Kapan le rudoya avec son coude.

— Que se passe-t-il ? demanda Finch. C'est une machination ? Écoute-moi bien. À présent, tu vas retourner là-bas et tu vas jouer convenablement si tu ne veux pas que Kaplan te mette en pièces. Si tu t'imagines que tu vas me mener en bateau, tu te trompes dans les grandes largeurs. Tu vas tous les piler. Ils sont nuls, depuis toujours. Et toi, tu peux et tu vas leur pomper leur fric. Et qui plus est, tu vas le faire en leur donnant l'espoir de te battre une fois ou l'autre afin qu'ils jouent de plus en plus. Compris ?

Osgood le regarda droit dans les yeux et répondit :
— D'accord.
— Je me réjouis que tu sois revenu à la raison, mon gamin, conclut Finch.
Tous deux s'en retournèrent à la salle de billard avec Kaplan. Osgood prit sa queue de billard. Patterson commença. Au troisième coup, il rata. Osgood gagna la partie haut la main.

À neuf heures du soir Finch ferma la salle de billard et Osgood retourna au Vermillion Inn. Kevin n'y était pas, Osgood s'effondra sur le lit, épuisé. Il dormait quand Kevin fit irruption dans la chambre. En voyant Osgood, il l'arracha à son sommeil et se mit à hurler :
— Je suis riche ! Je suis riche ! J'ai une fortune, Osgood !
Là-dessus, il sortit une liasse de billets de vingt dollars qu'il montra à son ami.
Encore à moitié endormi, Osgood prit les billets des mains de Kevin et les examina.
— Tu peux être sûr qu'ils sont faux, dit-il. D'où tu les sors ?
— J'ai gagné un pari dans un bar, répondit Kevin. Mille dollars.
— Comment ça ?
— Il y avait dans ce bar un type très riche du nom d'Elwood. À vrai dire, il était à moitié ivre, mais toujours est-il qu'il m'a lancé un défi.
— De quel genre ?
— Il y avait des gars qui parlaient de rester sans respirer.
— Quoi ? demanda Osgood qui n'y comprenait rien.
— Bon, ils prétendaient que personne ne peut rester plus de deux minutes et demie sous l'eau sans respirer. Le gars qui s'appelle Elwood a dit que non, et moi, je lui ai dit que si, que je pouvais. Il s'est mis à rire et m'a dit qu'il

me donnerait mille dollars si j'y arrivais. Ils se sont mis en quête d'une piscine et je l'ai fait. Et il m'a filé le fric. On peut donc partir d'ici, Osgood. Tu te rends compte ?

Osgood s'assit sur le lit et le regarda, consterné.

— Toi, oui, tu peux. Moi, non.

— Qu'est-ce qui t'en empêche ?

— Finch.

— Pourquoi ça ?

Kevin le regarda sans comprendre.

— C'est qui ce Finch ? De quoi tu parles ?

Osgood fronça les sourcils :

— C'est vrai, je t'ai pas raconté ?

Il le mit au courant. Kevin sourit.

— Écoute, c'est très simple, dit-il. Demain, moi je te pilerai.

— Toi ?

— Oui. Je joue mieux que toi. Tu verras.

Le lendemain, Kevin entra dans la salle de billard après qu'Osgood avait joué trois parties. Il dut attendre plus d'une heure avant de jouer. Quand il y parvint, il poussa un soupir de soulagement, mais à cet instant Kaplan l'attrapa par le bras.

— Tu crois que tu vas jouer, le nègre ?

— Pourquoi pas ? demanda Osgood.

— Parce que, c'est non, riposta Finch.

— Ils sont amis, précisa Kaplan.

— Raison de plus, dit Finch et il ajouta, à l'intention de Kevin : Fiche le camp si tu ne veux pas te prendre une raclée.

Kevin sembla hésiter. Résigné, Osgood lui fit signe d'obtempérer. Kevin sortit, Osgood retourna à son travail.

Ce fut le dernier stratagème qu'inventa Osgood pour échapper à Finch. Il travaillait de dix heures du matin à neuf heures du soir avec une demi-heure de pause pour déjeuner. Le soir venu, il était trop épuisé pour élaborer un plan qui lui permettrait de se tirer vite fait. Kevin, lui, passait son temps à jouer du saxo, c'était tout juste s'il mettait le nez dehors. Il ne voulait pas toucher aux mille dollars et tous deux vivaient de leurs économies et des cinquante dollars qu'Osgood avait déjà reçus de Finch, salaire de sa première semaine de travail. Au lieu de s'avouer vaincus, les habitants du coin s'acharnaient à battre Osgood, forcé de multiplier les parties ; sa situation devenait de plus en plus désespérée.

La deuxième semaine, Osgood se présenta à la salle de billard plus tôt que d'habitude.

— Ce n'est pas encore l'heure, remarqua Finch en le voyant entrer.

— Je sais, répondit Osgood. J'ai besoin de l'argent de cette semaine pour payer l'hôtel, sinon, ils me flanqueront dehors. Payez-moi.

— C'est demain, la paie, pas question de t'avancer un sou.

— Mais j'en ai besoin, vous ne comprenez donc pas ? Faut bien que je bouffe.

— Et le nègre ? Il travaille pas, lui ?

— Si, mentit Osgood. Il travaille dur, mais sa paie s'est volatilisée et j'ai besoin de la mienne. Nous n'avons même plus un dollar et nous devons payer notre loyer ce matin et puis, il faut bien qu'on bouffe.

— Bah ! s'exclama Finch qui entreprit de nettoyer les tapis des billards.

— Si vous ne me payez pas, je m'en vais, dit Osgood.

Finch releva la tête et sourit.

— On dirait que tu as oublié ça, dit-il, extirpant de sa poche le bout de papier qu'Osgood avait signé.

Osgood se jeta sur Finch pour le lui arracher, mais le propriétaire du billard le fourra dans sa chemise sans qu'Osgood puisse l'attraper.

— Du calme, mon garçon, s'exclama-t-il.

— Osgood le regarda, furieux, et lui décocha un coup de poing. Finch tomba en criant :

— Au secours, Kaplan, Kaplan !

Avant même qu'Osgood puisse s'élancer sur Finch ou s'acharner sur lui, la porte s'ouvrit, Kaplan entra, en T-shirt et en slip. Voyant son patron au sol, il fonça sur Osgood et le frappa. Ce dernier chancela, mais parvint à recouvrer l'équilibre, il attrapa une queue de billard qu'il plaça entre Kaplan et lui. Finch s'était promptement relevé, il répétait, furieux :

— Vas-y Kaplan, flanque-lui une bonne correction, il la mérite !

Kaplan continuait à s'avancer vers Osgood qui faisait des feintes avec la queue de billard et reculait. Il finit par se retrouver acculé au mur. Kaplan continuait à s'approcher, les poings serrés. Il allait en expédier un dans la figure d'Osgood quand ce dernier lui planta la queue de billard dans l'œil. Kaplan porta la main à son visage, il l'en retira couverte de sang.

— Je n'y vois plus, je ne vois plus rien ! cria-t-il.

Affolé, Finch fit un bond en arrière. Kaplan parvint à reprendre un peu ses esprits et, rapide comme l'éclair, il arracha à Osgood la queue de billard qu'il cassa en deux. Osgood prit ses jambes à son cou et s'empara de boules de billard qu'il entreprit de lancer avec autant de force que de précision à la figure et sur les pieds nus de Kaplan qui tentait de les intercepter avec ses mains. L'une d'elles l'atteignit au front, Kaplan s'effondra. Osgood se précipita vers lui, il le prit à bras-le-corps, le traîna jusqu'à une table de billard, lui souleva la tête et la cogna contre un chevalet. Kaplan était déjà à moitié inconscient, mais Osgood s'acharna à le cogner contre le plateau jusqu'à ce qu'il ne donne plus signe de vie. Alors, il s'arrêta et se tourna vers Finch qui, tapi derrière une table, s'écria d'une voix stridente, hors de lui :

— Tu l'as tué ! Tu l'as tué !

Osgood parut se calmer. Il s'accroupit auprès de Kaplan, dont la tête était en triste état, et lui posa une main sur le cœur.

— Ils te jugeront, ils te condamneront, recommença à crier Finch.

Osgood prit peur, il sortit en courant de la salle de billard, rentra à l'hôtel et réveilla Kevin. Il lui raconta ce qui s'était passé :

— Il faut que nous décampions illico, conclut-il. J'ai laissé Finch et il doit être en train d'appeler la police.

Kevin, qui avait tout écouté sans montrer aucune émotion, s'essuya le front.

— Désolé, Osgood, mais c'est non, répondit-il.

Osgood le regarda, stupéfait.

— Comment ça, non ?

— C'est non, non et non, je ne pars pas avec toi. Nous sommes amis, d'accord, mais je ne veux pas me retrouver mêlé à un crime. Cette fois, c'est trop. J'ai pas touché à mes mille dollars et j'ai l'intention de les dépenser pour moi et comme je l'entends. Si tu as envie de te tirer, libre à toi de prendre la voiture, mais ne me demande pas de t'accompagner. Je n'ai pas l'intention d'être ton complice.

— File-moi les clés, dit Osgood.

Kevin les lui donna et lui tendit la main.

— Bonne chance.

Osgood ne la serra pas et sortit en courant.

Glenda Greeves, la star la plus cotée du cinéma en 1928, fit son entrée au Royal Palace de Los Angeles, entourée d'une foule d'admirateurs qui ne cessaient de brailler « Glenda, Glenda ». Glenda s'arrêta quelques instants dans le hall, le temps que les photographes activent leurs flashs et qu'elle prenne dix ou douze poses différentes, toujours avec le même sourire et en veillant à ce que sa chevelure blonde soit bien mise en valeur par l'un ou l'autre projecteur. Elle pénétra ensuite dans le hall du cinéma, au grand dam de ses fervents admirateurs. Elle aperçut alors Marvin Brophy, son producteur, et Winston Zuckert, le réalisateur de ses derniers films. Tous les deux faisaient les cent pas. Ce n'est qu'au moment où elle leur adressa la parole qu'ils remarquèrent sa présence.

— Où est Arthur ? demanda-t-elle.

M. Brophy se retourna et l'embrassa sur la joue. C'était un homme d'une soixantaine d'années aux cheveux gris, coupés en brosse.

— Salut, Glenda. C'est précisément ce que nous aimerions savoir. Il nous a dit qu'il viendrait de son côté à neuf heures et demie et il est déjà dix heures. Tu n'as aucune nouvelle de lui ?

— Tout ce que je sais c'est que nous avions décidé de nous retrouver à huit heures chez moi pour faire le trajet ensemble. J'ai attendu jusqu'à neuf heures, personne. Du coup, je suis venue seule. Je ne sais pas où il peut être.

— Il doit être complètement bourré ou en train de faire la promotion de ses films au beau milieu d'une rue, intervint Winston Zuckert.

Plutôt jeune, Zuckert avait un physique agréable et des yeux très clairs. Vêtu avec élégance, il fumait une de ces cigarettes toutes fines. Sa lèvre supérieure était ourlée d'une jolie moustache blonde comme les blés aussi soignée que ses cheveux et il jouait avec un petit bâton.

— Ça ne m'étonnerait pas, dit Brophy. Rappelle-toi cette récente première à laquelle il devait assister. Pourtant, cette fois, il m'avait promis de venir et d'être à l'heure. On ne peut pas se fier à Artie. Je vais être forcé de demander à un des gars du studio de veiller à ce qu'il ne manque pas des événements de ce genre, ou de faire en sorte qu'il épouse une femme autoritaire qui l'oblige à mener une vie plus rangée.

Glenda soupira.

— Je ne demanderais pas mieux, mais Artie ne s'intéresse pas à moi.

À cet instant apparut un petit homme chauve.

— Monsieur Brophy, dit-il, le film va commencer. M. Taeger n'est toujours pas arrivé ?

— Non, Roarke, et ça m'étonnerait même qu'il vienne. Nous allons entrer.

Glenda se plaça entre Brophy et Zuckert qu'elle prit par le bras et, suivis de Roarke, le minuscule vibrion chargé des relations publiques, ils firent leur entrée dans la salle pleine à craquer. L'actrice, le producteur et le réalisateur accueillirent les salves d'applaudissements du public par de courtoises inclinaisons de tête avant d'aller s'asseoir au dernier rang. Quand le rideau s'ouvrit, on put lire sur l'écran : « Les Productions Brophy présentent *Passion sans limite* avec Glenda Greeves et Arthur Taeger, un film réalisé par Winston Zuckert ».

La projection terminée (encore un de ces films dont l'équipe avait fait sa spécialité, à savoir un couple qui vit à la campagne et dont les amours sont contrariées, ce qui les pousse à commettre des crimes et à pratiquer le chantage), Glenda monta sur scène, exprima sa gratitude au public et fut ovationnée de longues minutes. Brophy et Zuckert la rejoignirent et tous trois attendirent que la salle soit vide pour se retirer à leur tour et affronter la foule au-dehors.

— C'est curieux, commenta Winston. C'est toujours comme ça. Celui qui bosse le plus et qui est le véritable auteur du film, qu'il s'agisse d'un succès ou d'un fiasco, c'est le réalisateur, mais celui qui en tire gloire et célébrité, c'est l'acteur, pour la simple raison que c'est lui que voit le public. Je trouve ça injuste.

— Oui, c'est injuste, concéda Glenda, mais laisse tomber. Ça sera toujours comme ça. Tout ce que tu peux faire, c'est incarner le personnage principal de tes propres films.

— Ça ne me déplairait pas, répondit Winston.

Protégés par des cordons de police, ils montèrent dans une voiture qui les attendait.

— Tu vas à la réception, Glenda ? demanda Brophy.

— Non, je ne pense pas. Je suis très fatiguée. Déposez-moi chez moi, s'il vous plaît. Ce sera le mieux.

— Très bien, Glenda. Sam, nous allons prendre le temps de ramener Mlle Greeves.

Ils se turent jusqu'à ce qu'ils atteignent l'imposante demeure blanche qu'habitait Glenda.

— Bonsoir, monsieur Brophy. Bonsoir, Winston, dit-elle en descendant de voiture.

— Dors bien, dit Brophy.

— Demain matin, sept heures et demie au studio, d'accord, Glenda ? lança Winston sans la regarder. Sois à l'heure.

— Bien sûr, Winston, promis. Qu'allez-vous faire avec Arthur ?

— Je vais voir si je le trouve chez Millie ou au bar de Wheelwright. Sinon, demain, on ne tournera que tes scènes. Bonsoir, Glenda.

— Bonsoir.

Glenda regarda la voiture s'éloigner, puis elle traversa le petit sentier herbu et rocailleux qui menait à la porte surmontée d'un porche, tout en veillant à ne pas marcher sur le gazon. Elle vivait seule avec ses domestiques, un jardinier, un intendant, une cuisinière et trois bonnes. À vingt-deux ans, elle était déjà lasse de la vie qu'elle menait. Enfant prodige pendant sept ans, elle avait ensuite connu des années difficiles dans des seconds rôles du style adolescente qui trouve l'amour et avait fini par devenir, deux ans plus tôt, la partenaire officielle d'Arthur Taeger, la nouvelle idole des jeunes. Elle avait ainsi acquis la célébrité, mais une célébrité partagée car ni l'un ni l'autre n'attirait les foules à lui seul. Ceux qui étaient célèbres, c'était Taeger et Greeves, un duo d'éternels et inséparables amants. Et il fallait même ajouter une tierce personne : Winston Zuckert, non moins indispensable à leur succès, depuis un an et demi, époque à laquelle Taeger et Greeves avaient commencé à faire parler d'eux et les films de Zuckert à tenir l'affiche pendant des semaines. Pas un réalisateur ne connaissait mieux Glenda et Arthur que Winston Zuckert, pas un seul ne savait aussi aisément conquérir le public avec des histoires d'amour et de passion. Sous des airs de froideur et de rancœur, dus en grande partie aux constantes dérobades de Glenda face à ses déclarations d'amour, se cachait un être compétent, intelligent et sensible rodé aux ficelles d'un métier qui le passionnait. Glenda, pour sa part, était depuis plus d'un an amoureuse d'Arthur qui, en dehors des plateaux de tournage, ne semblait manifester aucun intérêt à son égard. Glenda n'avait jamais osé lui laisser entrevoir ses sentiments. Elle ouvrit la porte de sa maison de Beverly Hills, voisine de celle de Martha Dwyer, actrice comique de l'époque, et elle entra. Elle alluma dans le hall, car les domestiques étaient déjà couchés et la maison, plongée dans l'obscurité, lui faisait peur. Elle monta au premier étage où se trouvaient ses appartements. Elle pénétra dans la chambre et vit, dans la pénombre, une silhouette allongée sur son lit. Elle sursauta, chercha à tâtons l'interrupteur. Elle alluma. L'homme sur le lit ouvrit les yeux. C'était un jeune et très beau garçon, blond aux yeux bleus. Il était habillé de pied en cap, portant même un imperméable blanc sur son habit de soirée. En voyant Glenda, il bâilla, se couvrant la bouche de la main, et tendit les bras vers elle.

— Qu'est-ce que tu fabriques ici, Arthur ? demanda Glenda. Comment as-tu réussi à entrer ?

— Salut Glenda, dit Arthur à moitié réveillé. J'ai dormi. Quelle heure est-il ?

— Minuit et demi. Qu'est-ce que tu fabriques ici ? Pourquoi n'as-tu pas assisté à la première ? Et pourquoi n'es-tu pas passé me prendre à huit heures ? Tu es ivre ?

— Non, Glenda, je t'assure que je n'ai pas bu une goutte. Pourquoi s'imagine-t-on toujours que je suis bourré ? Je ne bois quasiment jamais et encore moins quand je suis seul. Aide-moi, je suis tout engourdi.

Glenda le saisit par la ceinture et l'aida à se relever. Art lissa son costume, retira son imperméable, sa cravate, son faux col et sa veste, mais il garda son gilet blanc. Tu as quelque chose à manger, Glenda ? Je meurs de faim.

Glenda retira son manteau de loutre et ses chaussures,

elle sortit sans dire un mot. Elle réapparut peu après avec un plateau de petits gâteaux et de sandwichs.

— Tu veux du café ? lui demanda-t-elle.

— Oui.

Glenda s'éclipsa à nouveau et revint avec un autre plateau, sur lequel il y avait une cafetière et des tasses. Arthur dévorait les sandwichs.

— Tu en veux un ? proposa-t-il à Glenda.

— Non merci, j'ai déjà dîné.

Glenda attendit qu'Arthur boive son café avant de reprendre la conversation.

— À présent, Art, tu peux m'expliquer ?

En guise de réponse, Arthur demanda, tout en fouillant dans ses poches :

— Tu aurais pas une cigarette, par hasard ?

Glenda se dirigea en silence vers un buffet, ouvrit un petit étui d'argent dont elle sortit un havane, qu'elle tendit à Arthur qui l'alluma et dit, après trois ou quatre bouffées :

— Merci. Qu'est-ce que tu me demandais ?

Glenda soupira.

— Qu'est-ce que tu fabriques ici ? répéta-t-elle. Comment es-tu entré ? Pourquoi n'es-tu pas allé à la première ? Pourquoi n'es-tu pas passé me prendre ? Où étais-tu ?

— Oh ! dit Arthur. Comme tu vois, je t'attendais et je me suis endormi. Finn m'a ouvert. Je ne suis pas allé à la première parce que ces trucs-là, c'est assommant, tout autant que les réceptions ; je ne suis pas passé te prendre pour la bonne raison que j'ai oublié... Et quelle était ta dernière question ? Ah ! Oui ! je suis allé faire un tour en voiture. Jusqu'à Long Beach, et je suis revenu. La nuit était agréable et l'air frais un vrai délice. Je parie qu'il était furax, le vieux Brophy, parce qu'une fois de plus je me suis défilé.

— Pas plus furax que de coutume. Il a fini par s'y

habituer, répondit Glenda, et brusquement inquiète, elle ajouta : Tu as dit que tu m'attendais. Pour quelle raison ?

— Pour parler avec toi.

— Et ça ne pouvait pas attendre demain, au studio ?

— Non.

— Bon, dit Glenda. Si c'est tellement urgent, je ne vois pas ce que tu attends, vas-y, parle.

Après cet en-cas, et le cigare aidant, Arthur semblait avoir retrouvé ses esprits. Il la regarda droit dans les yeux. Glenda soutint son regard et dit :

— Je t'écoute. Demain, il va falloir qu'on se lève de bonne heure. Tu as un problème avec Millie ? C'est ça ?

— Non, c'est pas ça, répondit Arthur sans cesser de l'observer.

— Alors, qu'est-ce que c'est ?

— Glenda, je ne vais te le demander qu'une seule et unique fois. Réponds oui ou non. Veux-tu m'épouser ? Glenda, surprise, répondit tout doucement :

— Oui.

Deux ans plus tard, alors que le cinéma muet avait définitivement cédé la place au parlant, Arthur Taeger et Glenda Greeves restaient l'un des couples les plus admirés et les plus courtisés du cinéma. Toujours dans l'ombre, Winston Zuckert continuait à réaliser leurs films.

— Salut, Glenda, lança Arthur en arrivant chez elle, après les essais de doublage de son dernier film, *Amour téméraire*.

— Salut. Y a du nouveau ?

— Oui, une lettre de mon frère.

— De Milton ?

— Non, de Ted, répondit Arthur en tirant de sa poche une enveloppe. Il la regarda par transparence, l'ouvrit et en sortit un bout de papier sale, qu'il se mit à lire à haute voix :

> Cher Art, quand tu liras cette lettre tu seras abasourdi, tu ne me croiras pas, mais il faut que tu viennes m'aider à Baltimore. Tu es le seul auquel je puisse faire appel. J'ignore si tu le sais, mais le grand-père Rudolph est en taule depuis 1925. Papa a quitté Pittsburgh et je n'ai pas la moindre idée d'où il se trouve, quant à maman, elle l'a abandonné il y a quelques mois. J'ai écrit à Milt, mais pas de réponse, tu es donc le seul qui puisse me secourir. Il faut que tu viennes m'aider à sortir du pays et à me procurer un faux passeport. Tu en es capable. Tu as de l'argent et tu as des amis qui ont le bras long. Cela ne te prendrait que quelques jours. Je préfère ne pas te raconter par lettre ce qui s'est passé, mais je t'assure que c'est très grave et urgent. C'est pour moi une question de vie ou de mort. Si tu décides de venir, ce que j'espère, ne serait-ce qu'en mémoire du bon vieux temps, quand cette chère tante Mansfield était encore en vie, mon adresse est : 267 Portland Avenue, Baltimore. Pas un mot de tout ça à qui que ce soit. Si quelqu'un apprenait où je suis ça pourrait m'être fatal. Je te garantis que c'est important. Viens, je t'en supplie. Je t'embrasse, Ted.

Portland Avenue était la rue principale de ce faubourg. Comme souvent dans les bas quartiers, jusqu'à hauteur du numéro 100, les maisons étaient de misérables baraques, mais à partir du 175 et par-delà une rangée d'immeubles cossus, mais de mauvais goût, la rue se muait en une avenue du luxe et de l'élégance, une enfilade de cinémas, de grands magasins, de boîtes de nuit, de banques et d'hôtels dont l'un, l'hôtel Cleveland, se trouvait au 267. C'était un immense gratte-ciel dont un auvent ombrait la façade, donnant l'impression d'un lieu exclusivement fréquenté par les rois du pétrole, les magnats de la Bourse ou les vedettes de cinéma.

— Si c'est ici qu'habite Ted, je ne vois pas quel genre de problèmes il peut avoir. En tout cas, ils ne sont pas d'ordre financier, commenta Glenda à la vue du hall de l'hôtel, aussi vaste que spacieux, où de confortables canapés voisinaient avec statues en marbre et fontaines.

— Non, certainement pas, confirma Arthur.

Ils se rendirent à la réception et demandèrent à un homme à la mise élégante et à la fine moustache :

— Pourriez-vous nous indiquer la chambre de M. Taeger, s'il vous plaît ?

Le concierge les regarda de la tête aux pieds, notant le ridicule de l'immense sombréro d'Arthur, et répondit d'un ton solennel :

— Auriez-vous l'obligeance de me donner le nom complet, monsieur ? dit-il. Nous accueillons beaucoup de monde ici et…

Arthur l'interrompit :

— Edward Taeger, Edward Ellis Taeger.

— Un instant, je vous prie.

Le concierge, M. Peer, à en croire le badge sur son revers, sortit le registre de l'hôtel et, de l'index, le parcourut tout en murmurant : « Taeger, Taeger, Taeger. » Il en avait feuilleté quatre pages à rebours, quand il s'arrêta :

— Il serait ici depuis longtemps ? demanda-t-il.

— Je n'en ai aucune idée. Peut-être quelques jours, peut-être des années. J'en sais rien, répondit Arthur.

M. Peer ne dit rien, il scruta sept pages de plus, avant de refermer le registre.

— Nous n'avons personne du nom de Taeger ici.

— Mais le 267…, protesta Arthur.

— Je regrette, monsieur, coupa le concierge. Au revoir, madame.

Arthur et Glenda s'éloignèrent, ils allèrent s'asseoir sur l'un des canapés du hall.

— Quel crétin, il pense à rien ! grommela Arthur. Il a oublié de nous donner son pseudo, le nom dont il s'est servi pour s'enregistrer.

— Tu crois que c'est ça ? dit Glenda. Il n'y aurait pas un autre 267, un ancien numéro, par exemple ?

— Non, le bâtiment suivant est une pâtisserie située au 269 et après ça, l'avenue se termine. Au-delà de Washington Square, elle devient l'avenue James Monroe. C'est forcément ici, mais je ne sais pas comment on va le trouver, sauf s'il sortait à cet instant, ce qui m'étonnerait car, dans sa lettre, il donnait l'impression de se cacher.

— Nous pourrions nous renseigner sur les chambres des clients qui ont pour initiales E. T. ou E. E. T.

— Je ne pense pas que si Ted avait quelqu'un à ses trousses, il serait assez stupide pour s'enregistrer sous ses initiales, mais tout est possible et nous ne perdons rien à tenter le coup. Allons-y.

En les voyant réapparaître, M. Peer fronça les sourcils et leur répondit, sans leur laisser le temps de poser la question :

— Monsieur, nous avons plus de deux mille clients dans cet hôtel. Il doit y en avoir au moins une cinquantaine avec les initiales E. T. et je ne puis vous laisser entrer dans leurs chambres.

— Et E. E. T. ? hasarda Glenda.

Après avoir encore passé en revue des pages du registre, M. Peer répondit en serrant les mâchoires :

— E. E. T., madame, je ne trouve personne. Au revoir.

Arthur et Glenda retournèrent s'asseoir sur le canapé. Ils ne savaient que faire. Soudain Arthur s'exclama :

— Ça y est, j'y suis ! Le personnage préféré de Ted quand il était jeune, son héros, c'était Rowland Mallet. Je te parie qu'il sera descendu sous ce nom.

Cette fois, M. Peer tenta de s'éclipser, mais Arthur l'appela par son prénom, Clamson, inscrit sur son badge. Dérouté, le malheureux ne put s'échapper.

— Excusez-moi, Clamson, mais nous venons de nous rappeler que notre ami, M. Rowland Mallet, descendait lui aussi dans cet hôtel. Auriez-vous l'amabilité de nous indiquer le numéro de sa chambre ?

Cette fois, Clamson Peer n'eut pas à éplucher le registre pour trouver M. Mallet.

— 590, répondit-il.

— Merci, monsieur Peer, et veuillez nous excuser de vous avoir dérangé, dit Arthur avec l'un de ses plus beaux sourires.

— Je vous en prie, répondit le concierge qui ne parvint qu'à esquisser une vilaine moue en réponse au sourire d'Arthur.

Ils prirent l'ascenseur jusqu'au cinquième étage et durent parcourir des enfilades de couloirs avant de repérer la chambre 590. Arthur frappa discrètement à la porte et il entendit Eddie s'enquérir d'un ton fébrile :

— Qui est là ? Que voulez-vous ? Je n'ai rien demandé.

— Ted, c'est moi, Art.

La porte s'ouvrit brutalement, Arthur et Glenda furent précipités sans ménagement dans la pièce. Edward avait pas mal maigri et vieilli depuis la dernière fois qu'Arthur l'avait vu, quelques jours après la mort de la tante Mansfield. Il avait encore cet air chétif et souffreteux qui l'avait toujours empêché de séduire une fille.

À vingt-huit ans, on lui en donnait trente-cinq, ses tempes grisonnaient, mais il ne présentait aucun signe de calvitie. Il était correctement vêtu et, si les années ne l'avaient pas physiquement avantagé, du moins l'avaient-elles rendu plus intéressant. Il serra chaleureusement la main d'Arthur et embrassa Glenda sur la joue.

— J'ai cru que tu ne viendrais pas, Art ! soupira-t-il.

Se tournant ensuite vers Glenda, il dit :

— Mademoiselle Greeves, je vous trouve encore mieux au naturel qu'à l'écran. Ravi de faire votre connaissance.

— C'est ta belle-sœur, Ted. Appelle-la Glenda, précisa Art, et il ajouta : À présent, veux-tu m'expliquer dans quel pétrin tu t'es fourré ?

Le visage de Ted s'assombrit. Il les regarda l'un après l'autre.

— Dis-moi, Art, ça te gênerait si nous parlions en tête à tête ? À vrai dire, j'aurais honte de raconter tout ça devant Glenda.

Glenda se leva aussitôt, sans avoir l'air vexée ; elle passa dans la grande chambre à coucher qui était à côté. Une fois qu'ils furent seuls, Eddie hésita et resta silencieux.

— Allez, raconte-moi tout, insista Art.

— Bon, c'est une longue histoire. Tout a commencé l'année où tu es parti de la maison. À la fin des cours, je me suis marié non pas avec Kathie Lonergan, mais avec la serveuse italienne du Mallory, tu te souviens ? Cette fille qui s'appelait Rosanna. Peu importe comment ou pourquoi, toujours est-il que je l'ai épousée contre l'avis de papa, maman et du grand-père, qui vivaient tous encore à la maison, et que je suis parti pour le Delaware. Cela n'a rien à voir avec mon problème, mais maman a plaqué papa et avant ça Milton a escroqué dix mille dollars à Max Kerr et s'est tiré, lui aussi. Elaine s'est suicidée pour son foutu fiancé, Murchison II, quant au grand-père, il a commis un crime et papa a quitté Pittsburgh. Jusque-là je leur écrivais de temps en temps, mais ensuite j'ai plus eu de nouvelles d'eux. J'ai terminé mes études dans le Delaware tout en travaillant dans une conserverie, et Rosanna et moi nous avons eu un fils. Nous vivions à Wilmington et nous étions plutôt heureux. Tout a commencé il y a un an, quand Davy, notre fils, est mort d'une insolation. À vrai dire, il était aussi fragile et délicat que Rosanna et moi. Nous étions allés, lui et moi, passer un week-end au bord de la mer, au cap Henlopen. Je me suis endormi, lui aussi, et quand je me suis réveillé, à la tombée de la nuit, Davy était brûlant de fièvre. Je l'ai emmené chez un médecin et, si incroyable que cela puisse paraître, on n'a rien pu faire. Il est mort et quand je suis revenu à Wilmington sans l'enfant, Rosanna a piqué une crise d'hystérie. Il a fallu que je lui raconte tout, après quoi elle m'a traité de tous les noms, m'a accusé d'avoir tué l'enfant et m'a dit qu'elle ne me le pardonnerait jamais. Et c'est exactement ce qu'elle a fait : elle ne me l'a jamais pardonné. Durant cette dernière année, elle passait son temps à me rappeler que j'étais un assassin, elle refusait de coucher avec moi et me rendait la vie impossible. Je pourrais te donner des détails, mais on en a que faire, même s'ils devaient t'aider à mieux comprendre pourquoi j'ai agi de la sorte. Il y a trois semaines, Rosanna est rentrée ivre à la maison, en compagnie d'un homme. J'avais un peu bu, moi aussi, je l'avoue. Toujours est-il qu'ils se sont mis à s'embrasser et à se moquer de moi. Ça a été la goutte d'eau qui a fait déborder le vase, je t'assure, Art. J'ai pas pu me retenir, je me suis jeté sur eux. En me voyant dans une fureur pareille, le type s'est esquivé, affolé, mais Rosanna a riposté et nous nous sommes carrément bagarrés. À la fin, j'ai saisi une bouteille, je l'ai cassée, et j'en ai frappé Rosanna, à bras raccourcis. Elle en est morte. Quant au mec qui avait assisté à toute la scène sans intervenir, il a filé à toutes jambes. J'avais beau être légèrement éméché, j'ai eu assez de jugeote pour me dire que si je ne déguerpissais pas illico, la police ne tarderait pas à m'arrêter. J'ai donc pris mes maigres économies et je suis venu ici. Quand je suis arrivé, je ne savais que faire, mais la chance a voulu que je rencontre une femme originaire de Philadelphie qui m'a pris comme gigolo. Je vis ici, avec elle. Au lieu de me donner du fric, elle m'entretient et m'achète des fringues de luxe. Je lui ai rien raconté de tout ça, je lui ai juste dit que j'aimais pas sortir dans la rue. Elle m'apporte des bouquins et des magazines pour me distraire et je passe mes journées entre ces quatre murs. As-tu lu un journal de la côte est ?

— Non, répondit Arthur, qui était resté impassible d'un bout à l'autre de ce récit.

— Bon, si tu en achètes un, il est fort probable que tu y verras une photo de moi avec pour légende : « La police continue à rechercher le bestial assassin qui a tué son épouse de la façon la plus sadique et la plus abominable qui soit, allant jusqu'à s'acharner sur la victime après sa mort. » D'accord, Art, c'est peut-être vrai, tout ça, mais je t'affirme que je ne me rendais quasiment pas compte de mes actes et qu'à aucun moment, bien sûr, je n'ai eu l'intention de la tuer.

— Mais ce que je ne comprends pas, interrompit Art, c'est la raison de cette cavale. Ton cas est archisimple. Mari jaloux, épouse infidèle là, sous son nez, mots violents, tension, dispute et homicide sans intention de donner la mort. Un accident. Ce serait un jeu d'enfant pour un bon avocat d'établir ton innocence ou d'obtenir la peine minimale.

— Je le sais, maintenant, je le sais. Mais, sur le moment, ça m'est pas venu à l'esprit et, à présent, c'est trop tard. Je préfère quitter ce pays plutôt que de risquer de mourir de la main d'un bourreau ou de passer je ne sais combien d'années en taule. Voilà pourquoi j'ai besoin de ton aide, Art. D'une façon ou d'une autre. Je t'affirme que jamais je n'ai eu l'intention de la tuer. Je te le jure.

— Je te crois, Ted, dit Arthur, je te crois. Glenda peut revenir, à présent ? Je pense qu'il faudra bien que tu lui racontes tout.

— Oui.

Arthur appela Glenda. Elle apparut. Les yeux rivés sur eux, elle les scrutait, dans l'attente d'une explication. Arthur lui donna une version édulcorée des faits, disculpant, dans la mesure du possible, Edward, que la présence de Glenda faisait transpirer et mettait mal à l'aise. Le récit achevé, elle demanda :

— Et qu'allons-nous faire ?

— Dans l'immédiat, sortir d'ici, répondit Arthur en se levant. Ted, fais tes valises. Tu vas venir à l'hôtel Fortescue où nous sommes descendus.

— Mais les gens connaissent mon visage, protesta Edward. S'ils me voient...

— Ils connaissent aussi les nôtres, répliqua Arthur. Allons-y !

— Et la note ? Ruth, la femme de Philadelphie, est partie faire des courses, elle ne sera pas de retour avant le déjeuner.

— Nous la réglerons. T'inquiète pas. Allons-y.

Quand ils montèrent enfin dans un taxi, Glenda, Arthur et Edward n'étaient pas passés inaperçus des clients de l'hôtel qui les virent sortir, en imperméables blancs identiques, coiffés de chapeaux qui les cachaient aux regards et avec d'énormes valises. Arrivés à l'hôtel Fortescue, ils demandèrent une chambre le plus près possible de la leur. Art et Glenda avaient la 404, Edward se vit attribuer la 408. Après une longue discussion, ils décidèrent que mieux valait retourner à Hollywood dès le lendemain, tous les trois ensemble, afin de voir ce que l'on pouvait faire là-bas, car à Baltimore Arthur n'avait pas d'amis susceptibles de leur venir en aide alors qu'à Los Angeles il connaissait du monde, depuis les plus riches banquiers et les magnats du pétrole jusqu'aux gens de la pègre, de la contrebande et du marché noir avec lesquels il travaillait avant de devenir une star du cinéma.

Le train partait à sept heures du matin, heure à laquelle il n'y avait guère de monde dans les rues, surtout des hommes qui se rendaient au bureau d'un pas trop pressé pour prêter attention à ce trio à la mise plutôt sobre, sans rien qui pût éveiller leur curiosité. Glenda, Arthur et Edward arrivèrent donc à la gare sans aucun problème et, sitôt le train à quai, ils montèrent et s'installèrent dans un compartiment vide. S'il n'y avait pas beaucoup de passagers pour effectuer le trajet de Baltimore à Los Angeles, nombreux, par contre, étaient ceux qui se rendaient à Cleveland, Détroit, Chicago, Madison ou Des Moines, aussi, à quelques minutes du départ, le train était-il plein et leur compartiment dut-il accueillir trois autres passagers : une jeune femme de vingt-cinq ans et deux hommes à l'air sérieux, en costume sombre et feutre à larges bords, qui voyageaient ensemble. Glenda avait retiré son imperméable et son chapeau, Arthur et les deux hommes avaient fait de même, Edward, lui, les avait gardés. Arthur lui fit signe de les enlever pour ne pas attirer l'attention. Avec un regard craintif et furtif, Edward se débarrassa vite fait de son chapeau et de son imperméable, puis il se rassit près de Glenda, en face de la femme et des deux hommes. L'un d'eux ne quittait pas des yeux Arthur et Glenda.

— Veuillez excuser mon indiscrétion, dit-il, quand le train s'ébranla, mais ne seriez-vous pas Arthur Taeger et Glenda Greeves ?

Glenda sourit et répondit par l'affirmative. L'homme se leva et leur tendit la main.

— Ravi de faire votre connaissance. Je suis Elmer Steen. Je vous présente M. Halsted Langdon. J'ai vu presque tous vos films, tu t'en souviens pas, Hal ?

Hal se leva à son tour et serra la main des deux acteurs.

— Bien sûr que je m'en souviens ! J'ai vu au moins cinq ou six de vos films et ils me plaisent vraiment.

Halsted Langdon était un solide gaillard, plus grand qu'Elmer Steen. Il avait le front dégarni et un beau sourire. Elmer, lui, était plus maigre ; le visage émacié, les cheveux noirs, il avait l'œil aussi brillant que vif.

— Merci, répondit Glenda, qui ajouta : Vous êtes des représentants de commerce ?

Elmer se mit à rire.

— Non, mademoiselle Greeves ou plus exactement, madame Taeger. Je ne pense pas que nous en ayons la tête. Nous sommes dans la police.

Et il exhiba son insigne.

— Ah, dit Glenda.

En entendant cela, Edward commença à s'agiter sur son siège, mal à l'aise, faisant ainsi remarquer sa présence aux deux policiers.

— Vous aussi, vous êtes acteur, n'est-ce pas ? dit Elmer. Votre visage m'est familier. Je suis sûr de vous avoir vu dans un film, mais je ne me souviens pas de votre nom.

C'est alors que la jeune femme, jusque-là silencieuse, prit la parole :

— Oui, dit-elle, je suis sûre, moi aussi, de l'avoir déjà vu.

Edward les regarda, il n'en menait pas large, il ne répondit pas. Les policiers et la jeune femme le regardèrent étonnés, Arthur s'empressa donc de dire :

— M. Lansing est muet. Il n'est pas acteur, c'est un de nos meilleurs amis et, en outre, pourquoi ne pas le dire, c'est notre garde du corps. Il nous accompagne partout. Il est toujours à nos côtés pour nous protéger. Vous vous rappelez sûrement l'avoir vu dans des magazines, il ne nous quitte pas d'une semelle. On ne sait jamais ce qui peut arriver.

— Assurément. Quand on est riche et célèbre, il faut se méfier.

— Vous êtes armé, non ? interrompit Halsted.

Edward fit non de la tête et Arthur vola à son secours.

— Non, nous préférons qu'il ne le soit pas. À vrai dire, c'est de nos fans qu'il nous protège, et pour ça, pas besoin d'un pistolet. Un brin d'astuce suffit et, en dernier recours, deux poings, si ça tourne mal. Vous connaissez les gens...

— Bien sûr, dit la jeune femme.

Avenante, plutôt sympathique, elle avait les yeux grisâtres, ses nattes blondes étaient retenues en chignon. Je m'appelle Susan Bedford, ajouta-t-elle. Enchantée.

Tous saluèrent en inclinant la tête. Edward s'efforçait de regarder par la fenêtre, de façon à ne laisser voir que le minimum de son visage, mais Halsted Langdon, qui semblait s'intéresser à lui, demanda :

— Quoi qu'il en soit, protéger autrui n'est pas un travail de tout repos, pas vrai, monsieur Lansing ?

Edward sursauta. Il avait déjà la bouche ouverte pour répondre mais se contenta d'acquiescer d'un signe de tête.

— Oui, c'est très dur, dit Halsted. Et pourtant à Baltimore c'est assez calme. À Chicago, ça doit être horrible. Ici, la pègre est sous contrôle. Les meurtres, c'est autre chose. Il y en a pas mal. Pas plus tard qu'avant-hier un type a liquidé sa femme et ses quatre gosses avec un fusil. Et il y a une semaine, un autre gars qui, d'ailleurs, s'appelait comme vous, monsieur Taeger, a tué son épouse avec le goulot d'une bouteille. Nous ne l'avons pas encore attrapé, mais nous l'aurons. Il n'a pas quitté le pays et il n'a pas beaucoup d'argent sur lui. À mon avis, il n'est pas sorti du Maryland. Il faut se méfier de ce genre d'individus, c'est évident. Celui-là s'est acharné sur sa femme avec la bouteille, même après sa mort. Il y a un témoin. Et tout ça pour piquer quelques malheureux dollars dans son sac. Tu parles d'un pauvre con ! Si je pouvais, je l'étranglerais de mes propres mains.

Edward recommença à gigoter sur son siège.

— Excusez-moi, monsieur Langdon, mais si cela ne vous dérange pas, je vous serais reconnaissant de ne pas parler de ce genre de choses devant mon épouse. Ça lui est très pénible.

— Bien sûr, Hal, renchérit Elmer Steen, qui n'en ratait pas une, celui-là. Ça n'a rien d'agréable de t'entendre parler de crimes sadiques, surtout devant des dames.

— Je vous en demande bien pardon, madame Taeger, loin de moi..., s'excusa Hal.

— Ce n'est pas grave, répondit Glenda, qui choisit de changer une fois pour toutes de sujet. Jusqu'où allez-vous tous les deux ?

— Jusqu'à Détroit, dit Elmer. Excusez-moi de revenir là-dessus, mais nous sommes sur la piste du gars qui avait le fusil. À notre avis, il se trouve là-bas !

Edward fit des gestes absurdes qu'Arthur traduisit ainsi :

— M. Lansing serait curieux de savoir ce qu'il en est de l'autre homme. Vous n'avez aucune nouvelle de lui ?

— Si, monsieur Lansing, répondit Hal en se tournant vers lui. Nous avons quelques pistes à vérifier. Quelqu'un prétend l'avoir aperçu à New York, du côté du port, il essayait de s'embarquer comme matelot. La police de New York est déjà prévenue au cas où l'information serait confirmée. Pour ma part, si je me fie à mon intuition, je crois qu'il est toujours à Baltimore.

Edward inclina la tête et soupira de soulagement.

Ils arrivèrent à Détroit vers onze heures du matin et, après avoir pris fort courtoisement congé, les deux policiers disparurent. Edward, qui ne s'était pas rendu compte que Mlle Bedford poursuivait son voyage, s'exclama :

— Ouf ! Il était temps ! J'ai cru un moment qu'ils m'avaient reconnu.

Mlle Bedford ouvrit grands les yeux, le regarda fixement et se précipita vers la fenêtre. Mais Arthur fut plus rapide qu'elle. Il se jeta sur elle, la bâillonna et ordonna :

— Fermez les rideaux !

Glenda s'empressa de le faire. Mlle Bedford se débattait pour se dégager des bras d'Arthur.

— Je vous relâcherai si vous vous taisez, dit Arthur. Pas un mot. C'est pour votre bien que je vous le conseille. Calmez-vous, conduisez-vous convenablement et tout se passera bien. Ne vous agitez pas. Je suis plus fort que vous.

Mlle Bedford cessa de se débattre, alors Arthur ôta la main avec laquelle il lui couvrait la bouche et la relâcha.

— N'essayez pas de prévenir qui que ce soit, dit-il, et on parlera.

Mlle Bedford haletait.

— Vous êtes... Edward... Taeger, finit-elle par dire en regardant Eddie. Je savais bien que je vous avais vu quelque part, et pas en tant qu'acteur de cinéma.

— Je vous assure que c'était un accident, dit Edward qui cherchait à se disculper. Je n'ai jamais voulu la tuer, mais s'ils m'attrapent, je suis bon pour la chaise électrique. Je vous en supplie, ne dites rien, je vous jure que c'était un accident. J'étais à moitié ivre...

— Ça suffit, Ted, interrompit Art. Tu n'as pas à te justifier. Écoutez-moi, mademoiselle Bedford, voici ce que je vous propose. Je vous donnerai neuf mille dollars en espèces si vous nous accompagnez à Los Angeles et passez une semaine ou deux avec nous, le temps que mon frère quitte le pays, à condition que vous ne nous dénonciez pas à la police, lui pour assassinat, nous pour complicité. Sous aucun prétexte.

— Ah, répondit, sarcastique, Mlle Bedford, déjà remise

de ses émotions. Mais je peux vous dénoncer une fois que vous m'aurez donné l'argent. Ou bien écrire un article pour un magazine qui me rapportera plus de mille dollars. Cela ne me convient pas, monsieur Taeger. Imaginez les titres ! Arthur et Glenda Greeves, les deux stars de l'écran, complices de l'un des crimes les plus monstrueux du siècle, commis par le frère de l'acteur ! Ça ferait l'effet d'une bombe, non ?

— Écoutez, grommela Arthur en la fusillant du regard, je vais vous faire une autre proposition et vous feriez bien de l'accepter. Je vous verserai une rente annuelle de dix mille dollars et vous resterez avec nous jusqu'à ce que Ted ait quitté le pays. Qu'en pensez-vous ? Avec ça, vous pouvez vous permettre de ne plus jamais travailler de votre vie.

— Affaire conclue, répondit Mlle Bedford. Ça me paraît beaucoup plus raisonnable. Mais vous devrez signer un document par lequel vous vous engagez. Immédiatement. Sinon, je ne vous promets rien.

Glenda était très agitée, mais elle n'osait pas parler. Edward explosa.

— Assez d'exigences ! tonna-t-il en se relevant. Art, tu n'as aucune raison de lui donner de l'argent ni de signer quoi que ce soit, une bonne bourrade quand le train roule à toute vitesse et tout est arrangé.

Mlle Bedford et Glenda le regardèrent terrifiées. Surexcité, il transpirait à grosses gouttes. À le voir trembler on aurait cru qu'il avait très froid. Arthur fut le seul à parler.

— Voyons, Ted, tu es dans tous tes états. Ne dis pas de bêtises. On ne peut pas faire ça.

Il s'assit à côté de lui, entoura de son bras les épaules de son frère, lui tapota le dos et lui tendit un mouchoir pour essuyer les gouttes de sueur. Edward s'apaisa assez pour s'excuser.

— Désolé, Art. Pardonne-moi, Glenda. Je ne sais plus ce que je dis. Je suis épuisé, à bout. Ces policiers m'ont fait sortir de mes gonds. Je n'ai pas eu une seconde de répit depuis qu'ils sont montés dans le train. Ce qui me rend furibard, par-dessus le marché, c'est cette bonne femme qui veut se faire payer pour ne rien dire, pour ne pas se comporter en bonne citoyenne, comme si elle l'avait jamais été. J'aimerais bien la voir dans ma situation.

Mlle Bedford inclina la tête.

— Bon, vous inquiétez pas. On est juste un peu sur les nerfs, c'est tout, dit Arthur. Laissez tomber, je vais le signer ce document, mademoiselle Bedford.

Ladite demoiselle semblait avoir radicalement changé son fusil d'épaule.

— Oubliez ça, monsieur Taeger. Je ne veux pas recevoir de vous un centime pour quelque chose dont vous n'êtes pas responsable. Je constate que vous faites tout ça pour venir en aide à votre frère. Je refuse de vous faire chanter ou quelque chose de ce genre. J'irai avec vous jusqu'à Los Angeles et je veillerai à ce que votre frère sorte de ce pays. Je vous promets que par la suite je ne dirai rien contre vous deux ; après tout, ajouta-t-elle avec un sourire, ce n'est pas si désagréable de passer une quinzaine de jours à Beverly Hills.

Arthur sourit à son tour et dit :

— Je vous en suis sincèrement reconnaissant, mademoiselle Bedford. Vous êtes très compréhensive. Je ne l'oublierai pas et, bien entendu, ce que je suis parfaitement en droit de vous faire, c'est un cadeau, n'est-ce pas ?

— Croyez-moi, cela n'est pas nécessaire monsieur Taeger, dit judicieusement Mlle Bedford.

Arthur sortit son carnet de chèques, il en écrivit un au porteur pour un montant de quinze cents dollars et le tendit à la jeune femme.

— C'est la moindre des choses que je compense un peu ce que vous perdez en n'écrivant pas cet article.

La demoiselle accepta le chèque et Glenda la remercia à son tour. Edward, dans son coin, voulut l'imiter mais il préféra se taire.

Le reste du voyage s'effectua sans incident. Personne n'entra dans le compartiment à l'exception du contrôleur et pas un seul des quatre n'ouvrit de nouveau la bouche pour mentionner l'affaire.

Arthur entra dans le bar-club de Jerry, un bouge décoré avec le plus mauvais goût. Il ne restait pas plus que cinq ou six tables vides, le comptoir et un tourne-disque qui, pour l'instant, jouait une chanson passée de mode. Il s'assit à l'une des tables et commanda un café. On ne le lui avait pas encore apporté qu'apparut sur le seuil un homme blond aux petits yeux, pas très grand, mais plutôt beau gosse. Il était habillé avec chic, costume impeccablement repassé, cravate jaune, sans être criarde, et chapeau noir. En voyant Arthur, l'homme sourit, exhibant des dents aussi blanches que bien alignées, et il se dirigea vers lui.

— Salut, Arthur Taeger, comment va ? dit-il après une vigoureuse poignée de main.

Art lui rendit son sourire.

— Bien et toi, Michael Robbins ?

— Pas si mal, répondit Mike, puis, s'adressant au serveur : Hé, fiston, apporte-moi une bière, ordonna-t-il.

— Rien n'a changé ici, commenta Arthur. J'aurais cru qu'on aurait un peu rénové.

— Non, et je doute que ça puisse jamais changer. Et tant mieux. Y a pas de meilleur endroit dans tout Los Angeles pour traiter d'affaires louches.

— Oui, c'est sûr. Comment ça va, Mike ?

— Bien. Ces temps derniers, j'ai le vent en poupe, mais on ne sait jamais combien de temps ça va durer. Toujours les mêmes combines : courses de chevaux, boxe, jeux, tuyaux divers, paris de toutes sortes. La routine, quoi. Je ne me vois pas changer de boulot. Même s'il y a des moments difficiles, le travail n'est pas pénible, et quand on traverse une bonne passe, comme à présent, tout est pour le mieux dans le meilleur des mondes. L'essentiel, c'est de se remuer et, bien entendu, de connaître les ficelles. Tu en savais déjà assez long, dommage que tu aies laissé tomber. Toi et moi, à nous deux, on aurait pu en faire des affaires. Monter une agence de renseignements, ou de détectives. J'ai toujours été tenté par ça. Même si je suppose qu'à présent tu dois gagner beaucoup plus que ce que je pourrai gagner de toute ma vie.

— Oui, j'avoue que je n'ai pas de souci de ce côté-là.

— J'imagine. Et en plus tu as épousé une fille merveilleuse.

— Oui, c'est une bonne fille, une perle rare. Et toi, tu t'es marié ?

Mike Robbins éclata de rire.

— Tu es fou ou quoi ? s'exclama-t-il. Comment peux-tu penser une chose pareille ?

— J'en sais rien. Tout peut arriver.

— Oui, bien sûr. Mais ce qui n'arrive jamais, c'est qu'une femme pleine aux as et, tant qu'à faire, jolie, s'éprenne de moi. Faute de quoi, oublions la noce.

— Ah ! tu n'as pas changé ! Je suis persuadé que tu as en tête un projet qui te rapportera gros.

— Ouais, tu l'as deviné ! Tu verras...

Arthur l'interrompit.

— Ne m'en dis rien, je sais que ça foirera. Et maintenant parlons affaires.

— Bien sûr. J'avais oublié ! Qu'est-ce qui t'arrive ?

Arthur se racla la gorge.

— Qu'importent l'histoire et le bonhomme. Ce dont j'ai besoin c'est d'un faux passeport, et si possible étranger. Anglais, australien ou irlandais. Voici la photo qui doit y figurer.

D'un élégant portefeuille en cuir, Arthur sortit une photo d'Edward et la donna à Michael.

— Et combien ça me coûtera ? lui demanda-t-il.

Mike ne répondit pas. Il examina la photo avec attention.

— Ce type me rappelle quelqu'un, murmura-t-il. Vraiment. Qui est-ce ?

— Peu importe, répondit Arthur. Combien ?

Mike leva les yeux de la photo.

— Disons que c'est pas donné. Quinze cents pour le passeport et...

— Et toi ?

— Bon, dit Mike, je prends, en général, sept cents pour ce genre de boulot, mais pour toi, ça sera juste trois cent cinquante.

— En voilà mille maintenant, dit Arthur en lui tendant les billets, les cinq cents dollars du passeport suivront dès que je l'aurai.

— D'accord, Art ! s'exclama Mike. Tu es très généreux. Je dois dire que ça tombe bien.

— Je m'en doutais, Mike. Je n'ai pas cru une seconde à cette histoire de vent en poupe. Mais ça n'a aucune importance. On est potes, hein ?

— Bien sûr, qu'on est potes, Art.

Mike rangea l'argent, prit de nouveau la photo, la regarda quelques secondes et s'écria aussitôt :

— Ça y est, j'y suis ! Je l'ai vu dans un magazine new-yorkais il y a trois semaines. C'est le mec qui a tué sa femme en cognant sur elle avec une bouteille. Edward Taeger !

Arthur ne le lâchait pas des yeux.

— Oui, Mike, finit-il par dire. C'est mon frère. C'était un

accident, mais c'est déjà trop tard, il faut qu'il se tire d'ici. Combien veux-tu pour ton silence ?

Mike sourit en sortant un bout de langue.

— Allons, Art, répondit-il, pas question. On est potes, hein ?

— Oui, on est potes, Mike. Merci pour tout. Quand puis-je passer prendre le passeport ?

— Après-demain, à neuf heures du matin. Je peux te l'apporter chez toi, si tu veux. D'ailleurs, je serais heureux de faire la connaissance de ta femme. Elle me plaît énormément.

— Entendu, Mike. Amène-toi à huit heures et demie et je te montrerai la baraque. Au revoir et merci.

Il régla l'addition au serveur qui arrivait à l'instant même avec le café et la bière et il sortit, laissant Mike étudier une fois de plus la photo d'Edward.

— Arthur, dis-moi, comment ça s'est passé ? Tout va bien ?

— Tu auras ton passeport mercredi à neuf heures du matin.

Edward s'assit dans un grand fauteuil en poussant un soupir de soulagement : il était au salon avec Glenda et Mlle Bedford.

— Sûr que tout va bien, Arthur ? demanda Glenda, inquiète. Pas de problèmes ?

— Non, pas pour le moment, Glenda. T'inquiète pas. Comment ça va, Susan ? Elle vous plaît, la maison ?

Les deux jours qui avaient suivi leur arrivée à Hollywood, jusqu'au moment où Arthur avait réussi à localiser Mike, Mlle Bedford s'était conduite de façon très cordiale, voire bienveillante, elle avait aidé Glenda à défaire les valises, n'avait fait aucun commentaire déplacé, s'était montrée amicale. Elle le regarda en souriant et répondit :

— Bien sûr, monsieur Taeger. Elle est splendide et je n'arrive pas à croire que je suis ici. Mme Taeger m'a déjà fait faire le tour du propriétaire et j'adore.

— Appelez-nous Arthur et Glenda, s'il vous plaît, dit cette dernière.

Edward, qui semblait encore en vouloir un peu à Mlle Bedford, intervint alors, mettant fin à la conversation :

— Bon, Art, nous devons décider de l'endroit où je vais aller. Et préparer tout ça. J'aimerais prendre le premier avion qui décollera après neuf heures du matin.

— Entendu, dit Art.

— Bonsoir, Arthur.

— Oh, bonsoir, Susan. Qu'est-ce que vous faites ici à une heure pareille ?

— Je n'arrivais pas à dormir. Vous avez une belle bibliothèque ; dans ces revues, je lis des anecdotes sur votre vie.

— À quoi bon ? Je peux vous les raconter bien mieux que ça.

Assise, en chemise de nuit, dans un grand fauteuil, Mlle Bedford feuilletait diverses revues de l'époque des débuts d'Arthur et Glenda. La nuisette laissait deviner une jolie silhouette qu'Arthur apprécia. Il était deux heures du matin et tous étaient allés se coucher depuis longtemps. Arthur s'assit sur un bras du fauteuil.

— Vous n'arriviez pas à dormir, vous non plus ? demanda Susan.

— Impossible de m'endormir. J'allais chercher un verre d'eau quand j'ai vu de la lumière.

— Ah ! dit Susan, et elle continua à feuilleter l'une des revues.

En revoyant certaines photos sur lesquelles il avait les cheveux gominés et un nœud papillon, Arthur se mit à rire, un rire communicatif.

— Ce que ça peut être ringard ! s'exclama Susan en riant à son tour.

— Vous trouvez ? Eh bien, c'est comme ça que je suis devenu célèbre et que j'ai commencé à plaire aux demoiselles du monde entier. Et pas à vous ?

— Je ne vais presque jamais au cinéma, dit-elle. Mais c'est sûr que je préfère maintenant.

Arthur la remercia et alla se coucher.

Le mercredi suivant, à huit heures et demie du matin, toute la maisonnée déjà levée attendait l'arrivée de Mike Robbins qui se présenta avec un quart d'heure de retard. Après avoir salué Arthur et avoir été présenté à Glenda, Edward et Susan, Mike sortit un passeport qu'il remit à Arthur. Edward le lui arracha des mains et l'examina sans qu'Art ait seulement pu l'ouvrir. Le passeport était anglais, au nom de Keith Brow, un citoyen britannique de trente ans, né le 16 mars 1900 à Birmingham, en Angleterre. La photo était celle d'Edward.

— Parfait, Art, déclara Edward en le glissant dans sa veste.

— Du beau boulot, Mike, dit Arthur qui prit son portefeuille en cuir et lui remit cinq cents dollars. Tu les as bien gagnés.

— Merci, Art, répondit Mike qui ajouta : Je pourrais visiter la maison ?

— Si ça ne t'ennuie pas, je préférerais remettre ça à plus tard, dit Arthur. Ted part et je dois l'accompagner.

— D'accord, Art. Appelle-moi un de ces jours.

— Promis, je t'appellerai. À bientôt, Mike.

Mike prit congé de tous et il sortit.

— Allons-y, Art, dit Edward.

Ils montèrent au premier étage pour boucler les valises d'Edward avant d'aller avec Finn jusqu'à la voiture pour se rendre à l'aéroport. Edward était si nerveux qu'il partit avec un simple « à bientôt » sans même embrasser Glenda et Susan ni leur serrer la main. Il pianotait sur un porte-documents noir que lui avait remis Arthur et qui contenait un peu d'argent pour lui permettre de se débrouiller au Brésil le temps de trouver du travail.

— Tiens-toi tranquille, commanda Art. Il ne va rien t'arriver. Personne ne va s'imaginer que c'est bien toi qui es ici. Du calme, sinon, ils t'attraperont.

Mais Edward n'arrivait pas à se calmer, il ne cessait de répéter :

— Ils vont me reconnaître. Ils vont me reconnaître, je sais qu'ils vont me reconnaître.

Il ne parvint qu'à communiquer son angoisse à Arthur et ce furent deux hommes inquiets, apeurés, qui descendirent de voiture et traversèrent l'aéroport au pas de course sans savoir de quel côté se diriger, attirant l'attention générale. À la fin, Arthur qui passait devant des toilettes pour hommes y entra et y poussa Edward. Un policier en uniforme était en train de se recoiffer. Edward le regarda, terrorisé. Le policier s'en rendit compte dans le miroir. Il le regarda avec méfiance et s'apprêtait, à coup sûr, à faire une remarque, quand Arthur l'aborda :

— Excusez-moi, monsieur le garde, vous auriez du feu ? demanda-t-il, cigarette à la bouche.

— Monsieur l'agent.

Edward en profita pour se laver les mains, tournant le dos au policier. L'homme sortit un briquet et alluma la cigarette d'Arthur. Après un autre coup d'œil à Edward – dans la mesure du possible, car Arthur s'était déjà habilement et discrètement glissé entre les deux, cachant son frère –, le policier s'éloigna.

— Il m'a reconnu, Art ! Je suis sûr qu'il m'a reconnu. Qu'allons-nous faire ?

Les mâchoires serrées, Arthur l'attrapa par l'imperméable et le plaqua contre le mur en le secouant.

— Écoute-moi, Ted, dit-il, nous sommes tous les deux à bout. Nous avons du temps avant le décollage, si nous essayions de nous calmer ? Soit tu arrêtes de te comporter comme un gamin apeuré, soit c'en est fait de nous. Nous avons attiré l'attention dès que nous avons mis les pieds dans cet aéroport.

— Tout ça à cause de ta célèbre et foutue gueule ! s'écria Edward. C'est pas ma faute.

— Ça n'a rien à voir avec ça et tu le sais parfaitement ! C'est à cause de ta tronche d'homme traqué. Si tu croises un flic et que tu te comportes comme si tu te trouvais face à une horrible apparition, il est normal que ce flic et tous les témoins te dévisagent avec attention. Du calme. Tu dois donner l'impression d'être un Anglais qui voyage pour son plaisir, un Anglais nanti et bien tranquille, tu piges ? Écoute, Ted, si nous en restons là, nous n'aurons aucun problème. Tu vas encore avoir affaire à des tas de policiers à la douane et ils vont probablement te regarder, comme ils regardent tous les voyageurs, sans l'intention de t'arrêter. Tu es un type bien qui n'a aucune raison d'avoir la police à ses trousses, tu piges ? Tu dois présenter ton passeport machinalement et regarder tout tranquillement devant toi. Du coup, ils ne te reconnaîtront pas. Dans les journaux, les photos étaient très différentes : pas rasé, une tronche patibulaire alors qu'à présent, regarde-toi. – Et il le planta face au miroir. – Un homme d'affaires plein aux as et sans problème. Ils te reconnaîtront pas. Calme-toi, coiffe-toi et fais comme si de rien n'était.

Edward se mit à respirer plus posément, il était beaucoup

plus serein. Il enleva son chapeau, se lava la figure avec un mouchoir, se peigna et remit son chapeau.

— Et maintenant, qu'est-ce que tu en penses ? demanda-t-il d'une voix tremblotante.

— C'est déjà mieux, répondit Art qui l'observait attentivement. Mais parle plus fort et articule. On va répéter. Je fais le gars qui va contrôler ton passeport, tends-le-moi ouvert, en disant bonjour.

Edward fit comme s'il le lui tendait, puis il ajouta dans un filet de voix :

— Bonjour.

— Non, cela ne va pas, dit Arthur. Si tu le dis aussi bas, tu attireras l'attention et le gars ne te lâchera pas du regard. Recommence, en parlant plus fort.

Edward reprit son souffle, sourit et dit en forçant sur le ton familier :

— Bonjour !

— Non, s'exclama Arthur, il ne manquerait plus que tu lui donnes une tape dans le dos ! Pour peu que s'amène un type qui braille et qui sourit comme dans une pub, ils le regarderont tout autant. Regarde, voyons si tu peux faire comme ça.

Il se leva, remit le passeport imaginaire à Edward, et fit comme si, en réalité, il ne se rendait pas compte de ce qu'il était en train de dire. Et il ajouta :

— Tu vois ? À toi.

— Bonjour.

— Non, avec plus de naturel.

— Bonjour.

— Ah ! C'est mieux. Fais comme si le type était un vulgaire moustique.

— Bonjour.

— Dites, on peut savoir à quoi vous jouez ?

Arthur et Edward se retournèrent et aperçurent un vieillard debout dans l'embrasure de la porte. Sans doute était-il là depuis un moment, mais ni l'un ni l'autre ne l'avait remarqué. Il les regardait, stupéfait, les yeux écarquillés. Arthur prit ses valises et les deux frères sortirent en passant à côté de l'homme.

— Dites, vous pourriez m'expliquer, par pure curiosité de ma part ? insista-t-il.

Arthur se retourna et lui répondit par la négative. Déçu, le vieil homme s'éloigna.

Edward et Arthur éclatèrent de rire.

— C'est bien, Ted, dit Arthur après avoir repris son sérieux, je trouve que la dernière fois c'était pas mal. Et sinon, peu importe. Je te sens beaucoup plus serein.

— Oui, ça va bien se passer.

— Alors, allons-y.

Ils finirent par trouver la porte d'embarquement destinée aux voyageurs en partance pour Rio de Janeiro. Edward serra la main d'Arthur :

— Au revoir et merci pour tout, je vous écrirai, dit-il.

— Au revoir, Ted. Qui sait si nous n'irons pas te rendre visite d'ici peu ?

— J'aimerais bien. Remercie Glenda et aussi Mlle Bedford. Au revoir.

— Au revoir.

— Alors, qu'est-ce que vous êtes allés foutre à New York, Glenda ? demanda Winston Zuckert sitôt qu'il fut entré dans la maison.

— Arthur devait rencontrer un de ses amis qui lui avait écrit. Le pauvre était dans la panade, Art l'a un peu renfloué.

Là-dessus apparut Susan qui venait de se lever.

— Bonjour, dit Winston.

— Susan, dit Glenda, je te présente M. Winston Zuckert, notre réalisateur. Winston, je vous présente Mlle Susan Bedford, une vieille amie. Elle passe quelques jours chez nous.

— Enchanté.

— Tout le plaisir est pour moi.

— Arthur est ici ?

— Non, il est allé faire un tour, mais il ne va pas tarder à revenir.

— Bien, dit Winston en s'asseyant. Vous avez votre fin de semaine libre. Après-demain nous commencerons *Mort dans la forêt*. Tu as lu le scénario ?

— Oui, mentit Glenda, et il me plaît beaucoup.

— Je m'en réjouis. Même si Everett le signe, c'est à moi qu'on le doit.

On entendit alors refermer la porte principale et la voix d'Arthur :

— Glenda ! Susan ! Où êtes-vous ? Une carte postale de Ted !

Winston se leva quand Arthur entra. Ils se saluèrent, puis Arthur s'adressa à Glenda et à Susan :

— Une carte postale de Ted, il est bien arrivé, tout est allé comme sur des roulettes.

— Sans vouloir être indiscret, qui est ce Ted ? demanda Winston.

— Eh bien si, vous l'êtes, répondit Arthur.

Les jours suivants, il ne se passa rien de particulier. Le lundi, Arthur et Glenda commencèrent à tourner *Mort dans la forêt* dans les studios de la production. Ils quittaient la maison à sept heures du matin, n'y revenant qu'en fin de journée. Susan s'occupait du jardin avec un véritable enthousiasme, elle y passait ses matinées. L'après-midi, et jusqu'à dix-neuf heures, heure à laquelle Arthur et Glenda étaient déjà de retour, elle se promenait dans Beverly Hills, allait au cinéma ou se rendait à Los Angeles pour y faire quelques emplettes dans l'une des voitures des Taeger. En réalité, au lieu de se plaindre de ce qui s'était passé, elle s'en réjouissait ; elle avait du temps libre pour faire ce qu'elle voulait, elle avait de l'argent, elle était en agréable compagnie et avait réussi à se lier d'amitié avec Glenda. Quand Arthur et Glenda revenaient du travail, tous trois sortaient dîner ou se détendre, parfois en compagnie de Winston Zuckert. En fin de compte, Susan était très heureuse, elle ne se souvenait même plus du motif initial de son voyage. Elle avait tout d'abord prévu de se rendre à Salt Lake City pour voir sa mère internée dans une clinique psychiatrique, mettant à profit son mois de congé, que lui accordait son employeur à l'époque de son choix. Quand, à l'âge de quinze ans, Susan avait dû abandonner sa mère, déjà perturbée, et son jeune frère Billy, pour travailler comme serveuse afin de payer les factures qui chaque mois s'accumulaient, Mme Bedford avait eu d'horribles crises d'hystérie. Elle passait alors ses journées à boire et à réclamer Susan. Incapable de supporter plus longtemps cette situation, Billy s'était enfui deux mois après le départ de Susan qui fut contrainte de revenir à Louisville, où ils vivaient, pour s'occuper de sa mère qui, entre autres, refusait d'avaler quoi que ce soit si ce n'était pas Susan qui lui donnait la becquée. Elle ne quittait pas son lit et c'était toute une affaire de changer ses draps une fois par semaine. Susan fut contrainte de revenir chercher du travail à Louisville. C'est alors que la chance commença à lui sourire. De passage à Louisville, un dénommé Samuel Elwood, un individu aussi riche qu'excentrique, la remarqua dans le club où elle travaillait. Cet homme avait un fils, Coleman, qui réclamait toujours à ses côtés la présence d'une gamine d'une quinzaine d'années, un de ces petits brins de fille tout fragiles. Samuel Elwood la lui procurait, il l'entretenait pendant une ou deux semaines avant de la remplacer par une autre du même genre. En voyant Susan, qui correspondait à ces critères, il lui offrit une coquette somme d'argent pour qu'elle devienne la maîtresse de son fils pendant quinze jours. Susan accepta, ravie, et passa quinze jours avec lui. M. Elwood payait rubis sur l'ongle, et Susan eut assez d'argent pour envoyer sa mère dans une clinique et pour entreprendre de brèves études de mécanographie puis aller à Baltimore où elle trouva, avec une relative facilité, un poste d'assistante personnelle du vice-président d'une compagnie d'assurances, poste qu'elle occupait encore. Elle ne se tuait pas à la tâche, elle jouissait de pas mal de temps libre et gagnait un bon salaire qui lui permettait de vivre confortablement et de payer en temps voulu les factures de la clinique de Salt Lake City. En 1928, date où elle avait vu sa mère pour la dernière fois, Susan avait constaté que celle-ci avait beaucoup décliné : elle n'avait même pas reconnu sa fille. Le médecin qui la suivait, le docteur Askew, lui avait dit que Mme Bedford avait atteint un tel degré de folie ou d'aliénation mentale, comme il disait, qu'elle ne pourrait jamais s'en remettre. Le mal était incurable, et cela incita Susan à devenir très paresseuse et à espacer ses visites. Toutefois elle était prise de remords, ce qui l'avait poussée à demander ce mois de congé et à prendre le train pour Salt Lake City. Mais après deux semaines d'une vie confortable et sans souci chez les Taeger, ses remords fallacieux et forcés s'étaient envolés, la mère avait été oubliée, et la fille n'avait qu'un souhait : continuer à se la couler douce le plus longtemps possible. Elle présumait qu'au bout de trois ou quatre semaines les Taeger la mettraient à la porte, aussi s'était-elle efforcée de gagner l'amitié et la confiance de Glenda. Elle y était plus ou moins parvenue, restait encore un obstacle : Arthur. Il se montrait très gentil, voire amical avec elle, Susan allait jusqu'à s'imaginer qu'elle lui plaisait, mais lors des rares occasions où l'opportunité d'un rapprochement s'était présentée, Arthur avait donné l'impression de ne pas y tenir. Qui plus est, sa gentillesse et son amitié étaient, en général, accompagnées de certaine distance, de certaine froideur ou d'un manque de naturel. Mais Susan était prête à conquérir Arthur, coûte que coûte, afin de profiter le plus longtemps possible de cette maison. Elle élabora donc un plan.

Un soir, après qu'Arthur et Glenda étaient rentrés du tournage, ils allèrent tous trois dîner en compagnie de Winston. Le repas terminé, ils firent la tournée des boîtes de nuit. Winston avait un verre dans le nez, il était très joyeux et régalait de plaisanteries Glenda. Il alla jusqu'à esquisser quelques pas de danse dans les rues. Arthur, au contraire, était apathique, absent, il s'ennuyait, il n'appréciait pas les blagues de Winston et se contentait de regarder passivement le spectacle. Ils en étaient à leur cinquième boîte de nuit quand Susan décida d'intervenir. Elle profita d'un moment où Glenda et Winston dansaient ensemble pour lui demander :

— Qu'est-ce qu'il t'arrive, Art ?

Arthur la regarda, un peu surpris.

— Rien, répondit-il. Pourquoi ? J'ai l'air de quelqu'un à qui il serait arrivé quelque chose ?

— Oui, répondit Susan, d'une voix docte. Elle se tut quelques secondes, les yeux rivés sur la nappe, tripotant un verre, en attendant qu'Arthur reprenne la parole. Ce qu'il ne tarda pas à faire.

— On dirait plutôt que c'est à toi qu'il arrive quelque chose. Je ne t'ai pas vue sourire de toute la soirée.

— C'est que Winston ne m'amuse pas.

— Eh bien, c'est la même chose pour moi. Je ne le trouve pas drôle.

Susan lui lança un regard réprobateur.

— Voyons, Art, dit-elle. Il n'y a pas que ça. Tu as un problème, j'en suis sûre. Il y a quelque chose qui te rend triste.

— Non, je t'assure que non.

— Je ne te crois pas, répondit Susan. Je suis capable de voir quand on est triste et je sais que tu l'es. Si tu ne veux pas m'en parler, je ne vais pas insister, mais à mon avis il vaut mieux partager ses problèmes avec quelqu'un. Ça soulage.

— Je ne suis pas d'accord, trancha Arthur. Quand tu racontes quelque chose tu sais qu'en fait l'autre t'écoute par politesse, c'est tout. À la fin, ça revient au même. Chacun se soucie de ses petites affaires et se fiche pas mal de celles des autres.

— C'est sûr. Toujours est-il qu'on se sent mieux, rien que d'en parler, verbaliser le problème vous fait du bien. Cela fait également du bien à l'autre personne, qui même si elle voit le problème de façon trop extérieure peut néanmoins vous donner un conseil, tu ne crois pas ?

— Oui, peut-être, dit Arthur. Mais, en définitive, ça ne sert à rien.

— Bon, dit Susan, au moins tu as reconnu que tu avais un problème.

Arthur se mit à rire.

— Tu m'as tiré les vers du nez. Oui, j'ai des problèmes et, après tout, rien ne m'empêche de t'en parler.

Susan le regarda dans les yeux et sourit.

— Dis-moi.

— Pas maintenant, continua Arthur. Glenda et Winston vont revenir d'une minute à l'autre et je ne veux pas qu'ils entendent ça.

— Pas même Glenda ? demanda Susan d'un ton des plus naturels, qui ne laissait rien paraître.

— Non, dit Arthur, j'aime beaucoup Glen, mais il y a des choses qu'elle ne peut pas comprendre. Elle est à la fois un objet décervelé et une femme brillante. Regarde-la.

Du doigt, il lui montra Glenda qui évoluait seule au centre de la piste. Tous les autres couples s'étaient désappariés, laissant Winston et Glenda à leur tango. Ils s'étaient ensuite séparés le temps d'une rumba et, tout en se déplaçant au rythme de son pas, gracieux et rapide, Glenda souriait, fort satisfaite de son succès.

— Oui, renchérit Susan, elle a beaucoup de charme.

— Absolument, dit Arthur, mais elle réserve ce genre d'exhibition à un public. Il faut la voir à la maison : c'est une femme aimante, aux petits soins pour son mari et pour lequel elle s'inquiète, une femme si craintive que même si je commettais les pires horreurs et la faisais cruellement souffrir, elle n'oserait pas me reprocher quoi que ce soit de peur que je la quitte ou un truc du genre. Elle n'a aucune confiance en elle, du moins en ce qui concerne mes sentiments à son égard, du coup elle se mue en un être soumis, qui ne pense que rarement pour elle-même, et dont le seul souhait, la seule aspiration dans la vie, est d'avoir des gosses. Il n'en était pas ainsi quand elle était célibataire, disons qu'elle était plus fofolle, plus gamine, pour ne pas dire plus intelligente. Par ailleurs… Elle se contredit, elle est incohérente. Tu as remarqué la passion avec laquelle elle dévore les magazines où l'on parle d'elle et d'autres acteurs, ou avec laquelle elle se repaît des potins de Dora Bailey et de ce genre de commères, comme la plupart de ces bécasses de jeunes Américaines, et je suis persuadé qu'elle se suiciderait au moindre prétexte pour devenir un mythe, ce qui est plutôt étrange pour une personne aussi conservatrice et aussi craintive que Glenda. Disons qu'elle a beaucoup changé, mais qu'il lui arrive de se comporter comme avant le mariage. Mais bien entendu, elle ne pourrait pas comprendre mes problèmes, du moins le genre de problèmes auxquels je fais face.

À cet instant, l'orchestre cessa de jouer, de longs applaudissements retentirent pour Glenda et Winston qui saluèrent, et Susan les vit revenir à leur table.

— À cinq heures dans la bibliothèque, glissa-t-elle précipitamment à Arthur.

— D'accord, répondit-il.

Winston et Glenda s'assirent. Winston continua à débiter ses bêtises, et Susan finit par déclarer qu'elle se sentait très fatiguée et allait rentrer à la maison, mettant un terme à la soirée. Winston prit Glenda et Susan par le bras, il insista pour raccompagner ces dames chez elles. Arthur repartit seul dans sa voiture et les autres arrivèrent un peu plus tard. Winston voulut boire un dernier verre, mais Arthur l'empêcha et, après de longs adieux et moult courbettes, Winston s'en alla et Glenda, Susan et Arthur entrèrent dans la maison. Après s'être dit bonsoir, ils allèrent se coucher. C'était samedi et le lendemain il n'y avait pas de tournage. Susan fit un signe à Arthur pour lui rappeler leur rendez-vous. Ce dernier acquiesça de la tête et monta dans sa chambre. Il était trois heures et demie du matin. Susan enfila une chemise de nuit, prit un livre et se mit à lire, allongée sur le lit. Le sommeil eut toutefois raison d'elle vers quatre heures du matin, elle abandonna sa lecture, mit son réveil à quatre heures quarante-cinq et s'endormit.

Quand la petite musique du réveil sonna, Susan se leva. Face au miroir, elle relâcha ses cheveux et se refit une beauté. Elle alla chercher un peignoir, hésita un instant et pour finir renonça à le mettre. Elle ouvrit la porte et, pieds nus dans une chemise de nuit transparente, elle descendit à la bibliothèque. Arthur n'était pas encore là, Susan s'assit dans un fauteuil, la tête sur l'un des accoudoirs, les pieds sur l'autre. Au bout de sept minutes, elle entendit des pas furtifs dans l'escalier. Elle ne bougea pas jusqu'à ce que la porte de la bibliothèque s'ouvre discrètement et qu'Arthur apparaisse. Alors elle se leva et le salua de la main :

— Bonjour !

— Bonjour, répondit Arthur. Il y a longtemps que tu es là ? Je viens juste de me réveiller. Je ne pouvais tout de même pas mettre l'alarme et je ne voulais pas non plus m'endormir, du coup, j'ai somnolé jusqu'à maintenant.

— Non, je suis arrivée il y a cinq minutes, répondit Susan. Tous deux chuchotaient, même si, avec la porte fermée, personne ne les entendait. Arthur était en robe de chambre et pyjama à rayures noires et jaunes. Il ne portait pas de pantoufles, était ébouriffé, un laisser-aller qui le rendait encore plus séduisant. Susan lui fit signe de la main.

— Viens t'asseoir ici, à côté de moi, et dis-moi ce qui ne va pas.

Arthur obtempéra.

— Bon. En réalité, je ne sais pas par où commencer ni comment t'expliquer.

— Prends tout ton temps, dit Susan avec tendresse.

— Bon, reprit Arthur un peu mal l'aise, à vrai dire je t'ai presque tout raconté au club. En fait, ça se résume à ça : je ne suis pas heureux à cause de Glenda et aussi parce que mon travail ne m'intéresse plus. Tous mes films se ressemblent, Winston est toujours amoureux de Glenda, j'en suis sûr, et...

— Toujours amoureux de Glenda ? l'interrompit Susan.

— Oui, il l'était avant notre mariage et je pense qu'il l'est encore. D'ailleurs, ça se voit dans les films, oui ça se voit que le réalisateur est amoureux de l'actrice rien qu'à la façon dont il la traite, dont il dirige les projecteurs sur elle, rien qu'aux thèmes qu'il aborde, telle la passion à toute épreuve, et tout le reste. Winston n'aurait qu'une envie, me remplacer dans mes rôles, c'est d'ailleurs ce qui se passe dans sa tête, je suppose. Le problème, c'est que tous les scénarios se ressemblent : des amours frustrées, de préférence par le destin, des passions secrètes, un personnage qui aime Glenda en silence, autrement dit Winston. Toujours la même rengaine. Et ce n'est pas Winston qui va s'en plaindre, quant à Glenda elle s'en fiche, mais moi pas. Moi, j'en ai ras le bol, j'en ai plein le dos de tous ces films, je m'ennuie à mort pendant les tournages. On répète le même scénario tous les trois ou quatre mois. J'aimerais jouer dans un autre genre de films : des comédies musicales, des films de gangsters, qu'importe. Mais impossible, nos films plaisent au public, les gens sont habitués à nous voir comme ça et Brophy, le producteur, continue à s'en mettre plein les poches et ne veut pas prendre le risque de gagner un peu moins. Je ne sais plus que faire.

— Pourquoi ne te barres-tu pas ? suggéra Susan. Pourquoi ne signes-tu pas un contrat avec une autre maison de production ?

— Hélas, dit Arthur, je ne peux pas. Glenda et moi, nous avons signé un contrat de quinze ans avec Brophy. Si je le résiliais, je devrais leur verser des millions à titre d'indemnisation, pour non-respect de la parole donnée ou je ne sais trop quoi.

— Et alors ? dit Susan. – Dans le feu de la conversation, elle avait oublié son plan. – Et alors ? répéta-t-elle en voyant qu'Arthur ne réagissait pas.

Il fallut à ce dernier une ou deux minutes pour sortir de son mutisme. Il finit par dire, comme s'il en était lui-même surpris et essayait de se disculper :

— Et alors ? Que veux-tu dire par là ? Bon…

Il ne put continuer. Il hésita, Susan intervint :

— Rien. Qu'est-ce qu'il y a ? Tu l'as ce fric, non ?

— Oui.

— Eh bien, tu paies et tu repars de zéro. Tu feras à nouveau fortune avec l'autre maison de production. Tu peux même te débrouiller pour qu'elle te paie une partie de l'indemnisation.

— Oui, ça devrait être possible, dit Arthur peu convaincu. Reste à savoir si j'aurais du succès, car si je n'en avais pas, je me retrouverais dans un fichu pétrin.

Susan se leva, tout excitée.

— Voyons, ce que tu peux être bête ! s'exclama-t-elle. Comment pourrais-tu ne pas avoir de succès ? D'ailleurs, je suis persuadée qu'en dépit de tout ce que tu devrais verser à ce Brophy, il te resterait tout de même une somme coquette. Je me trompe ?

— Non, tu ne te trompes pas. Il m'en resterait assez.

— Par conséquent, il n'y a aucun problème.

— Mais si, il y a un autre problème, dit Arthur. Glenda. L'un sans l'autre, nous ne valons rien. C'est en couple que nous avons connu le succès. Elle devrait faire la même chose que moi mais en a-t-elle envie ? Elle serait pourtant parfaite dans le rôle de la maîtresse d'un gangster, maltraitée et humiliée, ou dans celui de Jeanne d'Arc. Elle aurait aussi plus d'opportunités en tant qu'actrice, non ?

— Attends, dit Susan, depuis quand vous formez ce couple, Glenda et toi ?

— Depuis 1926.

— Disons que ça fait quatre ans, Art. Tu ne penses pas qu'on puisse changer en tout juste quatre ans ? Il y a quelques heures, tu me confiais que Glenda avait beaucoup changé, tu te rappelles ?

— Oui, dit Arthur piqué au vif.

En l'espace de quelques minutes, il avait perdu sa belle assurance.

— Dans ce cas, il me semble que tu n'as plus besoin d'être en couple avec Glenda pour réussir. Tu peux fort bien travailler seul ou avec d'autres actrices. Tu n'en as que faire de Glenda. Tu dois au moins tenter le coup, essayer d'y arriver seul. Peut-être que tu n'y parviendras pas, mais il faut prendre le risque.

— Oui, je crois que tu as raison, Susan, merci.

Susan se rassit à côté de lui, sur le canapé où, au début, ils avaient pris place. Elle le fixa du regard, lui caressa les cheveux. Arthur lui prit la main et l'embrassa. Elle se rapprocha un peu plus de lui et entreprit de lui déboutonner son pyjama. Arthur l'attira brusquement vers lui et l'embrassa. Puis il l'enlaça et tous deux se laissèrent glisser jusqu'au sol.

Wes McMullan sortit en 1930 de la maison d'arrêt de Saint Paul, dans le Minnesota, après trois ans de réclusion. Sitôt dans la rue, il se dirigea vers un arrêt d'autobus et acheta un ticket pour Minneapolis. Il attendit une vingtaine de minutes en se promenant, en regardant autour de lui et en se gavant de glaces.

Wes McMullan était un très bel homme, blond aux grands yeux bleus. Vêtu d'une chemise bleu marine, d'un pantalon en velours côtelé qui ne lui arrivait pas à la cheville car ses bottines le cachaient en partie, il était coiffé d'un chapeau gris à larges bords. Il avait pour tout bagage une sacoche en cuir. Le regard dur, la peau basanée, on lui aurait donné vingt-huit ou vingt-neuf ans. Il monta dans l'autobus et alla s'asseoir aux derniers rangs, à côté d'une vieille femme grisonnante au bibi agrémenté de fleurs artificielles qu'il aida à caser sa valise. Il leur fallut une demi-heure pour atteindre Minneapolis. Il descendit alors de l'autobus et se mit à marcher. Il entra dans une épicerie.

— Bonjour, dit-il à un jeune rouquin qui se tenait derrière le comptoir.

— Bonjour, répondit le vendeur. Vous désirez ?

— Du travail, répondit Wes McMullan.

— Ici, y en a pas, y en a pas, mon gars, dit le jeune.

— Y en a pas ? Où il est le patron ?

— Attendez, répondit le jeune, et il disparut dans l'arrière-boutique. – Wes McMullan l'entendit qui disait : « Monsieur Lathrop, y a un type qui veut du boulot. Je lui ai répondu qu'y en avait pas, mais il a pas l'air de me croire. Il veut vous voir. »

Deux minutes plus tard apparut un homme courtaud et rondouillard en chemise et gilet. Il posa le regard sur Wes.

— Que voulez-vous ? lui demanda-t-il.

— Du travail.

— Ici y en a pas, et je pense qu'en cette période de l'année ça vous sera très difficile d'en trouver un. Tous les emplois sont pourvus. Si vous étiez venu en début de saison, vous en auriez trouvé un sans problème, même ici. Ce jeune homme est un nouvel employé. Je l'ai embauché en janvier, il y a quatre mois.

— Compris, murmura Wes, qui ajouta : Où aurais-je le plus de chances de trouver un emploi ?

— Quel genre d'emploi ? Que savez-vous faire ? demanda Lathrop.

— De tout. Ça m'est égal. N'importe quoi, répondit Wes.

M. Lathrop se gratta la tête.

— Bon, je ne sais pas, dit-il, mais allez voir M. Kempner, Vernon Kempner. Il possède une chaîne d'hôtels. En fait, tous les hôtels de la ville lui appartiennent. Peut-être pourrait-il vous dégoter un boulot.

— Merci, dit Wes, et il sortit.

Il n'avait pas repris son chemin que M. Lathrop l'appela.

— Eh ! Attendez ! Une minute !

Wes revint nonchalamment à la boutique.

— Qu'y a-t-il ?

— Vous vous y connaissez en travaux agricoles ?

— Un peu. Pourquoi ?

— Les Wainscott ont une ferme à Onamia et ils ont besoin d'un gars. Ils possèdent des bois. En outre, ils sont riches et ils paieront bien.

— Où ça se trouve, Onamia ?

— Suivez la route en direction du nord si vous n'avez pas de quoi prendre l'autocar. Traversez Elk River et Milaca. C'est la ville suivante. Une fois là-bas, demandez où se trouve la ferme de Lem Wainscott. Elle est au milieu des bois, près du lac Mille Lacs. Mme Wainscott est venue la semaine dernière acheter des provisions et des cigarettes, elle m'a dit que leur employé était parti. Si personne ne vous a devancé, vous pouvez être sûr qu'ils vous donneront du travail. Et ils paient bien.

— Merci, répéta Wes, et il s'en alla.

Il demanda dans divers hôtels de la ville à rencontrer M. Kempner. Quand les concierges l'interrogeaient et qu'il leur répondait qu'il cherchait du travail, on lui affirmait qu'il n'y avait pas d'offres d'emploi en cette période de l'année et que ce serait peine perdue de déranger M. Kempner. Wes passa la nuit dans une pension bon marché et s'en fut le lendemain aux aurores jusqu'à la route du nord. Il reprit sa marche sans cesser de guetter les voitures, mais il était trop tôt : à six heures et demie du matin, il n'y avait presque pas de circulation. Les voitures commencèrent à apparaître vers sept heures et, après cinq essais infructueux, Wes réussit à arrêter le sixième véhicule, un camion qui transportait des boîtes de conserve.

— Où allez-vous ? demanda à Wes le chauffeur, un petit homme brun.

— À Onamia.

— Montez, c'est sur ma route.

— Merci, murmura Wes.

L'homme ouvrit la portière.

— Donnez-moi cette sacoche, dit-il. Elle sera mieux derrière avec les boîtes de conserve.

— Non, je préfère la garder avec moi, répondit Wes, et il monta.

Ils ne s'adressèrent la parole qu'au bout de cinq minutes, quand le routier lui demanda :

— Qu'est-ce que vous allez faire là-bas ? Vous y avez de la famille ?

— Non.

La réponse plutôt sèche de Wes parut contrarier le chauffeur, il se tut quelques instants puis revint à la charge :

— Alors quoi ?

— Je vais travailler.

— Vous avez un boulot qui vous attend ?

— Non.

— Dans ce cas, je pense que ça sera difficile d'en trouver un en cette période de l'année. Quel genre de travail cherchez-vous ?

— Dans la ferme des Wainscott.

Le routier parut soudain tout heureux.

— Ah, dit-il, je les connais, mais je ne pense pas qu'ils vous donneront du boulot, ils sont très riches, vous savez ?

— Oui.

— Et Mme Wainscott est très belle. On vous a parlé d'elle ?

— Non.

— C'est étrange. Ça fait longtemps que vous vivez dans le Minnesota ?

— Quatre ans.

— Eh bien, c'est curieux que vous ayez jamais entendu parler d'elle. Elle est célèbre dans tout l'État. On prétend que c'est la plus jolie femme du nord des États-Unis et ça pourrait bien être le cas. Ça a valu à son mari d'être jugé, il y a environ un an, dit le petit homme brun. – Il se tut, pour donner à Wes le temps de demander le motif de cette comparution. Face au silence de ce dernier, il poursuivit : Oui, monsieur, tout ça à cause d'elle. Ils ont eu un type invité chez eux, un dénommé Bernie, un ami de M. Wainscott. On peut pas dire avec certitude si la femme a été infidèle, mais toujours est-il qu'un beau jour, on a retrouvé le gars, ce Bernie, avec une balle dans le crâne, dans la nuque pour être exact. Tous les soupçons se sont portés, bien entendu, sur M. Wainscott et on l'a traduit en justice. – L'homme se tut à nouveau, s'attendant à ce que Wes lui pose des questions, mais cette fois encore, Wes n'ouvrit pas la bouche. – Ils ont pas pu établir que c'était lui, continua le routier. Faute de preuves. Le mobile était là, mais pas les preuves. Il fut acquitté, mais tout le monde croit encore que c'était lui, moi aussi. Qui d'autre que lui aurait-ce pu être ? Personne en dehors de lui n'avait de raisons.

— La femme, finit par dire Wes.

— La femme ? Mais c'est absurde ! protesta le chauffeur. Quelles raisons pouvait-elle avoir ? S'il était son amant la dernière chose qu'elle aurait voulu c'était de le voir mort et s'il ne l'était pas, à quoi bon le liquider ?

Wes détourna les yeux de la route pour la première fois, curieux de regarder l'homme à la dérobée.

— S'ils n'étaient pas amants, dit-il, il n'y avait aucune raison, mais s'ils l'étaient, bien sûr qu'il pouvait y en avoir une.

L'homme était stupéfait.

— Comment ça ?

— Le chantage, par exemple. Le gars menace la fille de tout raconter au mari si elle ne lui donne pas une certaine somme, et la fille le tue.

Le routier émit un sifflement.

— C'est possible, c'est possible, dit-il. Je me demande

pourquoi ça ne m'était pas venu à l'esprit. – Il se tourna vers Wes et ajouta : Vous êtes quelqu'un d'intelligent, pour sûr...

Wes ne répondit pas, l'homme continua :

— ... Mais vous êtes du genre taiseux, pas vrai ?

Wes esquissa un demi-sourire.

— Oui, répondit-il.

Il était onze heures et demie quand ils arrivèrent à Onamia. Le routier prit fort aimablement congé de lui. Wes le remercia et se dirigea vers le bureau de poste.

— Comment puis-je me rendre à la ferme de Lem Wainscott ? demanda-t-il à un employé.

— Allez jusqu'au lac Mille Lacs, longez-le jusqu'à ce que vous voyiez un écriteau au nom de Wainscott, gravissez la côte. Il faut une vingtaine de minutes à pied du lac à la ferme.

— Merci.

Wes sortit et se dirigea vers le lac Mille Lacs qu'il longea jusqu'à un panneau sur lequel on lisait : « Lem Wainscott, propriété privée ». Il ne croisa personne en chemin et parvint à la ferme en quelques minutes. La maison, une grande baraque en bois peint en blanc, aux innombrables fenêtres et haute de trois étages, était agrémentée d'un porche avec deux fauteuils à bascule et d'un petit jardin sur le devant dans lequel s'affairait une femme d'une trentaine d'années, brune aux yeux verts, en salopette bleue et chemise à carreaux rouges et jaunes. Occupée à arroser les fleurs, elle ne remarqua la présence de Wes qu'au moment où il lui adressa la parole :

— Bonjour.

La femme leva la tête, interloquée.

— Jed ! Jed ! Viens ! cria-t-elle.

Wes retira son chapeau.

— Je voudrais voir M. Lem Wainscott, s'il vous plaît.

— Il n'est pas ici, répondit la femme. Il est dans les bois.

À cet instant apparut un homme d'une cinquantaine d'années, plutôt grand, portant une veste marron. À la vue de Wes, il demanda :

— Que voulez-vous ? Qui êtes-vous ?

— Vous êtes M. Wainscott ?

— Non, je suis son beau-frère, répondit-il d'un ton brusque, avant d'ajouter : Que voulez-vous ? Qui êtes-vous ?

— Je suis Wes McMullan. On m'a dit à Minneapolis que vous recherchiez quelqu'un pour travailler dans votre exploitation agricole.

L'homme examina longuement Wes d'un œil méfiant.

— Qui vous a dit ça ? demanda-t-il.

— L'épicier, M. Lathrop.

— Ah ! Je vois, conclut le beau-frère de Wainscott, qui se tut un instant. Bon, on en reparlera quand M. Wainscott sera de retour. Vous avez des références ?

— Non.

L'homme fit un geste désapprobateur.

— On verra ça quand Lem sera de retour.

— Et ça sera dans combien de temps ? hasarda Wes.

— Il sera là à l'heure du repas.

— Et il est à quelle heure, le repas ?

À en juger par l'expression de son visage, le beau-frère allait riposter, mais la femme intervint :

— À midi et demi, dit-elle. Vous pouvez attendre là-bas, suggéra-t-elle en lui montrant, à quelques mètres, des pierres parfaites pour s'asseoir.

Wes s'y rendit et s'allongea au soleil.

— Surveille-le, Joan, dit l'homme. – Wes l'entendit.

— Ça va, Jed, t'inquiète pas, continue à couper du bois.

Jed disparut derrière la maison et Joan s'en retourna à ses fleurs, tout en jetant, à l'occasion, un coup d'œil du côté de Wes.

— Salut, Joanie, dit un homme d'une bonne cinquantaine d'années, un grand gaillard chauve et moustachu, une hache à la main.

— Salut, Lem, dit Joan en se tournant vers lui. Où est Virginia ?

— Elle arrive tout de suite. Elle prend son temps, répondit Lem.

Il ne tarda pas à remarquer la présence de Wes qui s'était relevé. Il le regarda avec un mépris insolent.

— Qui est-ce ? demanda-t-il à Joan.

— Un gars qui cherche du travail.

— Ah bon, dit Wainscott. – Il s'approcha alors de Wes et, de ses petits yeux vifs, l'examina encore plus en détail. – Vous cherchez du travail, mon ami ?

— Ouais.

— Eh bien, vous en avez un, dit M. Wainscott en lui tendant la main.

Wes ne la serra pas.

— Pas encore, monsieur Wainscott, dit-il. Combien payez-vous ?

— Nous en discuterons par la suite. Vous en voulez ou non, du travail ? demanda Wainscott, la main toujours tendue.

— Oui, répondit Wes, et il la lui serra.

— Parfait. Allons déjeuner, monsieur...

— McMullan, Wes McMullan.

— Allons-y, Wes.

Tous trois entrèrent dans la maison et passèrent dans la salle à manger. Sur la table mise, il y avait six couverts. Jed avait déjà pris place.

— Jed, dit Wainscott, je te présente Wes McMullan. Il va travailler avec nous. Wes, je vous présente mon beau-frère, Jed Mullikin.

— Nous avons déjà fait connaissance, dit Jed.

— Très bien. Parfait. Papa ! Fulton ! À table !

Une porte s'ouvrit. Apparut un vieillard aux cheveux blancs qui ressemblait à Wainscott et s'appuyait sur une canne.

— Bonjour, papa, comment s'est passée ta matinée ? lui demanda Wainscott, plein de prévenance pour le vieillard qu'il accompagna jusqu'à une chaise et aida à s'asseoir, avant d'ajouter : Je te présente Wes, il va travailler avec nous. Wes, voici mon père.

— Qu'est-ce qu'il y a ? dit ce dernier.

— Fulton ! appela à nouveau Wainscott. Où es-tu donc ? Qu'est-ce qui se passe avec le déjeuner ? John Fulton !

Une porte à tambour s'ouvrit et un homme corpulent, coiffé d'une toque de cuisinier, entra avec un plat de viande frite :

— Voilà, monsieur Wainscott, dit-il en posant le plat sur la table.

— Fulton, rajoute un couvert. Je te présente Wes. Il va vivre avec nous, dit Wainscott, laissant entrevoir ses angoisses de patron et d'administrateur.

— Salut, Wes, dit Fulton. Assieds-toi ici. – Et il lui montra une chaise avant de disparaître par la porte de service.

— Assieds-toi, Wes, assieds-toi, lui dit Wainscott au moment où il prenait place en bout de table.

Joan et son père s'assirent à leur tour et Wes, pour le moins surpris, mais sans mot dire, fit de même.

Une minute plus tard, Fulton revint avec un couvert supplémentaire qu'il posa devant lui, et il s'assit à côté du père de Wainscott. Wes se retrouva en bout de table, à côté de Jed.

— Bon, annonça Wainscott, commençons.

— Et Virginia ? demanda Joan.

— Elle va arriver, répondit Wainscott qui entreprit de servir les steaks dans les assiettes.

Quand vint le tour de Wes, il ajouta :

— À présent, Wes, parlons de ton travail. Il consiste à couper du bois le matin. C'est à peu près tout. Tu auras, évidemment, d'autres choses à faire de temps en temps, mais ton boulot se résume à couper du bois, beaucoup de bois. La paie est de cinquante dollars par semaine.

— Soixante, réagit Wes.

Wainscott parut contrarié d'être contraint de marchander en déjeunant.

— D'accord. Soixante sans prime de Noël.

— Soixante sans prime de Noël, plus le gîte et le couvert, bien sûr.

Wainscott s'efforça de sourire.

— Bien sûr, répondit-il. Et autre chose : pas une goutte d'alcool...

— Je bois pas, interrompit Wes.

— Et pas question de fredaines, poursuivit Wainscott. Ni d'amourettes susceptibles de perturber la bonne ambiance de la maison ou du travail. Compris ?

— Compris, monsieur Wainscott.

La porte principale s'ouvrit alors, une jeune fille d'une vingtaine d'années se tenait sur le seuil. Elle était blonde, avait de grands yeux bleus et des dents d'une blancheur éclatante. Elle sourit à Wes.

— Tiens, un invité ! dit-elle.

Elle se dirigea vers Wes, le seul à s'être levé quand elle était entrée, et lui tendit la main. Wes la serra, posant sur la jeune femme un regard appuyé.

— Je suis Virginia Wainscott, dit-elle, ravie de faire votre connaissance.

— Wes McMullan.

— M. McMullan va travailler pour nous, expliqua Wainscott. Il est arrivé ce matin.

Virginia s'assit à la place vide en bout de table, à côté de Wes. Elle continua à le regarder, d'un air satisfait.

— Ravie de vous connaître. Il y a beaucoup à faire, monsieur McMullan. Lem, tu veux me passer la viande, s'il te plaît ?

Lem lui tendit le plat, Virginia prit un steak. Lem toussota.

— Comment se fait-il que tu aies mis un temps pareil, Ginny ? demanda-t-il à Virginia.

— J'ai cueilli des fleurs en chemin, répondit Virginia, je les ai laissées dans le vase de l'entrée.

Elle parlait avec une grande désinvolture comme quelqu'un qui connaît ses prérogatives et sait que, quoi qu'il advienne, il ne les perdra jamais.

— D'où venez-vous, monsieur McMullan ? demanda-t-elle.

— De Saint Paul.

— Et que faisiez-vous là-bas ?

— J'étais jardinier.

Quelques jours plus tard, Wes taillait des bûches dans une des forêts de Lem Wainscott quand apparut Virginia avec une espèce de seau. Elle portait un pantalon bleu retroussé jusqu'aux genoux, une chemise jaune et des sandales. Wes était torse nu. Virginia s'approcha, sourire aux lèvres.

— Bonjour ! lui dit-elle.

— Salut, répondit Wes, occupé à fendre ses bûches.

— Il fait beau, n'est-ce pas ?

— Ouais.

Virginia s'assit sur une pierre et se tut.

— Que pensez-vous de mon mari, monsieur McMullan ? reprit-elle.

Wes leva les yeux de son tronc d'arbre.

— Je n'en pense ni bien ni mal, madame Wainscott.

— Appelez-moi Virginia, dit-elle, avant d'ajouter : Avez-vous entendu parler du crime qui a été commis ici l'an dernier ?

— Oui, répondit Wes.

— Et qu'en pensez-vous ?

— Rien.

Virginia se tut à nouveau et, durant quelques secondes, elle fixa du regard le torse de Wes.

— Je crois que mon mari l'a tué, reprit-elle. Bernie et moi étions amants et Lem le soupçonnait de plus en plus. Très jaloux, il a menacé Bernie une ou deux fois. Mais, faute de preuves, il n'a pas été condamné.

— Tout ça, je le sais déjà, dit Wes.

Virginia lui jeta un coup d'œil agacé.

— Vous êtes plutôt du genre taiseux, n'est-ce pas ? dit-elle.

— Oui.

— Qui plus est, ma tête ne vous revient pas ? Je me trompe ?

Wes arrêta de couper du bois et la dévisagea.

— Non, finit-il par répondre. Et si cela ne vous dérange pas, j'apprécierais que vous ne me parliez pas pendant mon temps de travail. Ce n'est pas à moi de vous distraire si vous n'avez rien à faire.

Virginia prit le seau et se leva :

— Vous feriez bien de vous conduire convenablement avec moi, monsieur McMullan. Dans notre ménage, c'est moi qui porte la culotte et c'est Lem qui vous donne votre travail. Ne l'oubliez pas. – Là-dessus, elle s'en alla.

Wes la suivit du regard, puis il se remit à tailler des bûches.

Ce soir-là, après le dîner, alors que toute la famille était sous le porche, Virginia, assise sur les genoux de son mari, interpella Wes qui fumait sur une marche :

— Monsieur McMullan, ce matin vous ne m'avez pas dit ce que vous pensiez du crime.

Wes s'apprêtait à répondre quand Wainscott intervint, tout excité :

— Je t'ai dit cent fois que je ne voulais plus que l'on mentionne le sujet dans cette maison, Ginny, dit-il, puis, se tournant vers Wes, il ajouta : Compris, Wes ?

— C'est pas moi qui l'ai mentionné, monsieur Wainscott.

— Peu m'importe qui l'a mentionné. Toujours est-il que vous en avez parlé et que ça ne me plaît pas.

— Ce n'est pas une raison pour te mettre dans un état pareil, Lem, dit Virginia. Personne n'a été condamné, que je sache ?

Wainscott la fusilla du regard.

— Wes, je ne veux pas de malentendus ni de fausses interprétations. Je vous le dis une fois pour toutes et après ça je ne veux plus en entendre parler. Je ne l'ai pas tué, Wes. Me croyez-vous ?

— Vous n'avez pas à me demander si je vous crois ou non. Que vous l'ayez tué ou non m'est parfaitement égal. Je ne vais pas être moins assidu à la tâche sous prétexte que vous avez tué un homme.

— Mais je ne l'ai pas tué ! s'exclama Wainscott. Le jury m'a innocenté. Il n'y avait pas de preuves.

— Mais, mon cher Lem, là n'est pas la question, interrompit Virginia. Qu'un jury t'ait disculpé ne signifie pas que tu es innocent, pas vrai, Wes ?

Wes jeta son mégot et se leva.

— Je crois que je vais me coucher, dit-il. Bonne nuit, tout le monde.

— Bonne nuit, répondirent en chœur Bartlett, le père de Wainscott, Joan et Fulton.

— Minute ! cria Virginia. Vous ne m'avez toujours pas répondu, et, constatant que Wes s'en allait sans se retourner, elle grommela : Espèce de salaud.

Wainscott et Virginia étaient dans leur chambre. Assise devant son miroir, elle se préparait pour la nuit, lui était couché. Apparemment calmé, Wainscott contemplait Virginia avec une béate admiration.

— Ce Wes ne me revient vraiment pas, Lem, dit-elle.

— Et pourquoi ? demanda Lem indifférent.

— Je ne sais pas au juste. Il n'est pas aimable, il ne parle presque pas, je l'ai pas vu sourire une seule fois de toute la semaine qu'il a passée ici. En outre, il a une drôle de tête, comme s'il cachait quelque chose.

— Arrête tes bêtises, Ginny. C'est sa façon d'être, mais il n'est pas pour autant grossier ou impoli.

Virginia se tourna vers Lem.

— Tu crois ça ? dit-elle. Eh bien, figure-toi que pas plus tard qu'aujourd'hui, il m'a demandé de ne plus l'embêter, ajoutant même que ma tête ne lui revenait pas. Tu trouves que c'est aimable, toi ?

— Il devait avoir une bonne raison de te le dire. Il n'est pas du genre à parler pour rien. Et toi, que faisais-tu ?

— J'essayais juste d'échanger trois mots avec lui.

— Je me demande bien pourquoi tu tiens tant à lui parler. Ce qu'il fait ne te regarde absolument pas. En réalité, je n'aime pas que tu bavardes avec lui.

— Et pourquoi pas ? Il est jeune, il a du charme. C'est le seul ici qui soit à peu près de mon âge et tu sais combien je m'ennuie dans ce fichu bled. Quand irons-nous à Minneapolis ?

— Je n'en ai aucune idée. C'est vrai que je t'ai promis de passer quelques semaines en ville mais, pour l'instant, il y a beaucoup de travail ici.

— Ah ! j'ai déjà entendu ça. Toi et tes belles promesses ! J'en ai marre !

— Dieu sait qu'elles sont honnêtes, mes promesses ! Nous irons à Minneapolis, mais pas pour le moment. Ce n'est pas une raison pour que tu consacres le plus clair de ton temps à Wes. Tu as Joan avec qui parler, vous pouvez devenir amies.

— Joanie ? Tu parles d'une compagnie ! Une fille si active et si bonne qu'elle en est assommante. Et par-dessus le marché, c'est une femme.

— Et moi ? Qu'est-ce que je suis donc ? s'exclama Wainscott dont les yeux étincelaient de colère. Je ne suis pas un homme, moi ?

— C'est différent, Lem.

— Différent ? Comment ça, différent ? Explique-moi, Ginny. Veux-tu dire que je suis trop vieux ? C'est ça ? Que je ne suis pas comme Bernie ?

Virginia se leva, s'approcha de lui et lui prodigua quelques caresses.

— Non, dit-elle avec douceur. J'ai beaucoup d'affection pour toi, Lem, pour moi tu n'es pas vieux. Ce qui se passe, c'est que j'aime bien te faire un peu enrager.

Wainscott lui prit une main qu'il se mit à embrasser fébrilement tout en répétant :

— Je t'aime, Ginny, je t'aime. Ne me quitte jamais, s'il te plaît.

Virginia l'embrassa sur la joue.

— T'inquiète pas, Lem, dit-elle. Je ne te quitterai pas.

Il voulut l'étreindre, mais elle se déroba.

— Qu'y a-t-il ? demanda-t-il.

— Je suis très fatiguée, Lem, et j'ai sommeil. À demain.

Wainscott la regarda, déçu.

— Bonne nuit, dit-il.

Trois jours plus tard, Virginia monta dans la voiture. Wes était dans les parages.

— Je vais en ville, lui dit-elle. Vous venez, Wes ?

— Oui, répondit-il, ça serait une bonne idée que j'aille m'acheter quelques vêtements, ça fait une semaine que je porte les mêmes.

Virginia sourit, elle ouvrit la portière.

— Montez, dit-elle, puis, s'adressant à Jed, elle poursuivit : Nous allons à Minneapolis faire des courses, Jed. À plus tard.

Ils avaient déjà disparu quand Wainscott arriva.

— Où est Ginny, Jed ? demanda-t-il.

— Elle est allée faire des courses en ville.

Wainscott serra très fort les mâchoires.

— Ah bon ! grommela-t-il.

Le long de la route de Minneapolis, les arbres se faisaient rares, on ne voyait que des champs ensemencés, des petits buissons et des arbustes. Virginia conduisait à toute vitesse.

— Pardonnez-moi pour l'autre jour, Wes, dit-elle.

— Ça n'a pas d'importance, répondit-il.

— Le fait est que vous me tapez sur les nerfs avec vos silences et votre froideur. Pourquoi n'êtes-vous pas plus aimable ?

— J'en sais rien.

— Parlez-moi un peu de vous.

— Ça n'a rien de bien intéressant, répondit Wes.

— Qu'importe. Nous ne nous connaissons pour ainsi dire pas. Vous avez de la famille ?

— Mon père.

— Pourquoi ne vivez-vous pas avec lui ?

— Et pour quelle raison devrais-je vivre avec lui ?

— Où habite-t-il ?

— Dans le Nebraska. Il tient une boutique d'électroménager.

— D'où êtes-vous ?

— De Virginie. Je suis né à Richmond.

— Que faisiez-vous à Saint Paul ?

— Je vous l'ai déjà dit : je travaillais comme jardinier.

— Où ça ? Chez des particuliers ?

— À la prison.

Virginia le dévisagea d'un regard où transparaissait un certain intérêt.

— Ah ! Ça, vous ne nous l'aviez pas dit.

— Personne ne m'a posé la question.

— Pour quel motif étiez-vous là-bas ?

— Pour une tentative de vol à main armée. Trois ans.

— Pourquoi avez-vous fait ça ?

— Pourquoi pas ?

— Et maintenant vous allez poursuivre ?

— Non, il y a d'autres façons moins risquées de faire fortune.

— Comme fendre du bois ?

— Peut-être, qui sait.

— Qu'entendez-vous par là ?

— Rien, juste ça.

— Vous êtes marié ?

— Non.

— Pour quelle raison ?

— Parce que je n'ai jamais rencontré une femme qui me plairait assez.

— Vous devez être très exigeant pour ne pas en avoir trouvé.

— Possible.

— Combien de temps resterez-vous chez nous ?

— J'en sais rien.

— Vous voulez que je vous parle de moi ?

— D'accord.

— J'ai pas de famille. Je suis née à Elk River et je ne suis pratiquement jamais sortie du Minnesota. J'ai épousé Lem quand j'avais dix-sept ans. Il travaillait comme caissier à Minneapolis. Il m'a vue et on a commencé à se fréquenter. Il est tombé amoureux et m'a demandée en mariage. Je ne saurais dire si j'étais, moi aussi, amoureuse, ou si je le suis à présent. Mais il était riche et plein d'attentions et, de mon côté, j'ai de l'affection pour lui, j'ai donc accepté. À votre avis, j'ai eu tort ?

— Je trouve pas.

— Tant mieux.

— Pourquoi ? Cela compte donc tant que ça pour vous ce que je peux penser ?

— Oui, pour moi, ça compte.

— Et pourquoi ?

— Vous me plaisez, vous m'êtes sympathique. Et ça me plairait d'être votre amie.

Wes sourit.

— Eh bien, dit-il, vous voyez que c'est pas très difficile. J'ai l'impression que maintenant nous parlons comme deux amis.

— Vous avez souri ! s'exclama Virginia. Votre premier sourire ! Ça vous rend beaucoup plus séduisant.

— Vous croyez ?

— Oui.

— Eh bien, à l'avenir je sourirai plus souvent, dit-il, montrant à nouveau ses dents dont la blancheur contrastait avec sa peau bronzée.

Quand ils entrèrent dans la boutique de M. Lathrop, ce dernier se leva et salua Virginia avec un chaleureux empressement.

— À ce que je vois, vous avez trouvé du travail, dit-il en apercevant Wes. Comment ça se passe ?

— Bien, monsieur Lathrop. Très bien. Je suis très content.

Virginia le regarda, l'air satisfaite, tandis que Lathrop répétait, tout en mettant les boîtes de conserve dans des sacs :

— Je m'en réjouis, mon garçon, je m'en réjouis.

Pip, le jeune rouquin, se tenait dans un coin, silencieux. Wes s'approcha et lui flanqua un coup de poing dans le menton en guise de caresse. Le garçon poussa un gémissement, Lathrop le réprimanda :

— Qu'est-ce que tu fabriques assis à te tourner les pouces, Pip ? Aide-moi à mettre les sacs dans la voiture de Mme Wainscott.

Pip obtempéra, et tous deux sortirent chargés comme des mulets. Virginia se tourna vers Wes et lui demanda :

— Pourquoi as-tu fait ça ? Je t'ai vu.

— Sa tête ne me revient pas, répondit Wes.

Ils arrivèrent à la ferme à l'heure du dîner. Tous étaient déjà à table. Wainscott semblait de mauvaise humeur.

— Il était temps. Asseyez-vous et commençons, dit-il en les voyant entrer.

Ce soir-là, dans sa chambre, Wes griffonna sur un bout de papier : « Nombreuses possibilités ».

Le lendemain, Wes se leva de bonne heure.

Seul Fulton, le cuisinier, était déjà debout.

— Il n'y a encore personne, dit-il en apercevant Wes.

— Tant mieux. Qu'est-ce qu'il y a pour le petit déjeuner, Fult ?

— Du café, des tartines grillées et des œufs, répondit Fulton en les disposant sur un plateau.

Wes prit une tranche de pain grillée, étala dessus de la confiture de framboises et la grignota avant de demander le plus naturellement du monde :

— Dis-moi, Fulton, tu étais ici au moment de ce fameux assassinat ?

— Oui, bien sûr.

— Raconte-moi ce qui s'est passé.

— Ça alors ! Comment ça se fait qu'aujourd'hui tu te sois réveillé si curieux et si bavard ?

— Que veux-tu, avec le temps on finit par connaître les gens. Vas-y, raconte.

— Bon, tu verras. Bernie Fletcher, la victime, était un ami de M. Wainscott. Il était plus jeune que lui et assez bel homme. Toujours est-il que Mme Wainscott a commencé à s'intéresser à lui.

— Ça, je le sais, Fult, interrompit Wes. Ce que je veux, c'est en apprendre davantage sur le crime, s'il s'agissait d'une arme à feu, d'un couteau, bref ce genre de choses, les détails.

— Ah bon ! Personne n'a entendu le coup de feu. On l'a tué pendant un orage. Dans le bois, au bord du lac. Bernie ne s'est pas montré de toute la nuit, mais tous se sont dit qu'il avait dû se rendre en ville ou, au pire, qu'il s'était perdu. En tout cas, personne n'est parti à sa recherche.

— Y a-t-il eu au moins quelqu'un qui voulait aller le chercher ?

— Oui. Moi ainsi que Jed et Joan. Mais Wainscott et sa femme ont déclaré qu'il était absurde de sortir sous cette pluie, qu'il n'y avait pas lieu de s'inquiéter. Ils nous ont rassurés et nous ont dissuadés. Le lendemain, la pluie avait cessé, tous sont partis à sa recherche. M. Wainscott l'a découvert dans le bois avec une balle dans la nuque. On lui avait tiré dessus avec un fusil de chasse, comme si c'était un cerf.

— Quel genre de fusil était-ce ? Comme ceux que possède M. Wainscott ?

— Non, le calibre de la balle ne correspondait à aucun des fusils de M. Wainscott. Il s'agissait d'un fusil à cartouches, tu vois ce que je veux dire. Je n'y connais rien aux armes, mais c'était une de celles à double canon, même s'il n'en a déchargé qu'un seul. Mais pourquoi tu t'intéresses à tout ça, toi ?

— Par simple curiosité. Continue.

— Eh bien, c'est tout. Ils ont arrêté M. Wainscott, ils l'ont jugé, mais ils n'ont rien pu prouver, surtout en ce qui concerne l'arme, parce qu'il était peu vraisemblable qu'il ait eu le temps de commettre ce crime : cet après-midi-là, il n'était sorti de chez lui qu'une vingtaine de minutes. En outre, on n'a jamais retrouvé l'arme. Ils manquaient de preuves.

— Et qui soupçonne-t-on d'être l'assassin ?

— Eh bien, presque tout le monde croit que c'est Wainscott. D'autres pensent que ça pourrait être un braconnier que Bernie aurait surpris en train de tirer sur un animal. Mais ce ne sont que des conjectures.

— Et toi, quel est ton avis ?

— Pour ma part, j'en ai aucun. On a jugé M. Wainscott, on a enquêté au plus profond sans trouver de preuves, tant et si bien qu'à mes yeux il est innocent.

— Sur quel chef d'accusation s'est fondé le procureur ?

— Sur le simple fait que M. Wainscott était le seul à avoir un mobile. C'est tout ce qu'il a dit et répété pendant le procès : le mobile, le mobile, le mobile. Mais ça n'a mené à rien. On ne pourra jamais prouver quoi que ce soit. On ne peut faire plus que ce qu'on a fait pour trouver des preuves. Tout ce qu'il en est ressorti, c'est que Wainscott avait menacé Bernie deux ou trois jours avant le drame et cela devant tout le monde.

— Menacé de le tuer ?

— Oui, dans la salle à manger. Il s'est mis dans tous ses états quand il s'est rendu compte que son épouse et l'autre se promenaient souvent ensemble. Il est très jaloux. Tu dois te méfier. Hier, quand vous êtes allés en ville, il ne tenait plus en place et il était de mauvaise humeur, demandant pourquoi diable il avait fallu que tu t'y rendes, toi aussi. Il n'aime pas qu'un autre homme s'approche de son épouse. Du coup, elle s'ennuie, et cherche à s'approcher des autres hommes. C'est ce qu'on appelle un cercle vicieux. Si M. Wainscott lâchait un peu la bride, tout irait beaucoup mieux. Mais non, c'est impossible, il est trop jaloux et il est non moins évident qu'il l'aime trop pour ça. Elle le domine complètement.

— C'est bon, Fult, je vais travailler, merci.

— De rien, Wes. Ça m'a fait plaisir d'entendre ta voix.

La nuit fut très belle, ce qui n'était pas souvent le cas en cette saison. Tous étaient sous le porche, comme d'habitude, mais Wes, assis sur un rocher, un peu à l'écart, contemplait le lac.

— Il est bizarre ce garçon, fit remarquer Jed.

— À qui le dis-tu ! intervint Fulton. Ce matin, il m'a posé des questions sur le meurtre… – Il se tut, puis il reprit : Pardonnez-moi, monsieur Wainscott, j'avais oublié vos ordres.

Mais Wainscott semblait intéressé.

— Quelles questions ? Continue, Fulton.

— Par exemple, il voulait en savoir davantage sur les circonstances de ce crime. Où, quand et comment cet homme avait-il été tué, avec quel genre d'arme, ce genre de choses.

— Et cela pour quelle raison ? demanda Wainscott.

— Par simple curiosité. Il a été plutôt bavard, ce matin, ce qui est rare.

— Oui, confirma Bartlett Wainscott, le père de Lem. Il a même joué aux dames avec moi cet après-midi. Il s'est montré aimable et souriant toute la journée.

— Sans doute a-t-il décidé de devenir sociable, dit Joan.

Virginia se leva des marches sur lesquelles elle était assise.

— Bon, ce n'est pas tombé dans l'oreille d'une sourde. Je vais voir ce dur des durs et tenter de le faire sourire.

Wainscott parut effrayé :

— Ginny...

Il se tut. Virginia s'éloigna dans la forêt, à la suite de Wes.

— Wes ! appela-t-elle au milieu du bois. Wes ! Où es-tu ?

Wes sortit de derrière un arbre et répondit en souriant :

— Je suis ici.

Virginia feignit d'avoir peur.

— Ah ! Tu es ici. Salut !

— Salut ! – L'attitude de Wes avait complètement changé. À présent, il souriait, parlait avec assurance.

— Qu'est-ce que tu fabriques ici, tout seul ?

— Je t'attendais, répondit Wes.

Il souriait, exhibant ses dents dont l'obscurité accentuait la blancheur. De toute évidence, Virginia était plutôt excitée.

— Et pourquoi donc ?

— Parce que tu commences à me plaire, répondit-il.

Il se rapprocha d'elle et l'enlaça. Le visage de Virginia s'adoucit aussitôt et elle ferma à moitié les yeux. Wes lui posa un baiser dans le cou, puis sur les lèvres. Elle l'étreignit. Elle l'embrassa à nouveau sans le lâcher du regard et ajouta d'une voix tremblante :

— Je ne voulais pas te le dire, Wes, et c'est un peu trop tôt, mais je crois que je t'aime.

— Moi aussi, mais j'avais peur, très peur. Ton mari, le meurtre, tout ça me compliquait les choses. J'essayais même de t'éviter et de me montrer grossier avec toi, mais je n'en peux plus.

Virginia s'écarta légèrement, elle lui caressa la joue.

— C'est donc pour ça que tu as demandé à Fulton des détails au sujet de Bernie et de l'assassinat ? dit-elle.

— Oui.

— J'ai quelque chose à te dire, Wes. Je veux que tu comprennes sans me mépriser pour autant. C'est moi qui ai tué Bernie. Lem est incapable de tuer un homme de sang-froid. Je lui ai tout raconté, je lui ai dit que Bernie voulait que je lui soutire de l'argent, tout en achetant mon silence. Deux choses dont j'étais incapable. Il me plaisait, mais je n'étais pas amoureuse de lui et j'ai fini par me lasser. Lem était très jaloux et moi je ne voulais pas qu'il se rende compte de notre liaison, aussi ai-je décidé de tuer Bernie. Ça a été horrible. C'est tout juste si j'ai pu tirer. Après ça, j'ai vomi et je me suis retrouvée en proie à un tel désespoir que j'ai tout raconté à Lem, même si, quelques heures plus tôt, j'aurais tout fait pour qu'il n'en sache rien. Mais j'étais désespérée et il était le seul à pouvoir m'aider. Au début, il s'est mis dans une colère noire, surtout parce que je lui avais été infidèle, mais comme c'est un homme bon, il s'est calmé. Il m'a aidée à détruire la carabine, une carabine à deux canons, que j'avais achetée à un chasseur qui s'était arrêté à la ferme deux ou trois jours plus tôt ; Lem m'a rassurée et il a tout prévu au cas où la police accuserait quelqu'un : alibis, fausses pistes, et tout et tout. Il s'est fort bien conduit, jusqu'à être traîné en justice, au risque d'être déclaré coupable. C'est tout. Tu n'as rien à craindre. Mais tu ne me méprises pas, n'est-ce pas ?

Wes la regarda avec tendresse, il lui passa la main dans les cheveux et lui dit affectueusement :

— Non, ma petite, je ne te méprise pas. Je t'aime.

— Merci.

— Et maintenant, il est temps de rentrer.

— Oui, c'est ce que nous avons de mieux à faire.

Ils regagnèrent le porche. Jed, Fulton et Joan étaient déjà allés se coucher tandis que Wainscott et son père discouraient sur la stratégie du champ de bataille.

— Ah ! Vous êtes déjà de retour, lança Wainscott en les voyant arriver.

— Oui, bonsoir, répondit Wes qui ajouta : Je vais me coucher. À demain.

Une fois dans sa chambre, il sortit le bout de papier sur lequel, la veille, il avait écrit une phrase. Il la raya et écrivit : « Aucune chance pour le premier, quant au second, c'est déjà fait. »

Plusieurs jours s'écoulèrent. Wes continua à travailler, profitant de l'heure que Wainscott passait dans les bois pour se rendre au bord du lac en compagnie de Virginia. À la maison, personne ne soupçonnait quoi que ce soit.

Un matin, Wes se rendit à l'endroit où Jed était en train de scier du bois.

— Salut, monsieur Mullikin.

— Salut, Wes. Tu as déjà fini ?

— Oui, répondit Wes, qui s'assit sur un tronc d'arbre et alluma une cigarette. Ça fait combien de temps que vous vivez chez M. Wainscott ? lui demanda-t-il.

— Trois ans.

— Par conséquent, ce ne sont pas les bonnes occasions qui ont dû vous manquer, répondit Wes avec un clin d'œil.

— Les bonnes occasions de quoi faire ? demanda Jed étonné.

— Oh, voyons, monsieur Mullikin. De quoi pourrait-il bien s'agir ? De Virginia, bien sûr.

— De Virginia ? Je ne vois pas où tu veux en venir, Wes.

— Disons qu'elle est plutôt pas mal, vous ne trouvez pas ? Et elle doit être facile à conquérir pour un homme comme vous.

Jed parut embarrassé. Si grand fût-il, il était timide par nature et pas très malin.

— Je ne vois pas où tu veux en venir, dit-il.

— J'entends par là que vous avez bien dû être amants, un jour ou l'autre, pas vrai ?

— Quoi ? – Jed semblait plus étonné qu'offensé.

— Vous n'allez pas me dire le contraire. Si j'étais à votre place, y a belle lurette que je l'aurais fait. Mme Wainscott est une femme qui en vaut franchement la peine. Le problème c'est qu'elle est hors catégorie.

Jed s'était remis de sa surprise, il semblait s'intéresser à la conversation.

— Et tu crois que j'aurais mes chances ? demanda-t-il.

— Sûr et certain, monsieur Mullikin. Ça ne m'étonnerait pas que, de son côté, elle vous attende depuis longtemps.

— Tu crois ?

— Évidemment. Y a qu'à voir la façon dont elle vous regarde pendant les repas ou quand vous êtes en train de scier du bois. Ça se voit qu'elle en a marre de votre beau-frère et qu'elle aimerait bien le troquer contre vous, en tout cas pour quelques nuits.

Jed fixait l'horizon, il semblait ailleurs.

— Jamais cela ne me serait venu à l'esprit, dit-il. Jamais je ne l'aurais remarqué.

— C'est normal. On voit mieux les choses de l'extérieur. Mais c'est la vérité. Si vous n'y avez pas pensé plus tôt, je vous conseille de vous dépêcher. Saisissez votre chance. Au revoir, monsieur Mullikin. – Il prit une hache et s'en alla. Avant de disparaître, il lui cria : Et profitez-en bien, monsieur Mullikin, croyez-moi !

Jed resta là à couper son bois, le regard dans le vide.

Ce soir-là, tous étaient sur le porche, tous sauf Virginia qui se promenait dans le bois en attendant que Wes se décide à la rejoindre. La nuit était belle, les hommes fumaient en silence. Soudain, Jed se leva, s'étira et vida sa pipe :

— Je vais faire un tour, annonça-t-il. À tout à l'heure !

Et il s'éloigna en direction du bois.

Quand il eut disparu, Wes dit à Wainscott :

— L'idée de M. Mullikin ne me paraît pas si saugrenue. Vous venez, monsieur Wainscott ?

— Oui, répondit ce dernier en se levant.

— Je vous accompagne, dit Joan. Tu viens, Fulton ?

— Non, merci, Joan. Je reste à jouer aux dames avec Bartlett. À plus tard.

Tous trois se mirent à marcher, Wes d'un pas décidé, très lent, obligeant Joan et son frère à adopter le même rythme.

— C'est une belle soirée, vous ne trouvez pas ? lança Wes.

— Oui, répondit Wainscott. – Il se tut, puis il reprit : Vous êtes quelqu'un de bizarre, Wes. – Le ton de sa voix exprimait de la sympathie. – Quand vous êtes arrivé, vous aviez tout d'un ours, et vous voilà sans doute devenu l'être le plus sociable de la maison. Pourquoi ?

— J'en sais rien, monsieur Wainscott, répondit humblement Wes. Peut-être qu'au début on se méfie et qu'on ne veut pas s'ouvrir à des étrangers. Mais à la longue on s'habitue et on commence à ressentir de l'affection pour ces étrangers jusqu'à ce qu'ils finissent par devenir comme une famille, indispensables. J'ai l'impression que c'est ce qui m'arrive. Je crois, monsieur Wainscott, qu'à moins que vous ou votre épouse ne me mettiez un jour à la porte, je ne m'en irai jamais de cette ferme.

— Eh ! bien ! Vous ne pouvez pas savoir combien je m'en réjouis ! dit Wainscott, et il ajouta, sincèrement touché, lui posant le bras autour de la nuque : Wes, mon ami, je peux te garantir que jamais on ne te chassera d'ici.

— Merci, monsieur Wainscott.

À cet instant, ils aperçurent les silhouettes de Jed et de Virginia, elle adossée à un arbre et lui tout près d'elle, la plaquant contre le tronc. Tout à coup, il se pencha et tenta de l'embrasser. Voyant cela, Wainscott se précipita vers eux, Wes et Joan le suivirent. Quand il arriva, il saisit Jed par son col de chemise et, d'un vigoureux coup de poing, l'expédia par terre. Joan regarda Jed assis sur le sable et s'en fut à toutes jambes en pleurant.

Jed l'appela pour la retenir :

— Attends, Joan, attends ! supplia-t-il. Laisse-moi t'expliquer !

Joan se retourna et cria :

— Tu n'as rien à m'expliquer.

Là-dessus, elle disparut parmi les arbres.

Wainscott releva Jed qui gisait sur le sol et il se remit à le frapper.

— Je n'aurais jamais cru ça de toi, Jed, dit-il. Si tu recommences, si jamais tu nous trahis, ma sœur ou moi, je te jure que j'aurai ta peau et je ne plaisante pas le moins du monde. Je me moque pas mal des conséquences, mais toi tu te retrouveras avec une balle dans le crâne et moi je serai satisfait. Tu es prévenu. Allons-nous-en, Wes.

Wes prit Wainscott par le bras et ils s'éloignèrent, suivis

de Virginia qui n'avait pas ouvert la bouche et, quelques mètres plus loin, de Jed, la tête basse.

Le lendemain, au petit matin, Wes descendit avec la sacoche en cuir qu'il avait à son arrivée. Assis dans un fauteuil de la salle à manger, fronçant les sourcils Wainscott mordillait sa pipe.

— Bonjour monsieur Wainscott, dit Wes. Comment allez-vous ?

— Salut, Wes, répondit Wainscott d'une voix lasse, avant d'ajouter, à la vue de la sacoche : Tu t'en vas ?

— Non, monsieur Wainscott. C'est que je me suis dit que peut-être que ça vous intéresserait de voir ces pistolets anciens. Ils appartenaient à mon père qui me les a donnés, je ne m'en sépare jamais.

— Laisse-moi voir.

Wes lui tendit la sacoche, Wainscott l'ouvrit. Il examina posément les pistolets. Ils dataient du XIXe siècle. Il allait en essayer un quand Wes le retint :

— Attention, monsieur. Il y en a qui sont chargés.

— Prêts à faire feu ?

— Bien sûr !

— De bonnes armes, Wes. Garde-les. Peut-être qu'un jour tu pourras en tirer un bon prix.

— Oui, monsieur Wainscott.

— Bon, je pars scier du bois. Dis à Fulton que j'emporte un casse-croûte et que je ne reviendrai pas avant la tombée de la nuit. Je veux être seul.

— Oui, monsieur.

Wainscott sortit, Wes remonta la sacoche dans sa chambre où il enfila des gants puis tira l'un des pistolets. Il s'assura qu'il était chargé et le glissa dans une petite poche de son blouson. Il redescendit, prit son petit déjeuner, transmit à Fulton le message de Wainscott et s'éloigna dans les bois.

Il était au travail quand Jed s'approcha de lui.

— Wes, lui dit-il, je veux te parler.

— D'accord, monsieur Mullikin, mais si on allait un peu plus loin dans la forêt ?

Parvenus au cœur du bosquet, ils finirent par s'arrêter.

— Qu'y a-t-il, monsieur Mullikin ?

— Qu'est-ce qui s'est passé, hier ? Tu savais parfaitement que j'étais parti tenter ma chance avec Virginia.

— Comment a-t-elle réagi ?

— Mal, par-dessus le marché. Elle m'a envoyé promener. Tu t'es fichtrement trompé.

Wes le regarda droit dans les yeux. Il sortit alors de sa poche le pistolet et tira une balle dans la tête de Jed, un geste rapide, accompli en toute sérénité. Jed n'eut même pas le temps de moufter. C'est tout juste s'il put émettre un gémissement avant de s'effondrer. Wes jeta le pistolet près du corps et se mit à courir vers la maison. Il en était tout près quand il s'arrêta. Il entendit les voix de Joan, Virginia et Fulton qui s'approchaient. Il se hâta de retirer ses gants, son blouson, sa chemise et attrapa une hache. Quand Virginia, Joan et le cuisinier l'aperçurent, Wes, la hache à la main, regardait en direction de l'endroit d'où provenait le tir.

— Qu'est-ce qui s'est passé, Wes ? lui demanda Virginia affolée.

— J'en sais rien, répondit-il, on aurait dit un coup de feu. Il n'y a rien eu par ici. Allons voir. Vous, mesdames, restez ici. Fulton, viens avec moi.

Joan et Virginia restèrent là tandis que Wes et Fulton continuaient à avancer.

Fulton fut le premier à voir M. Wainscott. Debout, il contemplait le cadavre de Jed.

— Oh ! mon Dieu ! s'exclama Fulton, il l'a tué !

Et il s'en fut à toutes jambes.

Quand ils arrivèrent près de lui, Wes s'exclama :

— Monsieur Wainscott !

Wainscott se retourna et voulut le frapper. Wes esquiva le coup, Wainscott tomba par terre.

— Salaud, dit-il à Wes. J'ignore tes intentions, mais tu ne t'en tireras pas à si bon compte.

— Que voulez-vous dire, monsieur Wainscott ? demanda-t-il, l'air offensé.

— C'est Wes qui l'a tué, Fulton, dit Wainscott, hors de lui. Tu dois me croire. C'est pas moi. J'ai entendu le coup de feu et j'ai couru jusqu'ici. Mais c'est pas moi. L'arme appartient à Wes.

— Oui, monsieur Wainscott, dit Wes, je constate que vous m'en avez dérobé une à mon insu pendant que je vous les montrais.

— Foutu menteur ! Je ne t'en ai pas pris une seule. Tu les as toi-même remontées dans ta chambre, j'en suis sûr. Je ne sais pas pourquoi tu as tué Jed, mais cette fois, on ne m'en accusera pas.

Wes ne releva pas, il poursuivit :

— Fulton, veille à ce qu'il ne touche à rien. Il n'a pas de gants et ses empreintes doivent se trouver sur l'arme. Sans doute est-il devenu fou. Je vais le dire aux femmes et prévenir la police.

Wes passa à côté de Joan et de Virginia, ignorant leurs questions, et il entra dans la maison. Elles le suivirent. Wes prit le téléphone et composa un numéro. Il pria les femmes de se taire :

— Police ?... Ici la ferme Wainscott. Un meurtre vient d'être commis... Oui... Arrivez vite... Quoi ?... Ah, M. Wainscott a tué son beau-frère, Jed Mullikin.

Joan devint pâle comme un linge. Elle s'assit sur une chaise.

— Je le savais, répétait-elle. Pourquoi diable aurait-il fait ce qu'il a fait hier ? Jamais, jamais il n'avait fait quoi que ce soit de ce genre.

Wes s'approcha d'elle et lui tapota l'épaule.

— J'en suis désolé, madame Mullikin. Restez calme.

Virginia semblait abasourdie.

— Je n'y comprends rien, dit-elle, je n'y comprends strictement rien. Lem a tué Jed. Il l'a dit le plus sérieusement du monde.

Le procès suivit quinze jours plus tard. Les témoignages les plus importants furent ceux de Wes, de Fulton et de Virginia. Joan déclara que, furieux de surprendre Jed en train d'embrasser son épouse, M. Wainscott l'avait tabassé, mais qu'elle était partie en courant et n'avait pas entendu de menace. Toutefois, son tour venu, Virginia confirma :

— M. Mullikin, mon beau-frère, a essayé de m'embrasser. Lem est arrivé à cet instant, avec Joanie et M. McMullan. Il l'a frappé, ajoutant qu'il le tuerait s'il recommençait.

— Quels furent ses mots exacts ? Vous vous en souvenez ? demanda Melvin Smith, le procureur.

— Non, je ne m'en souviens pas.

— Ça s'est passé comme l'a dit Mme Wainscott, témoigna Wes. Il l'a frappé à deux reprises et il a menacé de le tuer.

— Vous vous souvenez des mots qu'a employés l'accusé ?

— Oui, monsieur. Il a dit : « Si jamais tu recommences, je jure que j'aurai ta peau et je ne plaisante pas le moins du monde. Je me moque pas mal des conséquences, mais toi tu te retrouveras avec une balle dans le crâne et moi je serai satisfait. »

Un murmure parcourut la salle.

— Monsieur McMullan, que s'est-il passé la matinée précédant le meurtre ? demanda le procureur.

— En sortant de ma chambre, à l'étage, j'ai vu, en bas, M. Wainscott, assis dans un fauteuil, l'air abattu, réprimant sa colère. Je me suis dit qu'il était triste compte tenu de ce qui s'était passé la veille et que je devrais bien faire quelque chose pour le distraire et lui remonter le moral. Sachant que M. Wainscott aimait les armes, l'idée m'est venue qu'il serait sans doute intéressé par certaines des miennes, des armes très anciennes, un cadeau de mon père. Je les lui ai apportées dans une sacoche, il les a examinées avant de les y remettre toutes, sauf une, hélas, et à mon insu. Après avoir remonté la sacoche dans ma chambre, je suis parti scier du bois. Un peu plus tard, M. Mullikin est passé à côté de moi. Je lui ai dit bonjour, mais il ne m'a pas répondu et il a continué en direction de l'endroit où travaillait M. Wainscott. J'ai supposé qu'il était allé lui présenter ses excuses. Puis j'ai entendu le coup de fusil.

— Qu'avez-vous vu en arrivant sur la scène du crime ?

— M. Mullikin gisant par terre, mort, et M. Wainscott debout, près de lui.

— Où était l'arme ?

— Sur le sol, près d'eux.

— Que s'est-il alors passé ?

— M. Wainscott a tenté de m'agresser, il m'a accusé d'avoir tué M. Mullikin. Sans doute parce qu'il s'agissait de l'un de mes pistolets.

Interrogé par l'avocat, Zachary Lindsay, Wes ne buta que sur une question :

— Vous avez déclaré que M. Wainscott avait examiné vos pistolets, n'est-ce pas ?

— Oui.

— Dans ce cas, pas étonnant que l'on retrouve ses empreintes digitales sur l'arme. Il l'a touchée oui ou non, monsieur McMullan ?

— Oui, répondit Wes qui se tut un instant avant de reprendre : Mais cela n'a rien à voir, parce que je prends grand soin de ces pistolets et qu'avant d'aller au travail je suis retourné les astiquer tous à nouveau, comme chaque jour.

— Si vous les avez tous si bien astiqués, comment se fait-il que vous n'ayez pas remarqué qu'il en manquait un ?

— Voyons, monsieur : il s'agit de vingt-trois pistolets. Je les ai nettoyés, mais je ne les ai pas comptés.

— Monsieur Fulton, dit le procureur, décrivez-nous ce que vous avez vu.

Fulton, en veste et cravate, se gratta l'oreille.

— Eh bien, répondit-il, j'ai pas été témoin de ce qui s'était passé la veille au soir, ni de l'épisode des armes, mais M. Wainscott a reconnu que Wes, M. McMullan, les lui avait montrées, quand il l'a accusé d'avoir commis le meurtre. Quant à moi, j'ai juste entendu le coup de feu. Ensuite tout s'est passé comme l'a dit Wes. Je ne veux pas le répéter. Quand M. Wainscott a accusé Wes d'être le meurtrier, j'ai cru qu'il était devenu fou. Wes sciait du bois au moment où nous sommes arrivés. Impossible que ce soit lui. L'alibi de M. Wainscott était absurde.

Joan et Virginia confirmèrent. Cette dernière avait été convoquée en qualité de témoin de la défense, mais tout ce qu'elle trouva à dire en faveur de Wainscott, c'est qu'il n'aurait pas fait de mal à une mouche et qu'elle ne pouvait croire qu'il ait pu commettre un acte pareil. En revanche, sa déclaration face au procureur ne servit qu'à enfoncer un peu plus Wainscott. Le procureur conclut ainsi :

— Les preuves sont évidentes, messieurs les jurés. Seules deux personnes ont un mobile : M. Wainscott et sa sœur, insultés par la victime la veille au soir du meurtre. Possibilité physique d'une seule personne : M. Wainscott. Possibilité de deux personnes à supposer que M. McMullan ait couru plus vite que les autres. Mais il lui manque le mobile. Les empreintes de l'accusé sont sur le pistolet. Il menace la veille de tuer la victime de la façon dont elle a été assassinée par la suite. L'antécédent judiciaire de M. Wainscott : il a été jugé l'an passé pour l'assassinat de Bernard Fletcher. Même mobile : la jalousie. Mais, faute de preuves, il a été acquitté. Vous nous rendrez votre verdict, messieurs les jurés, mais, à mon avis, l'affaire est claire et il n'y a qu'une réponse à la question que l'on vous pose : coupable. Rien d'autre.

L'avocat de la défense dut se contenter d'alléguer que la déposition la plus importante du procès était celle d'un homme ayant déjà des antécédents au pénal, ce qui ne servit évidemment à rien. Il ne se risqua pas à faire valoir les arguments de Wainscott qui s'entêtait à soutenir que même s'il ignorait le mobile de Wes, ce dernier était le meurtrier. La cause était perdue, on l'annonça à Wainscott avant qu'il ne s'avance à la barre pour déposer. Il semblait très fatigué et il dit, à la surprise de tous :

— Je constate que je n'ai aucune chance de m'en tirer. Je tiens simplement à dire que j'ai tué Jed et Bernie. Il y a des personnes qui supportent certaines choses, d'autres qui ne les supportent pas. J'en fais partie. Je supporte tout, sauf la jalousie. C'est comme ça que je suis et je le regrette. Mais je tiens à ce que vous sachiez que si j'ai fait ce que j'ai fait, c'est parce que j'aime mon épouse plus que qui que ce soit ou quoi que ce soit au monde. Peut-être même trop et c'est là mon erreur.

En entendant cela, Virginia pleura sur l'épaule de Wes, assis à côté d'elle.

— Jamais je ne pourrai l'oublier, dit-elle. À part toi, c'est le seul qui m'ait jamais aimée et qui se soit bien comporté à mon égard.

Les jurés eurent tôt fait de délibérer.

Le verdict tomba : coupable d'assassinat au premier degré, avec préméditation et traîtrise. Il fut condamné à la peine de mort, une sentence effective dans les deux mois. Wainscott donna l'impression d'accueillir le verdict avec autant d'indifférence que de lassitude, il se leva à grand-peine pour l'écouter.

Deux jours après la fin du procès, Joan descendit les escaliers de la maison avec des valises. La voyant, Wes lui demanda :

— Vous partez, madame Mullikin ? Je n'étais pas au courant.

— Oui, Wes, je pars. Je ne peux pas supporter de vivre dans cette maison depuis ce qui s'est passé. Je retourne dans l'Ouest, en Californie, avec mon père. Nous devons nous aider lui et moi à oublier, et il faut que ce soit loin d'ici.

À cet instant, Bartlett Wainscott, le vieux père de Lem et Joan, descendit. Il tendit la main à Wes :

— Au revoir, Wes. On s'en va. Les parties de dames avec Fulton et toi vont me manquer. Bonne chance, mon garçon.

Un taxi venait d'arriver à la ferme. Ils y montèrent et la voiture disparut.

Wes entra dans la maison, il se rendit dans la chambre de Virginia. Elle était encore au lit, mais réveillée.

— Wes ! s'exclama-t-elle, tendant les bras vers lui dès qu'elle le vit entrer. Ne me laisse pas seule une seconde, je t'en supplie !

Wes lui prodigua quelques caresses et l'embrassa.

— Il me semble que tu ferais bien d'aller voir ton époux avant l'exécution de la sentence. Ça lui fera plaisir, dit-il.

— Oui. Je crois que c'est le moins que je puisse faire pour lui.

Quand Virginia se rendit à la prison de Saint Paul, Wes l'accompagna, mais il refusa d'entrer. Virginia alla seule au parloir. Quelques minutes plus tard, Lem apparut en tenue de prisonnier. Il avait beaucoup maigri, il avait perdu son côté bon vivant. Sourire lui était devenu pénible.

— Salut, dit-il à Virginia, en lui prenant les mains.

— Salut, Lem, comment vas-tu ?

— Bien, bien. Et toi ?

— Très bien.

— Je m'en réjouis.

Suivit un silence.

— La nourriture est convenable ? finit par dire Virginia.

Wainscott fit un geste évasif.

— Ces questions n'ont aucun sens, Ginny, répondit-il. Tout ce que j'ai à te dire, c'est : je t'aime. J'ai fait tout ça pour toi. Je ne souhaite qu'une chose, te savoir heureuse et que tu rencontres un homme moins jaloux que moi. M. Mayfare, le notaire, a mon testament. Tout est à toi, Ginny. Profites-en et sois heureuse. Adieu.

Là-dessus, il se leva. Deux gardiens le raccompagnèrent.

Virginia sortit, les yeux rouges. Sitôt qu'elle aperçut Wes, elle se jeta littéralement sur lui et l'étreignit.

Une fois dans la rue, elle se ressaisit un peu et dit :

— Lem est bon, Wes, et même très bon. Il m'a tout laissé. L'argent, la ferme, les bois. Tout.

Wes esquissa un imperceptible sourire. Il passa un bras sur les épaules de Virginia et l'attira contre lui :

— Oui, à nous de travailler ces terres et ces bois qui à présent nous appartiennent.

Il sourit à nouveau, cette fois ouvertement.

Le couple s'éloigna sur la route. La musique y alla à fond et le mot « Fin » apparut sur l'écran. La salle retentit des applaudissements du public qui réclamait la présence des auteurs du film. Arthur, Glenda, Winston et

Brophy montèrent sur l'estrade, bravant l'enthousiasme de la foule qui se pressait dans le cinéma. Ils saluèrent plusieurs fois, puis les spectateurs commencèrent à partir. Susan Bedford resta assise, attentive aux commentaires du public. Souriante, elle attendit que Glenda, Arthur, Winston et Brophy se dirigent vers la sortie pour se joindre à eux. Arthur s'approcha d'elle :

— Tu as vu ce que je t'ai dit ? lui demanda Arthur.

— Bon, à moitié. Y a pas d'amours impossibles.

— Je suis bien de cet avis. Les amours du mari, je veux dire celles de Winston. Cette fois, il s'est vraiment lâché. Et par-dessus le marché, il s'en tire fichtrement bien, c'est lui le plus sympathique, le mari résigné et généreux. Winston doit être aux anges.

— Ça, je m'en suis aperçue. C'est bien ce que disaient les gens. En tout cas, j'ai aimé le film. Et toi, tu joues les canailles.

— Mais c'est autre chose. D'accord, dans ce film Winston a un peu changé de sujet, n'empêche que le scénario ressemble beaucoup aux autres. Je préfère aller voir ailleurs.

— Quand l'annonceras-tu à Brophy ?

— Tout de suite.

— Tu as fini par le dire à Glenda ?

— Non, elle n'en sait rien.

— Bon, dans ce cas, fais-en part à Brophy.

Brophy et les autres étaient déjà dans le hall du cinéma.

— *Mort dans la forêt*, un titre dont il faut se souvenir, disait Brophy. Félicitations à tous. À Winston, à Glenda et à Arthur.

À cet instant apparut un serveur avec des coupes qu'il distribua aux journalistes, aux invités et à l'équipe du film.

— À quoi trinquons-nous ? s'enquit Glenda.

— À la bonne étoile d'Arthur Taeger et de Glenda Greeves. À vous deux ! dit Brophy.

— Désolé, monsieur Brophy, l'interrompit Arthur, mais nous ne pouvons pas trinquer à ça.

Stupéfaits, tous se tournèrent vers Arthur et se turent pour mieux entendre.

— Et pourquoi donc, Arthur ?

— Je profite de la présence des gars de la presse pour vous faire part d'une nouvelle que personne ne connaît encore, pas même mon épouse. Je ne ferai plus de films avec M. Brophy, son producteur. À vrai dire, je suis en train de me laisser enfermer dans un certain genre de rôles et je veux en changer, car je ne supporte pas d'être cantonné dans cette sorte de films. J'ose espérer avoir plus d'opportunités en tant qu'acteur et j'en ai assez de toujours travailler avec la même équipe. Désolé, monsieur Brophy. Je sais que ce soir vous étiez content, et je regrette d'avoir gâché la fête. Mais c'est une décision mûrement réfléchie. Vois-tu, Glenda, je ne t'en ai pas parlé plus tôt, pour que cela n'affecte pas le tournage et n'entrave pas le lancement du film. C'est tout. Monsieur Brophy, je passerai vous voir demain matin pour parler contrat. J'aimerais que vous, les gars, vous ne me posiez pas de questions. J'ai dit tout ce que j'avais à dire. Je propose que nous trinquions à l'avenir florissant des Productions Brophy, tout particulièrement aux succès qu'elles ont connus à l'époque où je travaillais pour elles. Ah ! Une dernière nouvelle. Je vous présente Susan Bedford, elle sera désormais mon agent. Comme vous pouvez le constater, elle est jeune, mais elle a oublié d'être bête, et ceux qui auront affaire à elle ne tarderont pas à s'en apercevoir.

Très surprise, Susan salua en inclinant la tête. Prenant de court les journalistes qui se précipitaient sur elle, elle trouva le temps de dire à Arthur :

— Pourquoi ne m'en as-tu pas parlé ?

— Je voulais te faire à toi aussi une petite surprise, répondit Arthur.

— Pour une surprise, c'en est une !

Arthur la laissa entre les mains des reporters et s'approcha de Brophy. Ce dernier semblait encore sous le choc. Arthur lui donna une tape dans le dos.

— Courage, monsieur Brophy ! Vous voilà maintenant en mesure d'offrir à votre neveu la chance de sa vie : devenir le partenaire de Glenda Greeves. C'est bien pour lui, non ?

— Oui, ce sera une fabuleuse opportunité, répondit Brophy, l'air absent.

Il finit sa coupe et sortit dans la rue.

— Il semblerait qu'il n'ait guère apprécié la nouvelle, commenta Arthur.

— C'est normal, intervint Winston, à la fois furieux et triomphant. Tu n'en as toujours fait qu'à ta tête, sans tenir compte de ce que pensent les autres. Il ne t'est jamais venu à l'esprit qu'en prenant une telle décision tu pouvais ruiner la carrière de Glenda ? Peut-être que toi, tu t'en tireras seul avec brio, mais elle ?

Les mâchoires serrées, Arthur regarda Glenda. La tête basse, elle avait l'air très abattue. Arthur se retourna vers Winston. Son arrogance le dérangea plus que d'habitude.

— Je voulais te dire ça une fois pour toutes, Winston, déclara-t-il. J'en ai marre que tu te mêles de ma vie. Si tu es toujours amoureux de Glenda, elle est à toi, et si elle ne veut pas de toi, je pense que c'est ta faute. Tu es peut-être un grand réalisateur, mais je te déteste. Continue à jouer les Lem Wainscott tant que tu voudras. Ça ne me fait ni chaud ni froid, mais à l'avenir, je ne veux plus que tu m'adresses la parole. – Il regarda à nouveau Glenda, à présent en larmes, et il ajouta : Quant à toi, Glenda, ne va pas m'empêcher de dormir cette nuit avec tes gémissements, compris ? J'en ai plein le dos de toi et de tes idioties. Si tu veux jouer les jeunes filles timides, incapables de faire quoi que ce soit toutes seules, libre à toi, mais pas en ma présence.

Glenda lui tourna le dos et Arthur prit Susan par le bras pour la soustraire aux journalistes. Tous deux repartirent ensemble.

Ce soir-là, Glenda rentra très tard. Elle se rendit à la cuisine et se fit du café. Elle le remuait machinalement avec une petite cuillère quand elle s'arrêta brusquement et son visage, jusque-là épuisé, se rasséréna, elle but sa tasse d'un trait, prit du papier et un stylo dans un tiroir et se mit à écrire. Lorsqu'elle eut terminé, elle glissa la feuille dans une enveloppe qu'elle affranchit au tarif courrier prioritaire puis elle sortit. La lettre postée, elle rentra et monta dans sa chambre. Arthur dormait déjà, du moins en donnait-il l'impression. Glenda passa une ample chemise de nuit rouge et se coucha. Elle ne parvenait pas à s'endormir, c'est pour cela qu'une demi-heure plus tard, elle entendit parfaitement, et sans tourner la tête, qu'Arthur se levait, enfilait un peignoir et sortait à pas de loup de la chambre. Glenda resta encore dix minutes sans bouger, puis elle se leva. Pieds nus et dans sa chemise de nuit dont la transparence laissait apprécier sa silhouette svelte, elle sortit de la pièce. Elle n'avait pas fait trois pas qu'elle s'arrêta et regagna la chambre. Elle alluma et s'assit face au miroir de sa coiffeuse. Elle passa une vingtaine de minutes à se maquiller, à se mettre une discrète touche de rouge à lèvres, avant de dénouer et brosser sa courte et blonde chevelure. Puis elle se regarda attentivement. Satisfaite du résultat, elle s'avança dans le couloir. Elle remarqua de la lumière dans la chambre de Susan, d'où provenaient des voix et des rires. Au lieu de s'y rendre, elle redescendit dans le jardin qu'elle traversa jusqu'à la piscine, dont l'eau, sans cesse renouvelée, était toujours limpide. Elle y trempa un doigt et constata qu'elle n'était pas trop froide. Elle alluma les projecteurs au bord du bassin. Ainsi éclairée, l'eau semblait encore plus claire. De là, elle se dirigea vers la salle à manger d'où elle téléphona à Earl McTurk, un célèbre journaliste. Il mit longtemps à répondre.

— Allô, finit par dire une voix somnolente.

— Earl ? C'est Glenda, Glenda Greeves. Peux-tu venir chez moi, s'il te plaît ?

Earl était un grand échalas sympathique qui prenait son métier très au sérieux.

— Quoi ? À cette heure ?

— Oui, Earl. J'ai des révélations à te faire et qui plus est je suis en chemise de nuit. Apporte un appareil de photo.

— C'est si important que ça ?

— Ça l'est. Et si tu ne viens pas, j'appellerai quelqu'un d'autre. Il s'agit de révélations croustillantes, sur Art.

— Sur Art ? C'est bon, j'arrive.

— À quelle heure précisément ?

— Précisément ?

— Oui.

— Dans vingt-cinq minutes.

— Parfait. Sois ponctuel, sinon on oublie le reportage.

— T'inquiète pas, à tout de suite.

Et il raccrocha.

Glenda posa le combiné et alluma une cigarette.

Elle en fuma six en dix-huit minutes. Puis elle nettoya le cendrier et se mit à gravir les marches. Arrivée devant la porte de Susan, elle retint son souffle et ouvrit. Arthur et Susan étaient au lit, en costume d'Adam et d'Ève. En la voyant, Susan tenta de se couvrir avec les mains. Arthur se retourna et adressa à Glenda un regard glacial. Cette dernière poussa un cri terrible, porta les mains à sa tête et sortit en courant. Elle descendit l'escalier et parvint à la piscine. Elle courait, chemise au vent, le plissé du vêtement allongeant sa silhouette évanescente. Au bord du bassin, elle saisit l'un des gros projecteurs, le serra contre elle et se jeta à l'eau. Elle ne tarda pas à couler et lorsque arrivèrent Arthur, en bas de pyjama, Finn, en peignoir, et Earl McTurk avec son appareil de photo, elle était déjà morte. Elle avait lâché le projecteur et son corps était remonté à la surface. Les spots de la piscine et surtout celui qui était dans l'eau éclairaient les moindres détails de sa silhouette. McTurk n'eut pas besoin de flash pour ses photos. La chemise de nuit à moitié transparente et gorgée d'eau dévoilait son corps, flottant sur le dos, les bras en croix. Sa chevelure blonde ondoyait, elle paraissait plus longue, ses lèvres encore rouges moiraient la soie, elles n'avaient pas encore perdu de leur couleur, mais l'extrême pâleur de son visage contrastait avec le bleu de l'eau.

La nouvelle parut le lendemain dans la presse. Elle était accompagnée des photos de McTurk et d'un commentaire sur l'ambiguïté et les étranges circonstances du suicide, inexplicable compte tenu des versions contradictoires. D'après Arthur et Susan, le drame avait eu lieu dans un moment d'hystérie et de désespoir alors que, si l'on en croyait le rédacteur en chef du *Los Angeles Tribune*, il avait été froidement prémédité. Il fondait cette théorie sur la lettre reçue dans la matinée qui faisait la une des journaux et en raison de laquelle il avait interrompu l'impression en cours, pour en publier une plus récente :

> Monsieur le rédacteur en chef du *Los Angeles Tribune*,
> Cette lettre est adressée au public en général, puisqu'il ne

me reste plus personne digne de ma confiance et de mon amour. La cause de mon suicide c'est, bien sûr, l'amour. J'aime trop mon mari et il m'est infidèle. Aussi la vie n'a-t-elle plus aucun sens pour moi. C'est tout. Merci à tous ceux qui ont apprécié mes films,

Glenda Greeves.

Deux jours plus tard le *Los Angeles Tribune* expliquait le suicide dans un article dont le paragraphe le plus important disait :

> Comment Glenda Greeves, dévastée par l'amertume et la trahison, a-t-elle eu assez de sang-froid pour adresser une lettre à ses fans et pour prévenir un journaliste ? La réponse est très simple : c'était avant tout une actrice. Et nous ne pourrons jamais l'oublier en tant que telle. Désormais, Glenda Greeves est immortelle.

Arthur posa le journal sur la table et dit en regardant Susan :

— Bon, ils ont tout compris. Au moins Glenda aura obtenu ce qu'elle voulait. Je m'en réjouis pour elle.

Susan sourit avant de conclure :

— Et nous, nous avons ce que nous voulions. – Elle se tut puis ajouta : Pour ma part, j'ai ce que je voulais.

Les esclaves noirs de la famille O'Loughlin, originaire de Shreveport, en Louisiane, chantaient *Waterboy* en travaillant dans les plantations de coton et de tabac qui appartenaient à ladite famille quand apparut, à l'horizon, une silhouette à cheval qui lentement s'approchait d'eux. Les régisseurs blancs étaient loin, ils ne pouvaient ni la voir ni les voir eux, pour le moment. Étonnés de constater que quelqu'un était entré sur les terres de Charles Daniel O'Loughlin malgré la clôture de barbelés et, bien entendu, sans autorisation, les esclaves délaissèrent leurs tâches, cessèrent de chanter et attendirent de mieux distinguer la silhouette du cavalier. L'homme avançait au pas, avec grande assurance. À mesure qu'il approchait, ils purent constater qu'il s'agissait d'un homme de couleur, qui montait un cheval noir et jeune. Il portait un pantalon bleu, de hautes bottes noires, une chemise délavée, un chapeau de paille dont le très large bord cachait son front et une espèce de casaque ou de blouse blanche entrouverte, comme jadis s'en affublaient les bandits et les voleurs de grand chemin pour qu'on ne les reconnaisse pas à leurs vêtements. De la main droite, il tenait une carabine, la culasse calée sur une cuisse ; un sabre était arrimé à sa selle. Tous les esclaves le regardèrent stupéfaits, sans mot dire. Une fois qu'il ne fut plus qu'à quelques mètres d'eux, ils se rendirent compte qu'il s'agissait d'un vieillard à la barbe blanche bien fournie portant un bandeau noir sur l'œil gauche. Ses traits étaient durs, ses mâchoires carrées, son air grave quand il dit, d'une voix claire et puissante :

— Bonjour, frères. Saluez-moi. Je suis un envoyé de Dieu et j'ai à vous parler.

Pendant quelques secondes, aucun esclave n'ouvrit la bouche jusqu'à ce que Pernell Olmstead, un jeune mulâtre plutôt costaud, en salopette bleue, lui réponde :

— Salut, frère. Sois le bienvenu.

Le cavalier le dévisagea.

— Merci, frère, répondit-il. Comment t'appelles-tu ?

— Pernell.

— Très bien, Pernell, poursuivit le vieux cavalier. Je suis celui qui vient vous libérer. Je suis Patrick Rambeau.

Le vieil homme semblait croire que par ces mots il répondrait à toute question éventuelle, mais aucun des esclaves de Charles Daniel O'Loughlin ne réagit. Tous étaient encore médusés par l'incompréhensible audace de ce vieillard qui avait osé pénétrer sur les terres de l'un des plus riches et plus influents propriétaires de Louisiane, violant la loi et défiant les régisseurs chargés de veiller sur les plantations. Ils se turent jusqu'à ce que Pernell s'enhardisse à demander :

— Et c'est Dieu qui t'a envoyé ? C'est pas écrit dans la Bible, ça.

Les yeux du cavalier brillèrent.

— Il en reste encore long à écrire dans la Bible et Dieu m'envoie pour que je vous parle et vous délivre de l'homme blanc, de sa tyrannie et de son esclavage.

Les esclaves de Charles Daniel O'Loughlin semblaient ne rien y comprendre, quand un vieillard chenu prit la parole.

— Voyons, c'est pas possible, dit-il. Nous serons toujours des esclaves.

— Pas si vous vous rebellez, répliqua Patrick Rambeau dont le ton commençait à monter, pas si vous tuez l'homme blanc avec des fusils comme celui-ci – et il brandit le sien –, pas si vous vous rendez compte que c'est injuste que vous soyez au service de l'homme blanc et que vous ayez du mal à subsister, injuste que cette terre ne soit pas à vous, alors que lui mène grand train, peut festoyer et vêtir élégamment ses enfants. Vous avez besoin de nourriture, de vêtements et d'un toit, tout autant que vous avez besoin de liberté pour aller où vous voulez, pour faire ce que vous voulez, pour être comme les eaux du Jourdain que rien ni personne n'empêche d'avancer et d'entraîner tout ce qu'elles rencontrent sur leur passage. Il nous faut marauder, il nous faut détruire les fermes, il nous faut nous aguerrir, il nous faut semer la panique et il nous faut tuer les Blancs, hommes et femmes. Aussi je vous demande de me suivre dans les bois, dans les champs et dans les villes pour que nous commencions déjà à nous battre. Surtout vous, les jeunes. J'ai besoin de votre force, de votre rage de vivre. Toi, Pernell, et vous autres, vous devez me suivre. Et il nous faut d'abord tuer vos maîtres, ici même, et nous emparer de ces terres où vous travaillez pour rien.

Patrick Rambeau se tut et regarda les esclaves de Charles Daniel O'Loughlin, guettant leur réaction. Les yeux rivés sur lui, ils avaient l'air stupéfaits. Après quelques secondes au cours desquelles personne ne bougea, Pernell Olmstead réagit :

— Mais ici, nous sommes heureux. Les maîtres sont bons, tout comme Mlles Bronwen, Ceiwen et Hannah.

— Et tout comme le jeune M. Ryall, rajouta une grosse vieille aux petits yeux. On l'aime tous beaucoup. C'est une famille aussi bonne qu'aimante. Si l'un de nous est malade, ils nous envoient un docteur pour nous soigner.

— Bien sûr ! bondit Patrick Rambeau. Bien sûr qu'ils vous soignent ! C'est dans leur intérêt de vous garder bon pied bon œil pour travailler ! Vous n'avez droit qu'aux miettes durant toute votre vie et par-dessus le marché vous les en remerciez ! Ne vous rendez-vous pas compte que si vous vous rebelliez nous pourrions mener aussi grand train qu'eux ?

Le vieil esclave interrompit à nouveau :

— Foutaises ! riposta-t-il. Et mieux vaut que tu déguerpisses avant que ne surgisse un contremaître. Ils te tueront pour avoir coupé les barbelés de la clôture.

De la main, Patrick Rambeau s'essuya le front en relevant un peu son chapeau, il serra sa carabine et dit :

— Restons-en là. Le temps presse et je crois que je me suis mal expliqué. Mais je reviendrai par ici, parce que ma mission c'est de vous libérer et de vous aider à devenir riches, que vous le vouliez ou non. Et je dois faire en sorte que vous le vouliez. Telle est ma mission et je dois la mener à bien, au nom de Dieu qui me l'a confiée. Adieu, frères.

Patrick Rambeau fit faire demi-tour à son cheval, et d'un pas toujours aussi lent, il s'éloigna jusqu'à disparaître. Quand il fut hors de vue, les esclaves de la famille O'Loughlin retournèrent à leur tâche sans mot dire.

La journée terminée, à la tombée de la nuit, ils se dirigèrent vers la demeure des O'Loughlin près de laquelle il y avait une immense grenier à foin où les trente-sept esclaves dormaient tous ensemble. Ils mangèrent ce que leur apporta Hurst, le contremaître responsable d'eux, puis ils se couchèrent. C'est alors que Pernell Olmstead tapota le bras de son oncle Nathanaël qui, en sa qualité de domestique, vivait d'habitude dans la grande maison, mais, ce soir-là, dormait à côté de lui :

— Oncle Nathan, dit-il, tu crois que cet homme pourrait avoir raison ?

L'oncle Nathan n'était plus tout jeune ; il ne travaillait plus que de temps à autre dans les champs.

— Non, répondit-il, comment veux-tu qu'il ait raison ? Oublie-le. Il est fou, un point c'est tout, et un de ces jours, ils le descendront parce qu'il est armé et aussi parce qu'il dit ce qu'il dit. Tu verras. Et pour le moment, dors.

Pernell ne répondit pas, il se retourna et s'endormit.

Le lendemain, sitôt levés, ils s'apprêtaient à partir aux champs quand M. Hurst s'approcha de Pernell :

— Toi, tu ne vas pas aux champs, aujourd'hui, lui dit-il, tu viens avec moi.

Pernell le regarda, surpris, mais il le suivit en silence. Ils arrivèrent au manoir des O'Loughlin, et là, sur le seuil, M. Hurst ordonna :

— Essuie-toi le mieux possible les pieds sur ce paillasson.

Pernell obéit et ils pénétrèrent dans un hall aux murs couverts de tableaux.

— Ce que c'est beau ! s'exclama Pernell.

— Tais-toi, lui dit Hurst, avant d'ajouter : Attends ici.

Il disparut et Pernell l'entendit dire :

— Madame O'Loughlin, je vous en amène un pour voir ce que vous en pensez. Je pense qu'il fera l'affaire. Mais j'aimerais vous poser une question. Croyez-vous que cela vaille la peine d'avoir un jeune et fringant cocher alors qu'à peu près tous ceux qui travaillent dans les plantations sont vieux et tombent comme des mouches ? Je crois qu'on a davantage besoin de lui dans les champs.

— Ne vous inquiétez pas, Hurst, dit une voix claire et harmonieuse. Le jour où ils seront tous morts, mon mari en rachètera. Faites-le entrer. Il est propre ?

— Disons que non, madame O'Loughlin, répondit Hurst. Ces gens-là sont jamais propres, vous savez bien.

— Bon, qu'importe, faites-le entrer, répondit Mme O'Loughlin.

Pernell épousseta son pantalon avant que Hurst ne revienne.

— Allons-y.

Tous deux pénétrèrent dans un somptueux salon où livres et guéridons côtoyaient un piano à queue. Hurst poussa Pernell qui se retrouva devant une femme plutôt jeune, blonde comme les blés, aux yeux verts, vêtue avec goût, le sourire aux lèvres. Elle le regarda de haut en bas.

— Comment t'appelles-tu, mon garçon ?

— Pernell, répondit-il.

— Pernell, madame, rectifia Hurst en lui donnant une tape sur la tête.

— Ça va, Hurst, répondit Rosasharn O'Loughlin.Vous pouvez vous retirer.

Hurst fit une dernière recommandation à Pernell avant de sortir en maugréant. Mme O'Loughlin regarda à nouveau Pernell, cette fois plus attentivement :

— Dis-moi, Pernell, tu aimerais travailler dans la maison et ne plus retourner aux champs ?

— Oui, madame.

— À la bonne heure, dit Mme O'Loughlin en se levant. Désormais, tu seras le cocher de la maison. Tu emmèneras les demoiselles à la ville et aux fêtes. Tu dormiras ici, dans la maison.

Elle tira sur un cordon, une femme noire d'un certain âge apparut.

— Que désire mademoiselle Rosasharn ? demanda-t-elle.

— Viola, accompagne ce garçon à sa chambre et veille à ce qu'il se lave. Donne-lui une tenue de cocher.

— Très bien, mademoiselle Rosasharn, dit la vieille femme, qui ajouta à l'intention de Pernell : Toi, suis-moi.

Quand Pernell, venu récupérer une vieille chemise, se

retrouva avec les autres esclaves des plantations, il découvrit son oncle Nathan prostré sur sa couchette de paille, le dos lacéré de coups de fouet, sur lequel une femme appliquait des feuilles fraîches.

— Qu'est-ce qui s'est passé, oncle Nathan ? demanda Pernell. Qu'est-ce que tu as donc fait pour qu'ils te fouettent comme ça ?

L'oncle Nathan se redressa un peu et répondit de sa voix cassée :

— Rien. C'est la faute à ce bonhomme. Ils n'ont pas cru que c'était lui qui avait coupé le fil de fer de la clôture et ils m'ont choisi pour nous donner une bonne leçon. Foutu cinglé ! S'il était là, je le tuerais. Et toi, où étais-tu ?

— Je vais devenir cocher, annonça Pernell, les yeux brillants. Ils m'ont pris parce que j'étais jeune et rien que mulâtre. J'ai eu beaucoup de chance, et j'ai vu la maison de M. O'Loughlin, elle est immense avec tout plein de choses. J'ai aussi parlé avec son épouse, c'est une vraie dame. Qu'est-ce que tu en penses ?

— Que Dieu t'a protégé, mon fils.

Pernell portait un pantalon de couleur claire, de hautes bottes, une chemise, une cravate, un gilet, une jaquette et un haut-de-forme. Deux jours après avoir été nommé cocher, il attendait ces demoiselles, comme on appelait les filles de M. O'Loughlin. Cravache à la main, il se tenait près de l'une des berlines familiales. M. et Mme O'Loughlin et leur fils Ryall les avaient devancés de quelques minutes dans un autre carrosse. Tous se rendaient au manoir des Buttram, autre famille notable des environs de Shreveport qui recevait en l'honneur des fiançailles de sa fille, Marylee, âgée de dix-huit ans, avec Ryall O'Loughlin. Pernell connaissait déjà ces demoiselles ; il avait joué avec elles quand elles étaient enfants et, tout jeune, il les avait aidées à monter à cheval. Toutefois, depuis plus d'un an il ne les voyait plus, à l'exception de la dernière, Hannah, âgée de seize ans, qui accompagnait parfois son père dans les plantations. Pernell attendit le temps qu'apparaisse Bronwen, la deuxième sœur, aux cheveux le plus foncés, presque noirs, et aux yeux verts comme ses deux sœurs et sa mère. Elle avait dix-sept ans et semblait ne jamais se départir de son sourire.

— C'est toi, le nouveau cocher, n'est-ce pas ? demanda-t-elle à Pernell qui avait retiré son chapeau en la voyant.

— Oui, mademoiselle Bronwen, répondit très respectueusement Pernell.

Le sourire de Bronwen s'élargit et elle porta sur Pernell un regard appréciateur :

— Tiens, tu connais mon nom !

— Oui, mademoiselle. Il y a trois ou quatre ans, je vous aidais, vous et vos sœurs, à monter à cheval.

— Ah oui, ça me revient, dit-elle en s'installant dans la berline, avant d'ajouter : Ceiwen, Hannah ! On va être en retard !

Elle criait encore quand deux jeunes filles originaires du Sud et de la plus pure ascendance irlandaise sortirent de la maison dans leurs élégantes et volumineuses tenues de fête soulignant leurs tailles de guêpe. L'une d'elles, Hannah, était aussi blonde que pâle. L'autre, Ceiwen, l'aînée, presque rousse, se déplaçait avec grâce. Toutes trois avaient les traits fins et exhibaient une coiffure compliquée, un assemblage de boucles et de frisettes. Hannah était en jaune, Ceiwen en rouge et Bronwen en vert. Toutes trois étaient jolies comme des cœurs.

— Salut, Pernell, dit Hannah en le reconnaissant.

— Qui c'est celui-là ? demanda Ceiwen sans donner à Pernell le temps de répondre.

— Il travaillait dans les plantations, répondit Hannah.

Les deux sœurs prirent place à côté de Bronwen. Pernell s'assit sur le siège du cocher et la voiture s'ébranla. Durant le trajet, Pernell entendit Ceiwen qui disait :

— Ce nègre a du charme, vous ne trouvez pas ?

— Comment peux-tu dire ça ? entendit-il Bronwen lui répondre, indignée. C'est un nègre.

Elles parlaient à mi-voix, mais pas assez bas pour que leurs paroles ne parviennent pas aux oreilles de Pernell.

— Oui, mais il a du charme, intervint Hannah.

— Sans aucun doute, il en a bien plus que l'affreux Gerald Hamilton, qui te plaît tant, répondit Ceiwen en riant.

— Ça c'est sûr, dit Hannah, qui se mit à rire à son tour.

Quelques instants plus tard, Bronwen partit, elle aussi, d'un éclat de rire.

— Vous avez raison. Pauvre Gerald !

Pernell sourit, l'air satisfait, et il continua à conduire.

À leur arrivée chez les Buttram, des jeunes gens en tenue de soirée, toupets plaqués en arrière, aidèrent les sœurs O'Loughlin à descendre au milieu des rires et des compliments. Pernell gara la calèche dans la remise tandis que Ceiwen, Bronwen et Hannah faisaient leur entrée dans la somptueuse demeure. Un domestique les annonça au moment où elles pénétraient dans l'immense salle de bal, et elles furent assaillies par un essaim de jeunes gens qui commencèrent à demander à s'inscrire dans les carnets de bal de ces demoiselles. Elles parvinrent à s'échapper et à rejoindre leurs parents qui s'entretenaient avec M. et Mme Buttram. Charles Daniel O'Loughlin et Shavel Buttram se ressemblaient tellement qu'ils auraient pu passer pour frères : la même toison grisonnante, parfaitement gominée, la même moustache aux pointes légèrement relevées, le même genre d'habit, les mêmes chaussures et jusqu'à la même façon ampoulée de s'exprimer. Mme Buttram était déjà une femme d'un certain âge, aux cheveux teints. Elle portait une superbe robe rehaussée de paillettes qui étincelaient au moindre de ses mouvements, c'est-à-dire constamment, car sa silhouette était prise dans une efflorescence d'étoiles resplendissantes. Tous quatre s'entretenaient amicalement avec un général quand Ceiwen, Bronwen et Hannah se retrouvèrent à côté d'eux. Elles saluèrent poliment M. et Mme Buttram, embrassèrent leurs parents et leur frère, Ryall, qui se joignit aussitôt à leur groupe. À vingt et un ans, Ryall était l'aîné de la fratrie. Très grand, il avait de la prestance. Il arborait le grand uniforme impeccable et scintillant des États confédérés du Sud. Il tenait par la taille Marylee Buttram, sa fiancée, en l'honneur de laquelle on donnait cette fête. Ils pensaient se marier d'ici un mois, dès la guerre déclarée et l'Union mise en déroute.

— À votre avis, monsieur Buttram, combien de jours faudra-t-il encore attendre la déclaration de guerre ? demanda-t-il avec son sourire insipide et prétentieux.

— Je l'ignore, Ryall, je l'ignore, répondit M. Buttram, mais j'espère que ce n'est plus qu'une question d'heures. – Il se mit à rire, fort satisfait de sa repartie. Tous en chœur approuvèrent et Buttram d'ajouter : Non, en fait, j'espère que c'est une question d'un jour ou deux. Nous commençons à en avoir vraiment assez que ces Yankees se fourrent là où on ne les a pas invités. Le Sud est le Sud et rien ni personne ne le fera changer. C'est nous qui l'avons construit et nous le gouvernerons et nous veillerons sur lui du mieux qu'il nous semblera. J'ai envie qu'il y ait de l'action. Il ne restera plus un seul Yankee au bout d'un mois de guerre, n'est-ce pas, Charlie ?

— Bien sûr, répondit Charles Daniel O'Loughlin. J'aimerais avoir quelques années de moins pour aller me battre avec vous tous, Ryall. Mais qu'importe. Quand tu tueras des Yankees et des nègres rebelles, je serai avec toi, même si ce n'est qu'en pensée.

Il tendit la main à Ryall qui la lui serra avec vigueur.

Les coupes se levèrent comme par magie, on trinqua à la Confédération, puis toute l'assistance entonna *Dixie*. Quand ils eurent terminé, des hourras retentirent et la fête reprit de plus belle.

Ryall se lança dans une conversation avec Marylee Buttram, Bronwen avec Gerald Hamilton, maigre comme un clou, mais bourré de fric, Ceiwen avec un dénommé Lewis Hammond, séduisant étranger à la fine moustache, ami des Buttram, et Hannah avec Leslie Buttram, le frère cadet de Marylee, un blanc-bec ridicule, fervent admirateur de Ryall, dont le vœu le plus cher était de partir à la guerre pour massacrer les nègres capables de se défendre. À l'âge de quatorze ans, il avait roué de coups un vieil esclave sous prétexte qu'il n'avait pas convenablement pansé son cheval, l'homme n'avait pas survécu à cette rossée. Cela avait valu à Leslie Buttram un petit sermon de M. Buttram, le seul auquel il ait eu droit de toute sa vie, et depuis personne à Shreveport ne nourrissait une haine aussi farouche que lui à l'égard des nègres. L'orchestre jouait une valse et Leslie ne daignait pas adresser la parole à Hannah, l'estimant encore trop gamine ; il ne dansait avec elle que par politesse, en regardant droit devant lui. C'est alors qu'il vit et, plus tard, crut avoir vu, un visage noir, collé au carreau d'une fenêtre, qui observait d'un seul œil car l'autre était couvert d'un bandeau noir. Abandonnant aussitôt Hannah, il sortit en courant dans la rue mais, une fois dehors, il n'y avait plus personne.

— Que cherches-tu, Leslie ? entendit-il quelqu'un lui demander.

Il se retourna et aperçut James Edward Haines, un de ses jeunes amis.

— Je suis sûr qu'il y a deux minutes un nègre borgne nous épiait à travers la fenêtre, répondit-il.

James Edward Haines éclata de rire.

— Tu les détestes à tel point que tu en vois partout ! Il n'y a personne ici, comme tu peux le constater. Rentrons.

Il lui posa le bras sur l'épaule et le raccompagna à l'intérieur.

Les taillis frémirent, Patrick Rambeau en surgit. Il regarda d'un côté, de l'autre et se dirigea vers les écuries des Buttram. Un nègre y dormait. Patrick Rambeau passa tout tranquillement près de lui, prit son cheval, le monta et s'enfuit au galop.

Pendant ce temps, l'orchestre avait fait une pause, les couples s'étaient assis ou étaient allés se promener dans le jardin. Parmi ces derniers se trouvaient Ryall et Marylee.

— Marylee, je t'aime, roucoulait Ryall.

— Moi aussi, Ryall, répondit Marylee qui ajouta : Allons nous asseoir.

Ils s'assirent sur un banc, cachés par deux grands fourrés, et ils se mirent à s'embrasser avec ardeur.

— Je veux que tu sois ma femme, Marylee, déclara Ryall. Je veux que tu me donnes des enfants et que tu sois la maîtresse de ma maison, je veux te trouver à mon retour du travail, et être accueilli par une maison propre, bien tenue et pleine d'enfants.

À cet instant de derrière l'un des taillis surgit Lewis Hammond, l'ami étranger des Buttram.

— Me permettriez-vous de participer à votre conversation ? demanda-t-il. Je somnolais sur le banc derrière ces taillis, aussi n'ai-je pu m'empêcher d'écouter ce que vous disiez. Tout ça, c'est très joli, monsieur O'Loughlin, c'est bien votre nom, si je ne me trompe ? Mais sans doute que Mlle Buttram peut servir à autre chose qu'à ça.

Ryall n'en croyait pas ses oreilles ; tout ce qu'il parvint à répondre fut :

— Vous êtes du Nord ?

— Non, monsieur O'Loughlin, je suis de La Nouvelle-Orléans, mais puisque vous l'avez mentionné, le Nord est un endroit beaucoup plus ouvert que le Sud, corseté dans ses principes.

Ryall parut soudain se rendre compte que Lewis Hammond avait, en fait, non seulement insulté le Sud, mais aussi sa fiancée. Il se leva et déclara, tout en retirant un gant d'une blancheur immaculée qu'il tendit à Hammond :

— Monsieur Hammond, ou quel que soit votre nom, je l'ignore, vous venez d'offenser tant le Sud que ses femmes. Je vous enverrai demain matin mes témoins. D'ici là, réfléchissez à l'heure et au lieu.

Il s'en alla avec Marylee.

Hammond regarda le gant, sourit et le glissa dans sa veste comme s'il s'agissait d'un simple mouchoir, puis il entra au salon à la recherche de Ceiwen O'Loughlin, qu'il trouva assise en compagnie de James Edward Haines. À cet instant, l'orchestre se remit à jouer.

— Mademoiselle O'Loughlin, dit Hammond, êtes-vous déjà retenue pour cette danse ?

Ceiwen sourit et répondit :

— Oui, par vous, monsieur Hammond.

Hammond l'aida à se lever et ils se dirigèrent vers la piste de danse.

— Où étiez-vous passée ? demanda Hammond.

— James Edward m'a happée au passage, j'en suis désolée.

— Aucune importance. Et moi, je bavardais dans le jardin avec votre frère, une conversation fort intéressante.

La fête se termina une ou deux heures plus tard, les invités commencèrent à prendre congé et à se disperser. Marylee Buttram persuada ses parents de l'autoriser à dormir chez les O'Loughlin. Ils s'apprêtaient à s'en aller quand Lewis Hammond proposa d'escorter à cheval ces demoiselles, car la route était plongée dans l'obscurité et que, seules dans leur berline, elles pourraient avoir peur. M. et Mme Buttram et les O'Loughlin, qui ignoraient tout de la discussion qui avait eu lieu entre Hammond et le fils O'Loughlin, acceptèrent avec joie, en se disant qu'à coup sûr Lewis Hammond, célèbre et richissime aventurier qui, quelques jours plus tôt, avait déclaré mettre sa fortune au service de la cause sudiste, serait un bon parti pour Ceiwen, auprès de laquelle il s'était montré fort empressé tout au long de la soirée. Ainsi Ryall et les parents O'Loughlin montèrent-ils dans une voiture tandis que par souci de place Ceiwen, Bronwen, Hannah et Marylee grimpaient dans la voiture que conduisait Pernell et qu'escortait Lewis Hammond. C'est dans cet ordre qu'ils se mirent en route pour la demeure des O'Loughlin.

Au début, Lewis Hammond passa son temps à plaisanter avec les jeunes filles, mais à mesure que la fatigue les gagnait et que la voiture avançait, la conversation s'étiolait. Hammond dépassa la berline, comme pour les guider. Il allait à un pas plutôt lent, si bien que la distance croissait entre leur voiture et celle de M. et Mme O'Loughlin. Pernell n'osa suggérer à Hammond de presser l'allure ; presque toutes ces demoiselles dormaient ou, du moins, somnolaient, bercées par ce rythme depuis une vingtaine de minutes, jusqu'à ce que Hammond s'arrête, obligeant Pernell à faire de même.

— Qu'y a-t-il, monsieur ? demanda ce dernier.

— Passe-moi la lanterne, répondit Hammond.

Pernell la lui tendit, Hammond la fit osciller pour envoyer des signaux. Quelques instants plus tard surgit un homme à cheval. Les jeunes filles commencèrent à se réveiller et à poser des questions, inquiètes de savoir ce qui se passait. Le cavalier ne tarda pas à arriver à hauteur de la voiture et Pernell, à la lumière de la lanterne, constata qu'il s'agissait de Patrick Rambeau avec son fusil et son sabre.

— Salut, Lew, mon fils. Tout va bien ?

— Oui, tout va bien.

— Qu'est-ce qui se passe, monsieur Hammond ? entendit-il Ceiwen demander.

Lewis fit demi-tour et parvint à hauteur des jeunes filles. Il sortit un revolver et ordonna :

— Descendez. Et pas un mot, pas un cri, compris ?

Pendant ce temps, Patrick Rambeau se rapprocha de Pernell et lui dit :

— Toi, je te connais, mon garçon, comment t'appelles-tu ?

— Pernell.

— Ah ! Oui, Pernell ! s'exclama le vieil homme. Je m'en souviens. Il y a quatre jours, dans les plantations des O'Loughlin. Tu es monté en grade, à ce que je vois.

— Oui, monsieur, répondit Pernell qui n'en menait pas large.

Patrick Rambeau le remarqua :

— Tu n'as aucune raison d'avoir peur, Pernell. Tu es mon frère, et ne m'appelle pas monsieur sous prétexte que j'ai un fusil et qu'il fait nuit. Quand il faisait jour, tu m'as appelé frère, là-bas, dans les champs, et j'avais pourtant mon fusil, et tu n'as pas eu peur. À présent, tu ne dois pas avoir peur non plus.

C'est alors que Lewis les rejoignit avec les femmes, médusées, dont la pâleur trahissait la terreur.

— Les voici, père, dit Lewis Hammond en les alignant.

— Parfait, dit Patrick Rambeau, finissons-en.

Il n'avait pas achevé sa phrase qu'il braqua son arme sur Marylee depuis son cheval et lui tira deux balles dans la tête. Bronwen, Ceiwen et Hannah eurent à peine le temps de pousser un cri que Patrick Rambeau refit trois fois le même geste. Toutes quatre gisaient sur le sol, couvertes de sang, avec d'énormes trous dans leurs jolies têtes.

— J'espère qu'un jour il ne sera plus nécessaire de tuer quelqu'un pour le voler, dit Patrick Rambeau. J'aime pas ça, c'est sale.

— C'est entendu, dit Lewis, mais on n'a pas le choix, du moins pour le moment.

Il s'accroupit à côté des cadavres des jeunes filles, leur retira leurs bijoux qu'il fourra dans une poche.

— Pourquoi avez-vous fait ça ? demanda Pernell, terrifié. Ils vont me tuer.

— Personne ne te tuera, parce que tu vas venir avec nous et que nous allons t'apprendre à te défendre, à attaquer et à te battre pour que tu deviennes riche et libre. Et maintenant, allons-nous-en.

Lewis remonta sur son cheval, Pernell fit de même avec l'un des chevaux de la berline qu'il avait dételés. D'une des poches de sa casaque, Patrick Rambeau sortit un bout de papier sur lequel il écrivit « Le Saint Bouseux » et « On recommencera », qu'il épingla sur les cadavres des jeunes filles avant de repartir.

Ils gravirent une côte et chevauchèrent une heure durant à travers champs et collines jusqu'à une hutte où ils trouvèrent lits de camp et provisions.

— C'est ici que nous vivons, dit Lewis.

Tous trois mirent pied à terre, attachèrent leurs chevaux à un arbre à quelques pas de là et entrèrent dans la cabane. Lewis se mit à préparer à manger, Patrick Rambeau et Pernell s'assirent à côté d'un feu de camp. Pernell semblait abattu.

— Qu'est-ce que tu as ? lui demanda le vieil homme.

— Je comprends toujours pas la raison, répondit Pernell.

— On n'avait pas le choix. Comme je te l'ai déjà dit : pour le moment, il faut tuer les Blancs.

— Mais M. Hammond est blanc.

— Oui, mais il se bat avec nous et pour nous. Il sait que nous vaincrons et qu'il sera riche.

Pernell ne dit mot, Lewis apporta le repas. Après avoir dîné, Pernell se coucha, laissant Lewis et Patrick fumer près du feu.

— Ce jeune ne me dit rien qui vaille, déclara Patrick Rambeau, la pipe à la main. Il ne réagit pas, il ne se rend pas compte de la situation. Sans doute est-ce parce qu'ils l'ont promu domestique, ce n'est jamais bon. Ils aiment ça, eux, être domestiques.

— Oui, c'est possible, répondit Lewis Hammond.

Âgé de trente-trois ans, à la fois robuste et svelte, Lewis Hammond avait de l'allure. Cheveux et moustache châtains, ses yeux d'une couleur variant entre le gris, le bleu et le vert lui donnaient un air énigmatique. Le regard toujours serein, il parlait très posément, à la manière, en fait, de Patrick Rambeau qu'il rappelait tant dans ses gestes que dans son attitude d'homme qui sait ce qu'il fait et ce qu'il doit faire.

— Mais demain, ajouta-t-il, ça lui plaira davantage. Aujourd'hui, le butin a été plutôt maigre.

— Il est temps de nous coucher, dit le vieux. Demain, il faut être à pied d'œuvre à dix heures et avant ça une longue chevauchée nous attend.

Le lendemain, Patrick Rambeau se leva de très bonne heure, il réveilla Lewis et Pernell. Après un rapide petit déjeuner, ils enfourchèrent leurs montures.

— Où allons-nous ? demanda Pernell.

— On a du boulot, répondit Patrick Rambeau.

Trois heures plus tard, Patrick Rambeau, Lewis Hammond et Pernell Olmstead étaient planqués derrière des rochers, près de la grand-route au sud de Monroe.

— On a encore long à attendre ? demanda le vieux.

— Une demi-heure, répondit Lewis.

— Enfile ta casaque.

Lewis en sortit une de la selle de son cheval et la revêtit.

— Et moi ? s'enquit Pernell.

— Tu en as encore une, Lew ? demanda Patrick Rambeau.

En guise de réponse, Lew sortit une casaque blanche de la sacoche suspendue à la selle, il la tendit à Pernell qui la passa sur sa livrée de cocher. Trop grande pour lui, elle lui arrivait aux pieds. Avec son haut-de-forme vissé sur le crâne, il avait une allure pour le moins bizarre.

— Je n'ai pas d'arme sur moi, dit-il.

— File-lui ton fusil, Lew, ordonna Patrick Rambeau et il ajouta, en regardant Pernell : Tu sais tirer ?

— Oui, je suis déjà allé à la chasse et on m'a laissé tirer, répondit Pernell.

Il prit le fusil que Lewis lui tendait et le regarda, satisfait.

Ils attendirent trente-cinq minutes sans mot dire avant de voir un nuage de poussière s'élever au loin, sur la route.

— Ça y est, dit Lewis.

— Qu'est-ce que je dois faire, moi ? demanda Pernell.

— Tirer quand je te le dis, répondit le vieux.

Peu à peu la poussière de la route laissa pressentir une diligence et une petite escorte de soldats confédérés.

— Il y a six soldats, plus deux sur le siège du cocher, annonça Lewis.

— Et à l'intérieur ? demanda le vieil homme.

— Je crois qu'il y a personne.

— Tu en es sûr ?

— Oui. À l'intérieur, il doit juste y avoir l'argent.

La diligence s'approchait de l'endroit où tous trois étaient embusqués quand Patrick Rambeau pointa son fusil et tira. L'un des cochers s'effondra, suivi aussitôt de son compagnon, abattu par Lewis. Les deux soldats qui précédaient la diligence s'arrêtèrent, se retournèrent et tombèrent à l'instant même sous deux autres balles.

— À toi, maintenant, ordonna Patrick Rambeau à Pernell.

Ce dernier se mit à tirer sur les soldats de l'arrière-garde qui tentaient de s'abriter pour riposter à la mitraille. Mais dans ce segment de la grand-route, il n'y avait pas de cachette possible : des deux côtés de la route, l'endroit se résumait à une plaine avec des champs ensemencés. Il n'y avait qu'un alignement de grands rochers sur l'un des côtés, mais c'était là que se terraient les assaillants, complètement hors d'atteinte et quasiment invisibles. Pernell s'en donnait à cœur joie. Son tir était très précis, il abattit deux soldats. En cinq coups de feu seulement, Lewis et le vieil homme vinrent à bout des deux autres. Les soldats n'eurent même pas le temps de dégainer leur arme. Tout se passa en moins d'une minute.

Les trois hommes sortirent alors de derrière les rochers, ils s'approchèrent de la diligence. Ils constatèrent que tous les soldats étaient morts, tous sauf un, que Lewis acheva ; ils ouvrirent alors l'une des portières de la diligence, dans laquelle ils découvrirent de lourdes et volumineuses caisses en fer. Ils les descendirent de la voiture et en ouvrirent une. Elle contenait des lingots d'or.

— Nous sommes riches ! s'exclama Pernell, combien ça peut faire ?

— Dix mille dollars, répondit le vieil homme, mais c'est pas pour nous, c'est pour acheter des armes. Rappelle-toi bien ça.

Une semaine plus tard, Patrick Rambeau, Lewis

Hammond et Pernell Olmstead se trouvaient aux environs de Houma, dans le sud de la Louisiane, face à un arbre gigantesque dont le tronc présentait une cavité ; ils avaient une charrette et dans la charrette, dissimulées sous une couverture, les caisses contenant l'or dérobé aux États confédérés. Ils les déchargèrent et placèrent les deux caisses dans le chêne.

— L'endroit est sûr ? demanda Pernell tout excité depuis l'attaque de la diligence.

— Oui, répondit Patrick Rambeau.

Quelques jours plus tard, Pernell et Patrick s'étaient réfugiés dans une cachette non loin de Bâton-Rouge, quand Lewis arriva avec un journal, en plus des provisions et des munitions qu'il était allé acheter en ville. Il tendit le journal au vieux nègre :

— Regarde, nous sommes déjà en guerre, dit-il.

— Dans ce cas, nous devons rejoindre les troupes du Nord, dit Pernell.

Le vieillard le regarda droit dans les yeux :

— À quoi bon ? Ils sont tous les mêmes, dit-il. Ça ne doit pas être un homme blanc, celui qui nous libérera, ou qui prétendra nous libérer, car c'est à nous de le faire. Nous autres, nous menons notre guerre, et eux, ils mènent la leur.

En raison du manque d'hommes, ces derniers étant engagés dans une guerre romantique et sans avenir, tous les trois passèrent une année à profiter de la situation, à voler et à incendier les fermes.

Leur champ d'action fut restreint à l'État de Louisiane. Ils s'en prirent aussi à de petits détachements de militaires, tantôt du Nord, tantôt du Sud. Les autorités et l'armée sudistes ignoraient tout de leur existence. On n'avait ni le temps ni les éléments nécessaires pour traquer ceux qu'ils imaginaient être des déserteurs et des hors-la loi, car Patrick Rambeau avait décidé de ne pas revendiquer ses attentats par crainte de représailles sur les esclaves noirs des plantations. Ils avaient donc entière liberté tant pour agir que pour achever leur mission. Ils se répartissaient la tâche : Lewis avec son allure de cavalier sudiste arrivait en éclaireur dans les exploitations agricoles et gagnait la confiance des familles. Suivaient peu après Pernell, le vieux, et deux nouvelles recrues : une femme de couleur du nom d'Everdinne, qui devait avoir dans les vingt-cinq ans, et un homme de couleur lui aussi, prénommé Moses, qui s'était enfui de chez ses maîtres, une famille très aisée de Bâton-Rouge. Lewis les présentait comme ses esclaves et deux minutes plus tard commençaient la fusillade et le carnage. Jamais ils ne tuèrent d'enfants : ils les emmenaient pour les éduquer, les confinant dans une maison abandonnée près de Natchitoches où une femme d'un certain âge, une certaine Deborah, s'occupait d'eux. Entre l'or qu'ils avaient planqué et le butin récupéré dans les fermes qu'ils pillaient, ils avaient de quoi assurer leur subsistance et se procurer ce dont ils avaient besoin. Patrick Rambeau, Lewis, Pernell, Moses et Everdinne vivaient en bonne entente et occupaient leur temps libre à lire des ouvrages volés dans les fermes qu'ils avaient mises à sac, à jouer du banjo et à chanter.

En janvier 1863, Patrick Rambeau, plus connu sous le nom de Saint Patrick le Bouseux, et ses complices revinrent pour la première fois depuis le mois de mars 1861 dans la région de Shreveport. Ils chevauchèrent à travers les plantations à moitié abandonnées jusqu'à une propriété en bien triste état et apparemment inhabitée.

— On dirait le manoir des Buttram, dit Pernell.

— Oui, je m'en souviens, dit Saint Patrick le Bouseux.
— Bien sûr, confirma Lewis Hammond.
Les cinq cavaliers descendirent de cheval.
— Je vais voir s'il y a quelqu'un, dit Saint Patrick le Bouseux. Lew, viens avec moi.
Tous deux pénétrèrent dans la maison à moitié en ruine. Ils arrivèrent à un grand salon qui donnait sur un escalier imposant, recouvert d'un tapis sans doute rouge, mais qui avait désormais perdu ses couleurs ; Lewis marchait devant quand retentit un coup de feu : le jeune homme s'effondra. Le vieillard se cacha tant bien que mal et cria :
— Pernell ! Everdinne ! Arrivez ! Un salopard a tiré sur Lew !
Pernell, Everdinne et Moses surgirent.
— Qu'est-ce qui se passe ? demanda Moses.
— Couvrez-moi pendant que je porte secours à Lew.
Moses et Everdinne commencèrent à tirer en direction de l'escalier tandis que Saint Patrick le Bouseux et Pernell se rendaient là où gisait Lewis qu'ils mirent à l'abri. Le vieil homme lui posa la main sur le cœur.
— Il est mort, dit-il. Lewis, mon fils bien-aimé, est mort.
Son seul œil pétillait de rage. Il se releva et entreprit de gravir les marches de l'escalier. Des coups de feu retentirent, sans qu'aucun ne semblât l'atteindre. Tout en montant, Saint Patrick le Bouseux put constater que les coups de feu provenaient d'un trou dans une porte en haut de l'escalier. À la fin, alors qu'il s'apprêtait à tirer, on crut qu'il avait pris une balle dans le ventre comme il se recroquevillait, mais il parvint à se redresser et à enfoncer la porte, mettant à découvert un jeune armé d'un fusil. Saint Patrick le Bouseux s'écroula avant même de pouvoir tirer. De l'étage au-dessous, Everdinne abattit le jeune homme qui tomba sur le dos. Un silence s'ensuivit et Moses, Pernell et Everdinne se ruèrent jusqu'à la porte. Pernell s'accroupit

pour examiner Saint Patrick le Bouseux, tandis que Moses et Everdinne entraient dans la pièce où un homme, plutôt mal en point, gisait sur un lit, entouré de deux femmes aussi ridées que dépenaillées. Ils les mirent en joue et attendirent que Pernell arrive.

— Saint Patrick est mort, criblé de balles. Ce gars-là, dit-il en montrant le cadavre du jeune, il a mis le paquet.

— Tu les connais, ceux-là ? demanda Everdinne, en montrant l'homme et les deux femmes.

Pernell les dévisagea.

— Salut, madame O'Loughlin.

L'une des deux femmes, sans doute la plus âgée, le regarda effrayée et surprise :

— Qui es-tu ? Tu me connais ? dit-elle.

— Oui, madame O'Loughlin. Je suis Pernell Olmstead. Je travaillais dans vos plantations. Savez-vous ce qu'est devenu mon oncle Nathan ?

Mme O'Loughlin fit non de la tête, comme si elle était trop lasse pour faire l'effort de se remémorer.

Pernell se rapprocha d'eux afin d'observer l'homme prostré sur le lit.

— C'est M. O'Loughlin, dit-il. Qu'est-ce qu'il lui arrive ?

— Il est malade, il va mourir, répondit l'autre femme.

Elle se tut puis demanda soudain :

— Et mon fils, il est mort ?

— Qui ça ? demanda Pernell.

— Leslie, répondit-elle, en montrant le jeune à la carabine.

— Oui, dit Pernell. Puis, se retournant vers Mme O'Loughlin, il ajouta : Où il est votre fils, madame O'Loughlin ?

Elle fit mine de ne pas comprendre et ce fut Mme Buttram qui répondit :

— Ryall est mort. Ils l'ont abattu à Bull Run, il y a déjà un certain temps.

— Ah ! dit Pernell.

— Que vont-ils faire de nous ? demanda Mme Buttram.

Pernell ne répondit pas. Du regard, il parcourut lentement la pièce.

— Qu'est-ce qu'on va faire d'eux ? demanda Moses.

— Qu'allons-nous faire, maintenant que Lew et Saint Patrick sont morts ? insista Everdinne.

— J'en sais rien, dit Pernell avec impatience. J'en ai aucune idée.

— Bon, intervint Everdinne, on les tue ou pas ?

Détournant son attention de la pièce, Pernell regarda les O'Loughlin et Mme Buttram. Cette dernière paraissait effrayée. Charles Daniel O'Loughlin gisait inconscient, quant à Rosasharn O'Loughlin, elle semblait ne se rendre compte de rien.

— Non, répondit-il. Ils sont hors d'état de nuire. Qu'importe qu'ils restent en vie ? Allons-nous-en.

— Tu es sûr ? demanda Moses.

— Oui, c'est pas nécessaire, pas nécessaire du tout. On en a déjà fait assez.

— Tu crois, toi, que Saint Patrick aurait agi de la sorte ? lança Everdinne.

— C'est possible, j'en sais rien. Toujours est-il qu'à présent, il est mort et que peu importe ce qu'il aurait fait s'il était encore en vie.

— Restons-en là, dit Everdinne.

— Allons-nous-en.

Tous trois s'apprêtèrent à repartir. Pernell fermait la marche. Profitant de ce qu'on ne la voyait pas, Mme Buttram prit le fusil de son fils, Leslie, et tira dans le dos de Pernell qui poussa un cri et s'effondra. Everdinne se retourna aussitôt et lui déchargea son arme en plein visage. Moses se baissa et posa la main sur le cou de Pernell.

— Il est mort, dit-il.

Everdinne ne répondit rien. Elle rechargea son fusil et tira sur M. et Mme O'Loughlin, trois fois sur chacun d'eux. Ni l'un ni l'autre n'émit un gémissement.

— Allons-nous-en, dit Everdinne.

Moses et Everdinne sortirent de la pièce, ils descendirent l'escalier, remontèrent sur leurs chevaux et emmenèrent ceux de leurs camarades.

— Tu ne crois pas qu'on devrait enterrer Saint Patrick, Lew et Pernell ? demanda Moses.

— À quoi bon ? répondit Everdinne. S'ils sont morts ils s'en moquent pas mal.

— Ça, c'est sûr, dit Moses qui ajouta : Et à présent, qu'allons-nous faire toi et moi ?

— Poursuivre, répondit Everdinne.

Moses Townsend et Everdinne LaMarr poursuivirent, mais pas bien longtemps. Ils trouvèrent la mort en juillet 1863, au cours de la bataille de Vicksburg, dans laquelle ils furent impliqués par pur hasard. Pendant ces six derniers mois, ils ne firent aucun nouvel adepte, marquant ainsi la fin de ce que les rares individus qui la connurent et lui survécurent appelèrent la bande de Saint Patrick le Bouseux.

La prison de Brewton, en Alabama, était strictement réservée aux meurtriers et aux assassins. Elle comprenait des baraquements où dormaient les détenus et des camps destinés aux travaux forcés, de grandes étendues humides et marécageuses où la chaleur, les moustiques et la vase rendaient les tâches deux fois plus pénibles. Entre cet état de choses et le fait que le directeur de la prison, Gerton Hawtrey, fût connu pour sa façon de harceler sans cesse les bagnards, cette prison avait la réputation d'être l'une des plus dures du pays. Condamnés pour la plupart à la réclusion à perpétuité ou à des peines d'au moins vingt ans, les hommes mouraient, en général, au bout d'une dizaine d'années d'incarcération.

Vu les difficultés du terrain et l'étroite surveillance des gardiens, les tentatives de fugue, toujours vouées à l'échec, étaient rares. D'après Hawtrey, tout prisonnier qui tenterait de s'évader mourrait, victime d'un accident, avant même d'être capturé.

Osgood Perkins était déjà au courant de tout cela quand il se retrouva à Brewton en compagnie de trois autres hommes. On les fit descendre d'une fourgonnette qui les avait amenés d'une prison de Montgomery à la baraque des gardiens dont le patron, Strother Potts, les attendait, assis sous le porche. Il tendit la main et l'un des gardiens, arrivé dans la fourgonnette, lui remit un document. Osgood et les trois hommes étaient enchaînés les uns aux autres. À côté d'eux se tenait un vieillard très affaibli, silencieux. Suivait un homme qui devait avoir environ vingt-sept ans, plutôt bien de sa personne, et en dernier, un grand gaillard, le front dégarni, l'air suffisant. Strother Potts les regarda tour à tour, puis il jeta un coup d'œil sur la feuille de papier.

— Osgood Perkins ? demanda-t-il.

— Présent, répondit ce dernier.

— Vingt ans de réclusion pour assassinat, si je ne me trompe ?

— Oui, monsieur, répondit Osgood.

Strother regarda à nouveau la feuille et demanda :

— Emil Perkins ?

— Présent, répondit le vieillard.

— Ne seriez-vous pas frères ? demanda Potts.

— Non, monsieur, répondit le vieux.

— Quinze ans pour homicide, si je ne me trompe ?

— Oui, monsieur, répondit Emil Perkins.

— Très bien, murmura Strother Potts et il ajouta : Terence Barr ?

— Présent, répondit le jeune.

— La perpétuité pour meurtre avec préméditation ?

— C'est exact, parfaitement exact, monsieur, répondit Terence Barr.

— Edgar Klugman ?

— Présent.

— Quinze ans pour homicide, si je ne me trompe ?

— Oui, monsieur.

Osgood se vit assigner une couchette inférieure. Il avait Terence Barr au-dessus de lui. Les deux autres hommes, Klugman et Emil Perkins, furent envoyés dans une autre baraque. Chaque baraque comprenait douze doubles couchettes, autrement dit pouvait héberger vingt-quatre détenus. Ce soir-là, après avoir fait l'objet des railleries et des plaisanteries de leurs compagnons, Osgood et Barr se couchèrent. Le couvre-feu était à dix heures, toutes les lumières devaient alors être éteintes et le silence absolu.

On respectait la première règle, pas la seconde. Qui plus est, c'était à partir de dix heures que les langues se déliaient dans les dortoirs. Osgood, dans sa couchette, essayait de dormir, quand il entendit la voix de Barr :

— Hé, Osgood ! C'est bien comme ça que tu t'appelles, non ?

— Chut, murmura Osgood, méfiant.

— Bah ! Tu vois donc pas que tout le monde parle ?

— Si, répondit Osgood, mais peut-être qu'ils se taisent dès que le gardien fait sa ronde et que nous sommes les deux seuls à parler.

— Ne sois pas stupide, mon gamin. On entendra parfaitement le maton quand il s'approchera. Écoute. Je vais me tirer. Je suis pas venu au monde pour vivre en taule et encore moins dans une comme celle-là. J'y suis pas habitué. Tu te tires avec moi ?

— À Montgomery, un détenu m'a raconté qu'ici le sort de ceux qui essayaient de se faire la belle était quasiment réglé d'avance, et que toute évasion était pour ainsi dire impossible.

— Bah ! Sans doute qu'il a voulu te faire peur. Et tu veux savoir ce qui va se passer ? Tu veux dire que tu vas te résigner à croupir vingt ans ici sans même essayer de te faire la belle ? Quel âge as-tu ?

— Dix-neuf ans.

— Dix-neuf plus vingt, ça fait trente-neuf ? C'est beaucoup quand même, non ?

— À trente-neuf ans on est encore jeune.

— Oui, mais pas après en avoir passé vingt ici. Tu sors de cet endroit pour crever, si t'es pas déjà mort. Je vais me tirer. Tu viens avec moi ?

— Oui, je crois que oui, mais encore faudrait-il que je connaisse tes plans.

— Chaque chose en son temps. L'important c'est que nous soyons deux et même trois si possible. C'est encore mieux. On a moins peur. Et c'est plus difficile de nous poursuivre.

— Je suis partant, dit une voix.

Barr et Osgood se tournèrent vers la couchette inférieure à côté de la leur et ils virent un homme aux cheveux blancs et aux yeux bleus qui devait avoir la quarantaine, voire un peu plus.

— Soall, Bert Soall, ajouta l'individu en tendant la main à Osgood.

— Osgood Perkins, répondit ce dernier en la lui serrant.

— Terence Barr. Partant ?

— Je crois bien ! dit Bert Soall, accompagnant ses paroles d'un geste. Cinq ans que je suis ici ! La perpétuité. Au cours de ces cinq années, personne n'a tenté de s'évader et je n'ai aucune envie de m'en aller tout seul.

— Je suis bien de ton avis, dit Barr.

À cet instant, tout le monde se tut et on put voir Clinton McBain, le responsable des rondes nocturnes dans la baraque, entrer et regarder les couchettes. La conversation en resta là et Osgood s'endormit.

Les jours suivants, Osgood, Barr et Bert Soall s'efforcèrent de passer le plus de temps possible ensemble pour évaluer leurs chances, notant les rondes nocturnes de McBain à une heure d'intervalle, comptant le nombre total de gardiens et de surveillants. Ils en conclurent qu'il serait moins difficile de s'évader de nuit.

Bert Soall était un gars sympathique. Il leur racontait des anecdotes sur sa famille, sur ses ancêtres : l'un d'eux,

Leroy Soall, avait été un pistolero aussi malchanceux que célèbre, mort pour avoir épousé, à quarante-deux ans, une jeunette de seize ans dont il était éperdument amoureux. Il ne l'avait vue qu'une seule fois, alors qu'elle jouait de la harpe chez elle. Elle l'aimait aussi et il leur fallut s'enfuir ensemble pour convoler. Le père de la demoiselle l'accusa de viol et d'enlèvement et Leroy Soall fut bel et bien lynché. Quant à elle, jamais elle ne se remaria.

Osgood et Bert copinèrent vite, tandis que Barr se gardait de toute privauté et restait sur la réserve. Il passait ses journées à réfléchir à la façon de s'évader et ne parlait presque jamais d'autre chose que de sa fugue et de la façon de la réussir. Bert était là pour avoir assassiné une femme qui ne répondait pas à ses avances. Il la suivait, il lui envoyait des fleurs, mais elle se contentait de se moquer de lui et de fréquenter d'autres hommes pour exciter sa jalousie.

— Mais si elle faisait ça, c'était sans doute parce que tu lui étais pas indifférent, lui dit Osgood.

— Oui, ça m'est venu à l'esprit après coup. Si elle voulait me rendre jaloux, ça devait bien être pour quelque chose, mais toujours est-il qu'un jour, n'en pouvant plus, je l'ai tuée avec un poignard de chasse. Et toi, comment t'es-tu retrouvé ici ?

— Bah, répondit Osgood, j'ai tué un gars contre une table de billard. Une canaille, le mec.

— C'est vrai ? Comment ça s'est passé ? demanda Bert intéressé.

Osgood lui raconta.

Il avait presque fini son histoire quand Barr arriva. Ils faisaient une pause dans l'un des champs qu'ils étaient contraints d'épierrer tout en pataugeant dans la vase. Il entendit la dernière phrase d'Osgood :

— Et ils m'ont rattrapé avant que je franchisse la frontière avec la Géorgie.

— De quoi parlez-vous ? demanda Barr.
— Pour quelle raison es-tu ici, toi ? demanda Osgood.
— Oh, répondit Barr, j'ai tué un vieux schnock.
— Pour quelle raison ?
— Parce que moi j'avais pas un rond et que lui, il avait des lingots d'or.
— Des lingots d'or ?
— Oui, il racontait qu'il avait trouvé le trésor de je ne sais plus trop quel saint. Le problème c'est que l'or, c'était lui qui l'avait et pas moi.
— Il s'agissait de Saint Patrick le Bouseux ? demanda Osgood.
— Oui, c'est ça. Comment tu le sais ?
— Et le vieux, il s'appelait Owen MacPherson, non ?
— Oui. Comment le sais-tu ? Il était cinglé. Il prétendait que j'étais son disciple parce qu'une fois je me suis retrouvé sur ses genoux, dans un bar. J'étais bourré. Tu l'as connu, toi ?
— Oui.

Mme Ingels entra dans un immeuble de New York. Après avoir ordonné au garçon d'ascenseur de la déposer au neuvième étage, elle monta. Elle s'engagea dans un couloir jusqu'à ce qu'elle arrive à une porte en verre sur laquelle était écrit : « Robbins & Michen, bureau d'enquêtes ». Elle ouvrit et ne vit personne, rien qu'une table couverte de papiers et un téléphone noir. Elle vit deux autres portes. L'une portait une plaque au nom de Mike Robbins, l'autre était au nom d'Andy Michen. Elle allait frapper à celle de Michen quand celle de Robbins s'ouvrit et qu'il en sortit une jeune femme blonde aux yeux bleus, portant des lunettes, un dossier sous le bras. En apercevant Mme Ingels, elle sourit et dit :

— Veuillez nous excuser s'il n'y avait personne. Quel est l'objet de votre visite ?

— J'aurais souhaité voir M. Robbins ou M. Michen.

— Un moment, s'il vous plaît.

La jeune femme rentra dans le bureau d'où elle venait de sortir. Assis à une table, un homme blond lisait un journal.

— Qu'y a-t-il, Lorraine ? demanda-t-il à la vue de la jeune femme.

— Une dame veut vous voir ou voir M. Michen.

— Allons, bon ! s'exclama Mike Robbins. Fais-la entrer.

Lorraine s'apprêtait à sortir quand Robbins l'arrêta.

— Minute ! À quoi ressemble-t-elle ?

— Grande, plutôt classe, brune, les yeux dans les tons verts, jolie femme.

— Elle t'a donné son nom ?

— Non.

— M. Michen est là ?

— Je ne crois pas, monsieur Robbins.

— Qu'importe. Fais-la entrer.

Lorraine sortit et referma la porte qui s'ouvrit à nouveau quelques secondes plus tard pour laisser entrer Mme Ingels. Mike se leva et tendit la main à la femme :

— Je suis Mike Robbins. En quoi puis-je vous être utile ? dit-il fort aimablement, non sans ajouter en lui montrant un fauteuil, face à son bureau : Asseyez-vous, je vous prie.

Mme Ingels s'assit et se mit à parler.

— Monsieur Robbins, je m'appelle Emma Ingels. Je souhaiterais avant tout vous poser quelques questions au sujet de votre agence, pour savoir si elle correspond réellement à ce qu'il me faut et si j'ai des garanties d'obtenir ce que je désire.

— On n'a jamais de garanties, mademoiselle Ingels, interrompit Mike.

— Mme Ingels, rectifia la dame. Je sais bien que vous ne pouvez rien garantir. Je voulais plutôt dire des chances…

— C'est bon. Allez-y, posez vos questions.

— Très bien. Ça fait combien de temps qu'elle existe, votre agence, monsieur Robbins ?

— Un an.

— Vous êtes de New York ?

— Non, de Los Angeles.

— Et ça fait combien de temps que vous vivez ici ?

— Depuis 1932, c'est-à-dire quatre ans.

— Et M. Michen ?

— Il est d'ici, lui.

— Que faisiez-vous tous deux avant de monter cette agence ?

Mike sourit.

— Bon, c'est un véritable interrogatoire. Toutes ces questions sont-elles absolument nécessaires ?

— Pour moi, oui, elles le sont. Je veux savoir dans quel genre de milieu vous avez évolué, répondit Emma Ingels en guise d'explication, avant d'ajouter : Mais si vous préférez, restons-en là, je poursuivrai ma recherche.

— C'est bon. Toute ma vie, j'ai navigué en eaux troubles. Que ce soit à Los Angeles ou ici. Mon milieu, comme vous dites, a toujours été celui de la pègre et de la corruption.

— Vous travailliez en marge de la loi ?

— Évidemment, dit Mike, accompagnant d'un geste sa réponse.

— Et comment vous êtes-vous retrouvé dans l'autre camp, monsieur Robbins ?

— Je n'ai pas changé de camp, madame Ingels. J'ai toujours été dans le même, le mien. Si vous entendez par là que je collabore parfois avec la police, je vous répondrai que cela m'arrive seulement quand mon travail l'exige, autrement dit quand cela me convient. Et que parfois mieux vaut pour moi collaborer avec les autres, avec ceux de l'autre camp. Tout cela dépend. Pour ma part, qu'il s'agisse des uns ou des autres, c'est du pareil au même. En fin de compte, nous nous ressemblons tous.

— Et ce double jeu n'altère pas vos relations avec certains ?

— Si, bien sûr que si. Il y a trois mois cette agence s'appelait Myers, Robbins & Michen. Myers s'est fait descendre par la police. Vous voyez. Mais malgré tout, c'est ce qui me convient. J'opte toujours pour ce qui me convient.

— Très bien. Et M. Michen ? Que faisait-il ?

— Aucune idée, je ne lui ai jamais posé la question, répondit Mike qui commençait à perdre patience.

— Dans ce cas, comment avez-vous fait connaissance ?

— Au jardin d'enfants. Mais il en sait autant sinon plus que moi, si c'est ce qui vous intéresse.

— Qui d'autre travaille à l'agence ?

— Deux employés du nom de Kent Sheiner et Alf Tilvern. Ils viennent au bureau un jour sur deux, en alternance. Il y a aussi Mlle McEldowney, que vous avez déjà rencontrée.

— Elle enquête, elle aussi ?

— Oui.

— Que faisaient-ils tous avant de devenir détectives ?

— Sheiner était policier, Tilvern était membre du gang de Woody Wilson, quant à Mlle McEldowney, elle était préposée au vestiaire, dans un club.

— Pourquoi Sheiner a-t-il quitté la police ?

— Ils l'ont fichu dehors.

— Pour quelle raison ? Ça m'intéresse.

— Il a voulu mener une enquête à titre personnel, ferrer un gros poisson de Wall Street.

— Je vois, dit Mme Ingels. Ce qui signifie que les bas quartiers et la pègre n'ont pas de secrets pour eux. Plus tôt, vous avez mentionné Woody Wilson. Vous connaissez Milt Taeger ?

— Oui, mais pas personnellement, j'en ai entendu parler.

— Et Landini, de Philadelphie ?

— Même chose.

— Et Duvalle de Chicago ?

— Lui aussi, j'en ai entendu parler, répondit Mike dont le visage parut refléter un certain intérêt pour la première fois depuis que Mme Ingels était entrée. Pourquoi cette question ?

— Parce que s'ils acceptent ma mission, il leur faudra

plus ou moins travailler avec Taeger et, par conséquent, peut-être avec les deux autres.

— Compris.

— Connaissez-vous une chanteuse du nom de Laura Lee ?

— J'en ai entendu parler. C'est la petite amie de Taeger, si je ne me trompe ?

— En effet. Elle chante au Golden Bowl, sur la 55e.

— Très bien. Et quelle serait la mission ?

— Je veux qu'on expédie cette fille sur la chaise électrique.

Le visage de Mike changea de façon presque imperceptible.

— Et pour quelle raison ? demanda-t-il.

— Ça, c'est mon affaire. Vous acceptez, oui ou non ?

— Il ne s'agit pas juste d'accepter. Mais de savoir s'il existe des garanties, des chances d'y parvenir. À mon avis, il n'y en a aucune.

— Bien sûr que si, et de deux façons différentes. La première parce qu'elle est proche de Taeger et que Taeger est connu pour ses nombreux crimes. La seconde, à supposer qu'elle en commette un ou que ça en ait tout l'air. Qu'il y ait des preuves qu'elle en ait commis un. Moi, je m'en fiche. Faites pour le mieux. Ce que je vous demande, c'est de trouver des preuves suffisantes pour expédier Laura Lee sur la chaise électrique. Comment ? Ça, c'est votre problème.

— Bon, dit Mike, comme je vous l'ai dit plus tôt, j'ai traité bien des affaires louches, mais jamais à ce point. Vous détestez donc tellement cette femme ?

— Je vous répète que ça ne vous regarde pas, monsieur Robbins. Pas plus que les raisons ou la relation que j'ai avec elle. Je suis consciente que cette mission n'est pas sans risque, je suis également consciente que graviter autour de Laura Lee, c'est côtoyer Taeger et, du même coup, Albert Landini et Jamie Duvalle, c'est-à-dire être en contact avec les trois chefs de gangs les plus puissants de ce pays. Aussi, moins vous en saurez sur moi, mieux ce sera.

— Ça, c'est autre chose, madame Ingels. Comme vous l'avez dit, ils sont puissants et la moitié de la police et des politiciens sont à leur solde. Nous aurions beau accumuler ou fabriquer toutes les preuves possibles et imaginables, un coup de téléphone de Taeger suffirait à libérer instantanément Laura Lee.

— Ou non. Vous avez dû entendre parler de Mal Blondell, le nouveau procureur du district. Lui, bien sûr, on ne l'achète pas, Taeger le redoute et le laisse faire. Si tel n'était pas le cas, comment voudriez-vous expliquer qu'il ne soit rien arrivé à Blondell depuis qu'il a expédié Dutch Osborne à l'échafaud ? Taeger a peur de Blondell. C'est à lui que vous pouvez soumettre les preuves.

— Compris.

— Bon, voilà la mission. Vous acceptez ou non ?

— Ça dépend...

— ... Des honoraires, je présume, acheva Mme Ingels. – Elle ouvrit son sac et en sortit une liasse de billets, en mit quelques-uns de côté : Dix mille dollars maintenant, précisa-t-elle en lui tendant les billets, et dix mille dollars de plus, le jour où Laura Lee sera condamnée.

Mike ne put s'empêcher d'émettre un discret sifflement. Il ramassa l'argent et dit :

— Ça compte tant que ça pour vous qu'on tue cette gamine ? Pourquoi ne vous en chargez-vous pas vous-même ? Pourquoi ne payez-vous pas quelqu'un pour le faire ?

— C'est trop risqué. Je préfère que ce soit de façon légale. En théorie, du moins. Qu'en pensez-vous ?

— Mille de plus pour couvrir les frais.

— Mille de plus, répéta Mme Ingels, et elle lui remit le montant convenu, avant d'ajouter : Cela signifie que vous acceptez, n'est-ce pas ?

Mike passa sa langue sur ses lèvres, il prit son temps avant de répondre :

— Oui.

Mme Ingels se leva.

— Très bien, dit-elle. C'est tout. Je ne veux plus entendre parler de vous, si ce n'est pour vous payer, une fois le travail terminé. Malgré tout, voici mon numéro de téléphone en cas de force majeure. – Elle tendit à Mike une carte de visite ne comportant que son nom, Emmaline Ingels, et son numéro de téléphone. – Appelez-moi de préférence le soir, à une heure tardive, ou très tôt le matin, et juste en cas de nécessité absolue. Sinon, évitez. À bientôt, j'espère, monsieur Robbins.

Mike la raccompagna jusqu'à la porte et dit :

— Je crains que cela ne soit pas possible, madame Ingels. Je pense que votre mission nous prendra un certain temps.

— Pas plus de deux mois. Si vous ne vous chargez pas d'une autre affaire et si vous vous limitez à celle-ci, cela vous permettra d'aller plus vite.

— Compris, madame Ingels. Nous ferons de notre mieux.

— Au revoir.

— Au revoir.

Sitôt Mme Ingels repartie, Mike poussa un soupir de soulagement.

— Que voulait-elle, monsieur Robbins ? demanda Lorraine.

— Je t'expliquerai plus tard. M. Michen n'est toujours pas là ?

— Non.

— Et Sheiner ? C'est pourtant son jour, n'est-ce pas ?

— Il a appelé pour dire qu'il ne se sentait pas bien et qu'il ne viendrait pas, vu qu'il n'y a pas grand-chose à faire.

— Ah ! Il croit ça ! Il va voir !

— Que voulez-vous dire ? Quelle affaire vous a confiée cette femme ?

— Plus tard, Lorraine, plus tard, répondit Mike, et il regagna son bureau.

Il passa la tête dans l'entrebâillure de la porte et dit :

— Lorraine, appelle Sheiner et Tilvern et dis-leur d'arriver tout de suite, ce n'est pas le boulot qui manque ! – Et il ferma la porte.

Il prit le téléphone et composa un numéro. Il rangea les onze mille dollars dans un tiroir.

— Andy ? demanda-t-il quand son correspondant décrocha.

— Lui-même, qui est à l'appareil ? répondit une voix ensommeillée.

— Je te réveille, non ?

— Oh ! Salut, Mike ! Quoi de neuf ?

— Du boulot. Et du fric. Habille-toi vite et arrive.

Cette fois Michen sembla se réveiller pour de bon.

— Du travail et du fric ? Sérieux ? Qu'est-il arrivé ?

— Je te raconterai. Ramène-toi le plus vite possible. L'affaire est difficile et nous n'avons que deux mois pour la mener à bien. Il faut travailler dur et avec efficacité. Chaque minute compte. Pointe-toi d'ici une demi-heure.

Il raccrocha, se laissa tomber dans un fauteuil en murmurant :

— Vingt et un mille dollars c'est pas si mal !

— Salut, Mike, dit en entrant Andy Michen.

C'était un homme au teint basané, aux yeux marron, calculateurs et intelligents, dont les lèvres fines ne cachaient pas tout à fait les dents. Il portait une gabardine blanche et un chapeau assorti qu'il retira dès qu'il parla.

— Que se passe-t-il ?

— Tout plein de choses, répondit Mike. Je vais te raconter.

Il sortit de la pièce et Andy l'entendit demander à Lorraine :

— Sheiner et Tilvern sont déjà là ?

— Tilvern est parti à la pêche et Sheiner prétend que son état a empiré et qu'il ne peut pas venir, monsieur Robbins, répondit-elle.

Mike eut un moment d'hésitation.

— Eh bien, tant mieux, conclut-il.

Il rentra dans son bureau.

— Alors, que s'est-il donc passé ? demanda Andy.

— Assieds-toi.

Quand Andy se fut assis, il lui rapporta sa conversation avec Mme Ingels. Pas une fois Andy ne l'interrompit.

— Bon, à présent, tu vas me dire que je n'aurais pas dû, que c'est une affaire très louche que j'aurais mieux fait de ne pas accepter ; vas-y, dis-le-moi, Andy, insista Mike quand il eut terminé.

Andy le regarda.

— Je n'ai aucune raison de te dire quoi que ce soit de ce genre, Mike. Moi aussi, j'aurais tout accepté pour vingt et un mille dollars. On va le faire.

Mike sourit, soulagé.

— D'accord. Pour commencer, tu sais quelque chose sur Emma Ingels ?

— Le nom me dit quelque chose. J'ai dû le voir dans les journaux, il y a environ dix-huit mois. Dans une affaire de meurtre, mais je ne me souviens pas de quoi il s'agissait, ni même si elle s'appelait Emma.

— Ça, on peut le trouver dans les archives de Blondell. Que sais-tu au sujet de Laura Lee ?

— Disons qu'elle s'est mise avec Peter Riessen quand je me suis tiré. Je ne l'ai jamais vue. Je sais qu'elle a été l'une des raisons principales pour lesquelles Milt Taeger s'est battu avec Pete, après s'être débarrassé de Grabowski à Chicago. On prétend qu'elle est très belle femme, mais je ne l'ai jamais vue. Je crois qu'elle vit à New York depuis un peu plus d'un an et demi. Elle n'a vécu avec Riessen que deux ou trois mois, le temps que Taeger revienne de Chicago avec Duvalle et Landini et qu'il l'élimine. Après quoi, elle est devenue chasse gardée de Taeger et elle l'est toujours. C'est tout ce que je sais d'elle. Tu dois te souvenir que ces derniers temps j'ai gardé mes distances vis-à-vis de Taeger. En réalité, nous n'étions pas très liés à l'époque où nous travaillions tous les deux pour Riessen. Même s'il éprouvait un certain respect à mon égard.

— Tu crois qu'aujourd'hui tes services l'intéresseraient si tu les lui proposais ?

— Oui, Mike, je crois. Et pourquoi ?

— Parce qu'il me semble que c'est toi qui vas te retrouver avec la partie la plus difficile de ce boulot.

— Oui, je vois déjà où tu veux en venir.

Andy Michen fit son entrée au Golden Bowl en gabardine blanche et chapeau assorti. Il s'assit à une table près de la piste où de nombreux couples dansaient au rythme d'un tango qu'exécutait l'orchestre. Il commanda une vodka ; quelques minutes plus tard, un homme courtaud, en tenue de soirée, vint s'asseoir en face de lui.

— Salut, Andy, dit-il. Que nous vaut ta visite ?

— Salut, Herb. Comment vas-tu ?

— Bien, tout comme Taeger. Quand Taeger va bien, moi aussi je vais bien. C'est dans l'ordre des choses. Alors, j'entends dire que tu es, à présent, détective ?

— Je l'étais, répondit Andy, mais je ne le suis plus depuis une semaine.

— Pourquoi ça ?

— Je gagnais trois fois rien.

— Je vois. Comme chez Riessen.

— Comme chez Riessen. Quand on me paie au lance-pierre, je laisse tomber, moi, tu le sais bien, Herb.

— Oui, on fait tous la même chose, quand on a un peu de jugeote.

— Oui.

— Et pour le moment, tu te retrouves sans boulot, si je comprends bien.

— Exact.

— Et tu aimerais gagner plus que chez Riessen et qu'en tant que détective, si je comprends bien.

— Tu as tout pigé.

— Et tu aimerais voir Milt.

— Oui, Herb.

— Attends une minute.

Herb se leva et sortit par une porte sur laquelle était écrit « Privé ». Quelques minutes plus tard, Milt Taeger fit son apparition. Il avait cette même élégance qu'en 1934, époque à laquelle Andy avait cessé de le fréquenter. Il se dirigea tout sourire vers la table d'Andy et lui serra la main. Il s'assit avec Herb.

— Comme je suis heureux de te revoir, Andy. Ça doit bien faire deux ans que je vis à Chicago. Comment vas-tu ?

— Mal, comme je viens de le dire à Herb. Je n'ai pas de boulot. Être détective c'est pas ça qui fait bouillir la marmite.

— Et tu t'es dit que ton vieux copain pourrait te dégoter un boulot, pas vrai ?

— Oui, c'est exact, Milt.

— Eh bien, voyons ce qu'on peut faire. Toi, l'action, c'est

ton fort, pas vrai ? Tu as besoin de bouger, de t'occuper de quelqu'un, un boulot genre garde du corps, somme toute. Tu crois qu'on a ça, Herb ?

— Bon, commença Herb, mais Milt le fit taire car, au même instant, le présentateur disait :

— Et maintenant, mesdames et messieurs, nous avons le plaisir et l'honneur d'accueillir l'incomparable Laura Lee !

Les applaudissements crépitèrent et Milt se tourna vers l'estrade où se tenait l'orchestre. Une femme très jeune, blonde, les yeux mi-clos, les lèvres humides et dont les joues se creusaient de fossettes lorsqu'elle souriait, apparut dans une longue robe de velours vert, parsemée de sequins, fendue sur le côté, laissant entrevoir une jambe au galbe parfait. Elle entonna *I'm Very Lonesome Tonight*. Les garçons s'arrêtèrent en plein service. On aurait entendu une mouche voler ; Andy n'avait d'yeux que pour elle. Laura Lee se déhanchait juste assez pour faire onduler sa silhouette au rythme de la chanson, soulignant ainsi ses rondeurs, ses épaules, son cou, intensifiant l'impression d'isolement et d'inaccessibilité que produisaient à eux seuls ses yeux qui ne regardaient personne et ses lèvres qui ne souriaient à personne. Milt était bouche bée et, quand Laura Lee eut terminé, il salua sa performance par des applaudissements frénétiques. Andy resta à la regarder fixement sans réagir alors qu'elle saluait en inclinant la tête et disparaissait dans les coulisses. La voix de Herb le tira de sa torpeur.

— Monsieur Taeger, je vous disais…

Milt l'interrompit :

— Nous étions en train de voir quel genre de boulot nous pourrions dégoter pour notre ami Michen.

— En fait, monsieur Taeger, je disais qu'il y en avait un.

— Lequel ?

— Mais vous avez dit que…

Milt regarda Herb avec impatience.

— Alors, c'est quoi ce boulot ?

— Eh bien, vous avez viré Mort parce qu'il avait dépassé les bornes avec Mlle Lee.

— Tu parles ! s'exclama Milt avant d'expliquer à Andy : Mort était le garde du corps de Laura. Il a essayé de l'embrasser et je l'ai flanqué à la porte.

— Et après ça ? demanda Andy.

— La chance n'était pas de son côté ces jours-là. Le lendemain, il a été renversé par un camion. Mlle Lee n'a donc plus personne pour veiller sur elle. Qu'en penses-tu, Andy ? Es-tu toujours aussi bon tireur ? Si c'est le cas, le job est pour toi.

— Je suis toujours aussi bon tireur, répondit Andy, mais j'aimerais pas finir comme Mort.

Milt prit un air grave.

— Ne fais pas comme Mort et il ne t'arrivera rien. Ça te fera deux cents par semaine. Tu es d'accord ?

— Je le pense. Mais j'aimerais que tu m'expliques ce que tu attends exactement de moi.

— Que tu sois toujours aux côtés de Laura quand je n'y suis pas. C'est tout. Et jour et nuit en mon absence. Et que tu la protèges. Que tu veilles à ce qu'elle ne subisse pas la moindre égratignure.

— Où vivrai-je ?

— Chez moi. Dans la chambre à côté de celle de Laura. Je sais que ça ne te sera pas facile, mais je tiens à t'avertir d'une chose : ne la touche pas. Je le saurai et je te descendrai. Comme j'ai descendu Mort. Compris ?

— Compris. T'en fais pas de ce côté-là.

Milt sourit et dit :

— Bon, affaire conclue. Tu as une arme ?

— Oui, comme toujours.

— Quelle sorte ?

— Un 46.

— Prends ça aussi. – Il tira de sa poche un minuscule pistolet. – Et trouve-toi un couteau.

— D'accord.

— Je vais te présenter à ta protégée. Viens.

Ils se levèrent et entrèrent par la porte privée. Ils s'engagèrent dans un petit couloir menant à une porte rouge couverte d'une affiche sur laquelle on lisait « Laura Lee » et gardée par une grande brute, les bras croisés, qui s'écarta en voyant Milt. Ce dernier tambourina à la porte et l'ouvrit quand on lui dit : « Entrez. » Laura était en train de se déshabiller.

— Salut, ma chérie, dit Milt, je vais te présenter ton nouveau garde du corps, il va remplacer Mort. Entre, Andy. – Andy entra, Milt referma la porte. – Laura, je te présente Andy Michen, un de mes vieux copains ; Andy, Mlle Lee.

— Salut.

— Salut, répondit Andy. Enchanté, mademoiselle Lee.

— Appelez-moi Laura, dit-elle, en montrant ses fossettes. Après tout, nous allons quasiment vivre ensemble.

— D'accord, Laura.

— Bon, interrompit Milt. Il faut que j'y aille. Andy, tu vas dormir chez moi dès ce soir. Si tu as des affaires à prendre chez toi, vas-y tout de suite et reviens vite pour que Laura ne soit pas seule. Herb te conduira pour te montrer le chemin. Au revoir. À demain, ma chérie.

Il embrassa longuement Laura et il sortit.

Laura continua à se déshabiller.

— Je pars chercher mes affaires. Je reviendrai ensuite pour que vous ayez quelqu'un près de vous. À tout à l'heure.

— À tout à l'heure.

Andy sortit du Golden Bowl et monta dans un taxi jaune. Il pleuvait. Il donna une adresse au chauffeur et, un quart d'heure plus tard, il était à l'agence de détectives. Il entra, vit Lorraine et Kent Sheiner, un grand gaillard au nez de boxeur et aux cheveux très courts, coupés à la brosse.

— Mike est là ? demanda Andy.

— Oui, il est dans son bureau, répondit Lorraine.

Andy poussa la porte, avant de constater qu'au lieu de son nom la plaque indiquait désormais « Privé ». Il entra dans le bureau de Mike qui était au téléphone.

— Oui, merci pour tout, monsieur Blondell, disait-il. Oui, j'ai trouvé ce que je cherchais, oui. Grand merci pour tout, au revoir monsieur Blondell.

— Que se passe-t-il ? lui demanda Andy une fois qu'il eut raccroché. Blondell est déjà de retour ?

— Oui et je suis allé le voir à son bureau. Il n'y était pas mais on m'a autorisé à consulter le fichier. J'ai vérifié certains détails concernant Emma Ingels. Et toi, où en es-tu ? As-tu parlé à Taeger ?

— Oui, mais j'ai très peu de temps. Dis-moi vite fait ce ce que tu as appris au sujet d'Emma Ingels et je te raconterai tout.

— Eh bien, j'ai étudié les archives et j'ai découvert qu'il y a dix-huit mois, on a retrouvé le cadavre de Percival Ingels, son époux, flottant dans le port. Il avait été criblé de balles avant d'être jeté à l'eau. C'est une affaire qui n'a pas été élucidée. À un moment, les soupçons se sont portés sur Mme Ingels, mais, en fait, on n'avait aucune preuve permettant de l'incriminer ou suggérant qu'elle avait payé un homme de main. Elle a déclaré ne pas savoir qui aurait pu avoir des raisons d'assassiner son mari. Elle l'avait vu une heure ou deux avant le meurtre. Ingels était allé faire un tour après le dîner et il n'était pas revenu. On n'a rien retrouvé dans ses poches, pas même un bout de papier ou un carnet. On l'avait fouillé, et on avait pris tout ce qu'il avait sur lui. L'homme avait hérité d'une grosse fortune, il ne travaillait pour ainsi dire pas. Il possédait un petit magasin d'antiquités sur Park Avenue à seule fin de faire croire qu'il avait un emploi, mais il n'y mettait jamais les pieds ; en avait confié la gérance à un certain Noah Gilson. Ingels a légué tous ses biens à son épouse par un testament qu'il avait rédigé deux ans avant son décès et auquel il n'avait apporté aucune modification. C'est de ce testament que proviennent les vingt et un mille que nous allons percevoir. Il n'avait pas d'autre famille et, si riche fût-il, il n'appartenait pas à la haute société et ne fréquentait pas ses voisins. Personne ne le connaissait vraiment, mis à part son épouse, et nul ne savait à quoi il occupait ses nombreux loisirs. Bref, un drôle de lascar, une espèce de fantôme que personne ne connaît. La seule susceptible de nous mettre sur une piste sérieuse serait son épouse, mais elle est muette comme une carpe, tout juste bonne à nous charger d'assassiner une chanteuse qui n'a aucun lien avec le monde dans lequel elle évolue.

— À quand remonte précisément l'assassinat ?

— À un an et quatre mois. À septembre 1935.

— Autrement dit, Riessen était déjà mort et Taeger était déjà aux commandes. N'existe-t-il aucun indice suggérant qu'Ingels ait été en contact avec lui ou avec Laura ?

— Non, aucun. Pas le moindre. Si ce n'est la façon dont Ingels a été assassiné. À cette époque, seuls Taeger et Woody Wilson tuaient de cette façon. Mais je ne vois pas pourquoi l'un ou l'autre aurait voulu éliminer Ingels. Si cette fichue Mme Ingels acceptait de nous parler, ça nous faciliterait bien la tâche. Pour sûr, c'était la mort d'Ingels qui te turlupinait l'autre jour.

— Non, c'était pas ça. Je me suis sûrement trompé, laisse tomber. À vrai dire, cela ne nous mènera à rien.

— Oui, la mort du mari de Mme Ingels est une chose et l'histoire Laura Lee une toute autre.

— Bon, quoi qu'il en soit, j'essaierai d'éclaircir cette affaire avec Mme Ingels.

Mike sembla se rappeler qu'Andy avait rencontré Milt Taeger :

— Raconte-moi, dit-il, comment ça s'est passé ?

— Eh bien, je suis le nouveau garde du corps de Laura Lee, Mike.

Le visage de Mike s'éclaira. Il sourit et s'exclama :

— Parfait, Andy ! Comment y es-tu arrivé ?

— Taeger a descendu le précédent il y a quelques jours parce qu'il avait essayé d'embrasser Laura Lee. Il a été très gentil avec moi. Il a beaucoup changé. À présent, c'est un type brillant et tout sourire. Il a paru heureux de me voir.

— Il a gobé mon histoire ?

— Apparemment, oui, mais je suppose qu'ils t'enverront quelqu'un pour s'assurer que nous ne travaillons plus ensemble. Tu as bien fait de changer les noms sur les portes. Et maintenant il faut que je file. Je dois passer chez moi prendre mes affaires et retourner au Golden Bowl pour raccompagner Laura. Je vais vivre chez Taeger dans la chambre mitoyenne avec celle de sa petite amie. J'espère que nous aurons de grandes conversations, il faudra que je passe mes journées avec elle. Elle est vraiment très jolie, on croirait qu'elle vient d'une autre planète, elle n'a rien à voir avec Taeger et ses sbires. Je n'ai pas idée de ce qu'elle fait ici : elle doit coûter des millions à Taeger.

— Bon, qu'est-ce que ça change ? interrompit Mike. Où, quand et comment pourrai-je te contacter ?

— C'est moi qui te contacterai. Mieux vaut que nous nous voyions chez toi et non pas ici au cas où Taeger se méfierait de toi et surveillerait la maison les premiers jours. C'est moi qui t'appellerai. Tâche de soutirer des confidences à Mme Ingels. Appelle-la et fais-lui comprendre qu'il faut que nous en sachions davantage. Un assassinat ou des preuves, ça se fabrique pas comme ça. Dis-lui que tu es au courant de ce qui est arrivé à son mari, que je suis déjà auprès de Laura Lee, mais qu'à présent je ne sais pas quelle piste suivre. Efforce-toi de la convaincre. Au cas où tu apprendrais du nouveau et où tu aurais besoin de me voir de toute urgence, appelle-moi au Golden Bowl, le soir. J'y serai avec Laura.

— D'accord, bonne chance.

— Au revoir.

Andy sortit en courant du bureau et il descendit dans la rue. Il mit beaucoup de temps à trouver un autre taxi et quand il y parvint, il se rendit à son appartement, fourra dans une sacoche des vêtements et sa brosse à dents et repartit en direction du Golden Bowl dans le même taxi qui l'avait attendu. Il y arriva très tard, le club avait fermé. Il ne restait plus qu'un serveur qui balayait la salle, Herb Rowe et Laura Lee. Presque toutes les lumières étaient éteintes. En le voyant, Herb se leva et lança :

— Arriver à une heure pareille ! Je ne peux même pas vous accompagner chez le chef, il est trop tard, mais voilà les clés, emmène-la. Elle connaît le chemin. À bientôt.

Il lui donna un trousseau de clés et sortit en toute hâte.

Andy se tourna ensuite vers Laura Lee. Elle était assise à une table, sa gabardine jetée sur les épaules, elle tripotait son verre.

— Je suis vraiment navré d'avoir mis si longtemps, dit Andy.

— Ça n'a aucune importance, répondit-elle, esquissant un sourire complice. On y va ?

— Oui.

Laura dit au revoir au serveur, tous deux sortirent dans la rue.

— Que vous est-il arrivé ? lui demanda-t-elle.

— Je cherchais un couteau. Milt m'en avait donné l'ordre. C'est laquelle votre voiture ?

— Celle-là, répondit Laura en indiquant une voiture noire.

Ils montèrent dans le véhicule.

— Mieux vaudrait que vous conduisiez, dit Andy, je ne sais pas où vous habitez.

— Vous voyez où se trouve Central Park ?

— Bien sûr.

— C'est à deux pas. C'est facile d'y aller, dit-elle.

— Qui habite dans cette maison ? demanda Andy, une fois en route.

— Milt, Fergus Lippen, mon garde du corps, c'est-à-dire vous, les domestiques et moi. Pourquoi cette question ?

— Simple curiosité. Ça m'étonne que Milt n'ait pas davantage de personnel.

— À quoi bon ? Il n'est jamais là, répondit-elle, avant d'ajouter : Milt a dit que vous étiez un de ses vieux amis et que vous l'appeliez Milt. Comment vous êtes-vous connus ? Jamais je ne l'avais entendu parler de vous.

— Nous avons travaillé ensemble à une certaine époque, pour Pete Riessen.

— Pour Pete ? Pas quand j'étais avec lui.

— Non, je l'ai quitté avant, comme Milt. Il payait trop mal.

— Ah ! Je vois.

Ils se turent jusqu'à ce qu'Andy lui demande :

— Comment vous êtes-vous retrouvée ici ?

— Que voulez-vous dire ?

— Eh bien, d'où êtes-vous ? Comment êtes-vous devenue d'abord la petite amie, ou ce que vous voudrez, de Pete, puis celle de Milt.

— C'est une histoire trop longue à raconter, monsieur Michen.

— Appelez-moi Andy. Vous m'avez autorisé à vous appeler Laura, vous vous souvenez ?

— Oui, dit-elle les yeux rivés sur la route.

Elle avait l'air fatiguée, Andy lui en fit la remarque. Elle sourit et répondit :

— Oui, c'est vrai.

Suivit un autre silence.

— Un jour, vous me la raconterez votre histoire ?

— D'accord, même si je me demande bien pourquoi elle vous intéresse autant.

— J'aime connaître les personnes avec lesquelles je travaille. Au moins, dites-moi une chose, là, tout de suite : êtes-vous amoureuse de Milt ?

Laura le regarda :

— Ce n'est pas votre affaire, dit-elle, avant d'ajouter : Non.

— L'avez-vous jamais été ?

— Non.

— Et de Pete ?

— Non plus. Pourquoi toutes ces questions ?

Au lieu de répondre, Andy persista :

— L'avez-vous jamais été ?

Elle soupira :

— Si, deux ou trois fois, mais je ne m'en souviens plus.

— Milt doit vous payer généreusement, ce qui doit résoudre tous vos problèmes ou presque, mais ne croyez-vous pas que, dans la vie, il y a autre chose que le fric ? Je veux dire par là qu'en fin de compte ça doit être horrible de vivre avec quelqu'un qu'on n'aime pas. Il ne vous est jamais venu à l'esprit de plaquer Milt et d'essayer de vivre autrement, quitte à renoncer à tout ce luxe ?

Laura sembla se détendre, elle le regarda avec un sourire admiratif.

— Ça alors ! J'ai un garde du corps qui sort de l'ordinaire. Qu'il s'agisse de Riessen ou de Milt, je n'ai jamais connu de gangster qui parle comme vous. Comment ça se fait ?

— Que voulez-vous, je suis un drôle de spécimen.
— Je vois, je vois.
Après un silence, Andy déclara à mi-voix :
— Vous savez quoi ? Je sens que ça va me plaire de veiller sur vous. Vous m'êtes sympathique.
Laura le regarda droit dans les yeux.
— Merci. Vous aussi vous me plaisez, répondit-elle.
Ils arrivèrent quelques minutes plus tard. Andy laissa Laura dans sa chambre après lui avoir gentiment souhaité une bonne nuit, puis il alla dans la sienne, une pièce aussi propre qu'agréable, il rangea ses affaires dans une armoire, puis il se coucha, épuisé.

— Bonjour, monsieur Robbins.
— Oh, bonjour, madame Ingels, répondit Mike en se levant, asseyez-vous, je vous prie.
Mme Ingels s'installa face à Mike, dans un fauteuil du restaurant Marcel.
— Pour quelle raison souhaitiez-vous me voir ? demanda-t-elle. Je vous ai prié de ne pas m'appeler tant que Laura n'aura pas été condamnée et je n'ai rien lu à ce sujet dans les journaux.
À cet instant, le serveur arriva.
— Un jus de tomate et une glace, je vous prie, commanda Emma Ingels.
— Et pour moi, ça sera un café au lait, dit Mike, qui ajouta dès que le garçon eut tourné les talons : Vous allez comprendre, madame Ingels. Vous nous avez confié une mission sans nous fournir la moindre explication, ce qui est loin de nous faciliter la tâche. Nous avons fait tout notre possible pour progresser dans cette affaire, il est temps d'agir, mais nous ne savons pas comment nous y prendre. M. Michen est devenu le garde du corps personnel de

Laura Lee. Qu'importe la façon dont il y est arrivé. Il l'est, un point c'est tout. Il ne la lâche pas d'une semelle de toute la journée, ce qui va lui donner l'occasion d'avoir de longues conversations avec elle, de gagner sa confiance, voire son amitié. Mais il ne peut commettre un crime qui mette inconsidérément en cause la petite amie de Milt Taeger. Hier, Andy m'a annoncé que Taeger l'avait engagé, mais il a ajouté qu'il était complètement désorienté, qu'il ne savait ni quelle piste suivre ni de quel côté enquêter. Il est coincé. Comme vous le verrez, au point où nous en sommes et compte tenu que nous avons l'avantage, il serait regrettable de laisser tomber cette affaire, mais nous serons contraints d'en arriver là si vous ne nous donnez pas une piste, un indice, si vous ne nous dites pas tout sur la raison pour laquelle vous voulez que Laura Lee soit exécutée et si cela a un rapport avec l'assassinat de votre mari, quelle sorte d'homme était votre mari, pourquoi on l'a descendu, quelle genre de vie il menait, bref, tout ça. Cela nous est indispensable pour aller de l'avant.

Mme Ingels ouvrit et ferma deux ou trois fois ses yeux verdâtres.

— Ils sont donc au courant de ce qu'il est arrivé à Percy.

— Oui. Il n'y a qu'à regarder la presse de septembre 1935.

Mme Ingels ouvrit son sac, en sortit une cigarette que Mike alluma.

— C'est bien, monsieur Robbins, dit-elle après une ou deux bouffées, je pense que vous et M. Michen faites un bon travail, aussi je souhaite que vous continuiez. Écoutez. Percy, mon mari, était un homme très riche, millionnaire, mais il ne travaillait pas. Il passait son temps à voyager et menait une vie tranquille. Il lisait beaucoup. Passionné d'entomologie, il collectionnait les insectes. C'était un homme paisible et un grand amateur d'art. Je l'ai rencontré il y a trois ans, lors d'une croisière sur la mer Égée. Ça a été le coup de foudre, nous nous sommes mariés aussitôt. Nous étions très heureux et vivions bien au calme, loin de tout et de tous. Mais un soir, il y a environ dix-huit mois, un mois avant son assassinat, nous sommes sortis, ce que nous ne faisions jamais, cédant à son envie soudaine d'aller au Golden Bowl, l'un des clubs de Taeger où Laura Lee se produisait comme chanteuse. J'ignore comment cela a pu arriver, mais Percy s'est entiché de Laura et s'est mis à aller la voir tous les soirs. Il ne faisait pas ça dans mon dos, et j'essayais de me montrer compréhensive, même s'il m'était très difficile d'accepter que mon mari se soit amouraché de la petite amie d'un gangster. Toujours est-il qu'il s'est mis à la harceler, à lui envoyer des fleurs et à la courtiser, mais elle ne lui prêtait aucune attention. Il paraît que Percy est devenu carrément pénible, allant jusqu'à faire des scènes dans la loge de Laura Lee. Taeger en a eu marre de lui et il s'en est débarrassé. C'est tout. J'ai très mal vécu ça et je ne pourrai jamais pardonner à Laura Lee son indifférence et son mépris à l'égard de mon mari. Elle a été responsable de son malheur, du mien et de sa mort. N'allez pas me dire qu'elle n'y est pour rien. Je vois les choses autrement et il serait malvenu d'en discuter. Comme vous le constatez, il s'agit tout simplement d'une vengeance. Je ne cours pas le moindre danger. Ni Laura Lee ni Taeger ne me connaissent et il y a de fortes chances que tous deux aient oublié Percy. Depuis la mort de mon mari, j'ai enquêté sur le monde de la pègre, pour estimer les chances que j'avais d'arriver par moi-même à mes fins. Elles étaient à peu près nulles, aussi me suis-je adressée à vous. Il s'agit là d'une vengeance préméditée, mais cela n'est pas votre affaire. Vous avez accepté cette mission, vous devez la mener à bien. Je ne pense pas que ce que je vous ai raconté vous serve à grand-chose, mais qu'importe. En réalité, je m'en fiche. Autre chose, monsieur Robbins ?

— Oui. Comment se fait-il que la police n'ait pas fait le lien entre la mort de votre mari et Taeger, s'il se rendait tous les soirs à l'un de ses clubs ?

— Il y allait, oui, mais personne ne le savait. Percy était riche, mais peu connu. Personne ne savait qui il était. Seuls Laura Lee, Taeger, vous et moi sommes au courant de cette histoire, sans oublier, je suppose, celui qui l'a descendu.

— Ça m'étonnerait, dit Mike. Les assassins à la solde de Milt Taeger ne demandent jamais pourquoi ils doivent liquider un tel ou un tel. Une dernière question : à quelle heure ont-ils tué votre mari ?

— Vers vingt-deux heures trente. Pourquoi cette question ?

— Parce que dans ce cas il n'est pas possible d'incriminer Laura Lee. À cette heure-là, elle devait être au club. Dites-moi, pourquoi n'avez-vous pas raconté tout cela à la police ? Sans doute auraient-ils pu faire quelque chose.

— Il n'y avait pas de preuves. Du moins, contre Taeger, on en aurait trouvé, mais très peu. Toutefois rien contre Laura Lee. Et qui plus est, Blondell n'était pas encore procureur du district.

— Je comprends. Bon, c'est tout, madame Ingels, merci.

— Ne me rappelez pas tant que…

— Oui, je sais. Ne vous inquiétez pas. Au revoir.

— Adieu.

Mme Ingels termina son jus de tomate et sa glace, puis elle se leva et sortit. Mike se dirigea vers le téléphone et appela son bureau.

— Lorraine ? Sheiner est là ?

— Oui, monsieur Robbins.

— Dis-lui de prendre cet appel.

— Bonjour, monsieur Robbins, dit Sheiner.

— Salut, Kent. J'ai un boulot pour toi.

— Enfin ! s'exclama Sheiner. Quand allez-vous me dire de quoi il s'agit ?

— Jamais, Kent. Ça vaut mieux. Nous autres, on te verse un salaire mensuel et toi, tu dois juste enquêter selon nos ordres, sans poser de questions.

— Compris, monsieur Robbins. Que dois-je faire ?

— Te rendre à Park Avenue.

Arrivé à Park Avenue, Kent Sheiner se dirigea vers un magasin d'antiquités. Il entra, il n'y avait personne. Il agita la clochette qui pendait à la porte. Apparut alors un petit homme chauve, aux grosses lunettes, qui lui demanda d'une voix toute timide :

— Que désire monsieur ?

— Je voudrais voir M. Noah Gilson.

— C'est moi, répondit le petit bout d'homme. En quoi puis-je vous être utile ?

Sheiner sortit son vieil insigne de policier.

— Police, dit-il. J'ai des questions à vous poser.

Gilson n'en menait pas large.

— Au sujet de l'affaire de M. Ingels ? demanda-t-il. Ils sont encore dessus ?

— Précisément, répondit Sheiner. Je veux que vous me fassiez part de tout ce que vous savez sur lui et sur son épouse.

— Mais j'ai déjà tout raconté quand ils ont assassiné M. Ingels, protesta Gilson.

— Qu'importe. Répétez-le encore depuis le début, sans omettre de détails, ou vous pourriez vous retrouver dans de sales draps.

— D'accord. Je ne les connaissais pour ainsi dire pas, ni l'un ni l'autre. Il arrivait à Mme Ingels de passer prendre un objet, elle vient encore de temps en temps, quant à M. Ingels, on ne l'apercevait que tous les trois mois pour encaisser. De mon côté, j'ai repéré dans le journal une petite annonce proposant cet emploi, je me suis présenté. M. Ingels possédait cette collection depuis longtemps. Il l'avait héritée de son père qui, lui-même, l'avait héritée de son grand-père, et il avait décidé de la mettre en vente car elle ne l'intéressait guère. Peu de gens achètent des antiquités, mais on me verse un fixe, l'endroit est tranquille et ça me plaît. Mais je ne sais rien ni au sujet de M. Ingels ni au sujet de son épouse, rien de qui que ce soit. Je me contente d'être ici. Je ne les ai jamais fréquentés.

— Que savez-vous de la mort de M. Ingels ? lui demanda Sheiner.

— Rien. Je l'ai apprise le lendemain, par la presse, et c'est moi qui ai dû appeler Mme Ingels. Eux, ils ne se souviennent jamais de moi, pour quoi que ce soit. Elle, elle m'a dit de ne pas m'inquiéter, que tout continuerait comme avant, qu'elle ignorait pour quelle raison ils l'avaient assassiné. On la sentait triste, mais sereine. C'est vraiment une dame, une personne fine, élégante et réservée. Je crois qu'elle a tout intériorisé.

Sheiner se mordilla les lèvres, pensif.

— Bon, dit-il, il semblerait que vous dites la vérité. Restons-en là, merci.

— De rien, monsieur, répondit Gilson.

Sheiner sortit, il se dirigea vers les bureaux de Mike Robbins.

— Salut Kent, dit Lorraine quand il entra. M. Robbins n'est pas là. Il a dit que si tu venais, tu devais aussitôt repartir chez lui. Dépêche-toi.

— Compris, répondit Sheiner.

Il reprit un taxi jusqu'au 357 de la 80e Rue, monta au

huitième étage et sonna à une porte. C'était un immeuble dont les appartements avaient de trois à quatre pièces.

— Qui est là ? entendit-il Mike demander depuis l'intérieur.

— Sheiner.

La porte s'ouvrit, Sheiner entra. Andy était là, assis sur une table. Ils se saluèrent et Sheiner rapporta sa conversation avec Gilson. Quand il eut terminé, Mike le remercia et lui dit qu'il pouvait disposer.

— Bon, dit Mike une fois qu'il fut seul avec Andy, il semblerait, comme je le pensais, qu'il n'existe aucun lien entre Gilson et Taeger.

— Exact, dit Andy, mais il y a pourtant un détail très curieux.

— Ah oui ? Lequel ?

— Tu viens de me dire que Mme Ingels t'avait confié que son mari était un homme paisible, grand amateur d'art, et Sheiner, lui, prétend que, d'après Gilson, Ingels avait mis en vente sa collection d'antiquités, parce qu'elle ne l'intéressait pas. Il y a là contradiction.

— Sans aucun doute, l'un des deux nous ment, murmura Mike.

— C'est Mme Ingels, dit Andy. Que son mari ait mis en vente sa collection est un fait, alors que la grande passion de ce dernier pour l'art se résume à quelques paroles en l'air de la part de cette femme.

— Mais je ne vois pas pourquoi elle aurait menti pour un truc aussi bête.

— Moi non plus. Toutefois si elle a menti pour ça, il est plus que probable qu'elle ait menti pour le reste.

— J'en ai marre de tout ça, déclara Mike agacé, je demande à cette femme de nous donner des pistes et celles qu'elle nous donne sont fausses. J'y vois de moins en moins clair.

— Eh bien, que peut-on y faire ?

— Je vais essayer de vérifier par l'intermédiaire de Laura l'histoire du mari bien que je n'y croie pas. L'affaire se corse. Enfin, et en ultime recours, nous serons contraints de commettre nous-mêmes un crime, même si j'ose espérer qu'il te viendra une meilleure idée que ça.

— Oui, acquiesça Andy, songeur.

Il se tut, puis il reprit :

— Bon, il faut que je file. À midi, Taeger part pour Chicago et je dois veiller sur Laura.

— Combien de temps as-tu dit qu'il allait rester là-bas ?

— Trois ou quatre jours. Je vais essayer d'en profiter au maximum. Tu sais quoi ? Eh bien, cette fille, elle me fait de la peine, je la trouve attachante.

— Bon, mais ça me ferait encore plus de peine à moi de perdre ces vingt et un mille dollars.

— Oui, je suppose. Eh bien, débrouille-toi pour récolter des éléments plus concrets concernant M. Ingels. Par exemple, tâche de savoir s'il appartenait à un club ou à une association, bref, un indice susceptible de nous donner une idée du genre d'homme qu'il était et des milieux qu'il fréquentait. Je l'imagine mal passant sa vie à étudier des insectes et autres bestioles.

— D'accord. Je vais voir ce que je peux faire.

— À plus tard. Je t'appellerai, dit Andy.

Il prit sa gabardine, son chapeau et s'en alla.

— Salut, Andy, qu'est-ce que tu fabriques par ici ?

Andy se retourna et aperçut Herb Rowe à côté de lui. Ce dernier portait un nœud papillon et il exhibait une fine moustache. Andy esquissa un sourire forcé, et il lança en plaisantant :

— Ça alors ! N'importe qui te reconnaîtrait avec cette moustache. Tu files quelqu'un ?

— Oui, toi, dit Rowe, et il ajouta : Que fais-tu par ici à une heure pareille ? D'où viens-tu ? Qui habite là ?

— Je suis sorti par cette porte, comme tu as pu le voir, mon vieux.

Herb fit une grimace.

— Bien sûr que je l'ai vu. Ce que je veux savoir, c'est qui tu as vu.

— Mon ancien associé, Mike Robbins.

— Et pourquoi ?

— Qu'est-ce qui me vaut cet interrogatoire et cette filature ? tonna Andy. Que se passe-t-il ?

— Taeger l'a ordonné, alors réponds.

— Il me devait un mois de salaire, le dernier. C'est tout. Je suis venu chercher mon fric.

— Combien ?

— Cinq cents dollars. Comme tu vois, ils n'attachent pas leurs chiens avec des saucisses.

— Montre-les-moi.

Andy se troubla pendant un quart de seconde, mais il se reprit aussitôt et sourit :

— Je suis venu récupérer mon fric, mais je n'ai rien récupéré du tout. Mike n'avait pas le blé.

Herb fronça les sourcils, déçu.

— Oui, tu t'en tires bien cette fois, Andy, mais méfie-toi. Réfléchis à ce que tu fais et regarde où tu mets les pieds.

— T'inquiète pas, Herb. Où vas-tu ?

— Et toi ? Tu ne t'en souviens plus ?

— Ah ! Oui, c'est vrai. Je vais chez Taeger. Tu y vas toi aussi ?

— Évidemment. Je veux te voir près de Laura Lee, chez eux, en train de faire ton boulot. Tu as le couteau, bien sûr ?

— Non. J'ai cherché dans toute la maison, mais je n'en ai pas trouvé. Et je n'ai pas eu le temps d'aller en acheter un.

— Je vois que tu es toujours aussi futé, n'est-ce pas ? lança Rowe. Tiens, dit-il, et il tira de sa poche un couteau de chasse.

— Merci. Mais peux-tu m'expliquer une bonne fois pour toutes ce qui me vaut ces mesures ridicules.

— Tu veux vraiment savoir ? Eh bien parce que, hier, tu as mis trop longtemps pour aller chercher tes affaires, et Milt n'a pas apprécié.

— À qui l'a-t-il dit ? À toi ?

— Bien sûr. À qui d'autre aurait-il pu le dire ?

— À Mlle Lee...

— Oh non. Elle s'en moque pas mal. Elle ne rapporte jamais rien à Taeger, sauf quand ses gorilles font trop de zèle. La seule et unique chose que Laura Lee ne tolère pas, c'est qu'ils l'embrassent. Juste ça.

— Juste ça ? dit aussitôt Andy. Et elle accepte, par exemple, qu'ils lui envoient des fleurs ou qu'ils lui fassent la cour sans la toucher ?

— Oh ! Oui. Et ça lui plaît même. Elle adore avoir des admirateurs respectueux, si insistants soient-ils. En fait, plus ils le sont, mieux c'est. Pourquoi cette question ? Serait-ce que tu envisages de lui faire l'amour ?

— Non. Je disais ça par simple curiosité, répondit Andy.

Ils montèrent dans la voiture et arrivèrent chez Taeger quelques minutes plus tard. Lorsqu'ils sonnèrent à la porte de Laura Lee, une espèce d'escogriffe au regard hébété leur ouvrit.

— Salut, Fergus, dit Herb en entrant.

Andy le suivait. Taeger était assis sur le lit et Laura achevait de faire une valise.

— Qu'y a-t-il ? Vous vous êtes rencontrés ?

— Oui, répondit Herb. Andy était allé récupérer du fric chez Mike Robbins, son ancien associé.

— Et tu l'as récupéré ? demanda Taeger à Andy.

— Non.

— C'est pas à moi que ça arriverait...

À cet instant, Andy regarda Laura qui le regardait, elle aussi, et lui souriait.

— Je peux m'en aller, chef ? demanda Rowe.

— Oui, tu peux te barrer, répondit Milt. Et rase-moi cette moustache ridicule. Elle te donne encore davantage l'air d'un nain, pas vrai, Fergus ?

Fergus ne cilla pas.

— Oui, répondit-il, et il regarda Rowe mettre son chapeau et sortir.

Laura ferma la valise.

— Bon, ça y est, dit-elle.

— Très bien, dit Milt. Allons-y.

Il appela un majordome fort élégant qui descendit les bagages, puis il s'adressa à Andy.

— Bon, dit-il, prends soin de Laura. Voici une clé de la maison. Fergus reste ici, il te donnera des instructions s'il le faut. Rappelle-toi que je ne tolérerai aucun faux pas, ni aucun retard, comme celui d'hier.

— Vous allez continuer à me surveiller ? demanda Andy. J'aime pas ça et je pense pas non plus que ce soit nécessaire.

— Je ne sais pas, on verra bien, répondit Milt qui embrassa Laura, prit congé de Fergus et s'en alla.

— Dois-je faire quelque chose de particulier ? demanda Andy.

Fergus regardait Laura. Il ne détourna pas son regard, mais répondit :

— Juste ce qu'a dit le chef. La protéger.

— Bien.

— Laura, si tu as besoin de quoi que ce soit, je serai chez Jim, dit Fergus. À tout à l'heure.

— À tout à l'heure, Fergus.

Fergus Lippen sortit de la chambre et une minute plus tard, Laura et Andy entendirent la porte se refermer. Laura s'assit sur le lit, Andy s'assit lui aussi, mais dans un fauteuil. Il alluma une cigarette.

— Qu'allez-vous faire ce soir avant d'aller au Bowl ?

— Rien, répondit Laura Lee. Je ne fais presque jamais rien. Je me couche tard, je me lève tard, ça m'arrive de faire des courses ou d'aller au cinéma et je retourne ensuite au club.

— Je vois, dit Andy.

Il regarda le filtre de sa cigarette, il l'arracha, continua à fumer.

— Qu'en pensez-vous ? lança-t-il au bout d'un moment. Ça vous dirait d'aller quelque part ce soir ? À la foire, par exemple. À Coney Island. Il y a des tombolas, des montagnes russes, un stand de tir, un manège et tout le bazar.

— Ça me plairait beaucoup, répondit-elle.

À Coney Island, il y avait toutes sortes de jeux et d'attractions. Laura avait l'air enchantée. Au stand de tir, Andy remporta une pendule à coucou qu'il offrit à Laura. Ils escaladèrent le mont des merveilles, achetèrent quantité de friandises et de chocolats. Ils affrontèrent les montagnes russes, les toboggans et le train fantôme où Laura eut très peur. Ils virent la salle des miroirs concaves et convexes, le canard Luca en personne, l'avaleur de pierres, la femme-singe, le cheval à deux têtes et quatre jambes, le phoque qui parlait, le gnome géant, les puces savantes, Jimmy Karoubi, le nain qui se traversait le cou avec des ciseaux, les plantes carnivores, les sosies de Clark Gable et de Myrna Loy, les célébrités en cire et l'hippopotame chanteur.

À huit heures et quart Laura demanda l'heure à Andy et s'écria quand il la lui eut donnée :

— Faut qu'on file ! J'ai ma première chanson à vingt et une heures trente.

— On a le temps de prendre une glace, répondit Andy.

Il revint avec des cornets à trois boules et ils s'assirent sur un banc. Laura était aussi rayonnante qu'épuisée.

— Ça faisait longtemps que je n'avais pas passé un aussi bon moment, dit Laura.

— Moi aussi, déclara Andy. – Il se tut, puis reprit : Et toi, tu sais pour quelle raison Milt me fait suivre ?

Elle le regarda sans réagir et mit quelques secondes avant de répondre :

— Ça, je l'ignore. Je sais juste que ce matin il m'a demandé si tu m'avais dit pourquoi tu avais tant tardé hier soir.

— Et qu'est-ce que tu lui as répondu ?

— Que tu cherchais un couteau.

— Ouais, murmura Andy, songeur.

— Mais t'inquiète pas, lui dit Laura en le voyant perturbé. Ça porte pas à conséquence. Ça fait partie de ses manies. Il lui arrive de donner tel ou tel ordre bizarre, sans que cela signifie pour autant qu'il n'a pas confiance en toi ou un truc comme ça.

— Ah ! s'exclama Andy. – Il se tut à nouveau, puis il reprit : Il doit être vraiment très jaloux, non ?

— Qui ça ?

— Milt. On m'a raconté qu'il avait tué un homme qui te faisait la cour.

Laura le regarda, étonnée, comme si elle ne comprenait pas bien la raison pour laquelle Andy se mettait soudain à parler de tout ça.

— Qui donc ? Mort ? C'était pas pour ça. C'est parce qu'il l'a surpris en train d'essayer de m'embrasser.

— Non, l'interrompit Andy, je ne parle pas de Mort, mais d'un autre individu, ça remonte à un an et demi. Je crois qu'il s'appelait English ou Engels.

— Ah ! Ingels ! Bien sûr que je m'en souviens. Mais il ne l'a pas tué non plus parce qu'il me faisait la cour.

Andy se mordilla les lèvres.

— En tout cas, dit-il, c'était le bruit qui courait. On racontait qu'il t'envoyait des fleurs, qu'il se rendait tous les soirs au Golden Bowl pour t'écouter, que Milt était jaloux et qu'il l'avait éliminé.

— Qu'il me faisait la cour, ça c'est vrai. Mais Milt n'en était pas jaloux. Il était petit, moche, assez drôle, mais rien de plus. Moi, je le trouvais sympathique, j'éprouvais même une certaine affection à son égard. Il était gentil et il m'offrait des cadeaux. Ça m'a fait de la peine que Milt le tue.

— Alors, pourquoi l'a-t-il tué ? demanda Andy plutôt mal à l'aise.

— J'en sais rien. Ça devait concerner leurs affaires, je suppose. J'ignore ce que manigance Milt et je ne veux pas le savoir.

— Ils avaient des affaires en commun ?

— Oh ! Je ne sais pas si on peut appeler ça des affaires, mais je pense que oui. Ils se retrouvaient souvent au club après mon spectacle. Tous deux venaient dans ma loge, M. Ingels m'apportait des fleurs ou un cadeau, après quoi ils allaient parler affaires.

— Tu veux dire qu'Ingels te faisait la cour en présence de Milt ? murmura Andy.

— Oh ! Disons que faire la cour n'est pas l'expression qui convient. Il m'admirait, il aimait mes chansons, il était bien élevé, attentif et il me gâtait. Mais il ne m'a jamais rien demandé. Milt n'avait aucune raison d'être jaloux. Ingels se conduisait en gentleman.

— Je vois. Combien de temps cette relation a-t-elle duré ?

— Un mois, peut-être moins. Je ne me le rappelle pas de façon précise, répondit Laura qui parut soudain réagir et ajouta : Mais pourquoi ça t'intéresse autant ? Ça a été juste un mort de plus. Moi, j'ai fini par m'habituer, je ne fais presque plus attention quand Milt m'annonce qu'il doit éliminer, ou vient d'éliminer, quelqu'un. Au début, avec Riessen, ça m'horrifiait, mais maintenant peu m'importe. Je sais que c'est monstrueux, mais c'est la vérité.

— C'est logique, déclara Andy en se levant. – Il regarda l'heure et ajouta : Il est temps de partir. Allons-nous-en.

Ils arrivèrent au Golden Bowl à vingt et une heures vingt, juste à temps pour que Laura se change et fasse son entrée sur scène. Fergus, Herb et Jim Arnt, un autre des sbires de Milt, étaient assis à une table en compagnie de deux femmes. Andy profita de ce que Laura chantait pour s'approcher d'un téléphone. Il composa le numéro de Mike, mais personne ne répondit. Il raccrocha et alla s'asseoir près de la piste de danse. Quand elle aperçut Andy, Laura esquissa un sourire et lui adressa un signe auquel il répondit. Il commanda une vodka et alluma une cigarette. Peu après, il vit Fergus Lippen venir s'asseoir en face de lui :

— Peut-on savoir où vous avez passé votre après-midi, tous les deux ? demanda Fergus d'un ton bourru.

Andy le toisa de la tête aux pieds.

— À la foire, répondit-il.

— Arrête tes bêtises ! Où étiez-vous ?

Andy le fusilla du regard. Fergus semblait de fort méchante humeur.

— Puisque tu ne me crois pas, pourquoi ne poses-tu pas la question à Mlle Lee en personne ?

— C'est à toi que je la pose et je ne le ferai que trois fois. Où étiez-vous ?

Andy passa le bout de sa langue sur ses lèvres.

— Comme je te l'ai déjà dit, Fergus, ou quel que soit ton nom, Mlle Lee voulait aller à Coney Island et moi, compte tenu des ordres de Milton, je dois l'accompagner partout.

Fergus ne broncha pas, mais ses petits yeux brillèrent. Il mit quelques secondes à réagir :

— Écoute-moi, crétin, j'ai un pistolet sous la table et il est braqué sur toi. Si tu ne me dis pas tout de suite la vérité, je te laisse sur le carreau.

Il était loin de plaisanter. Andy commençait à en avoir des sueurs froides. Il s'humecta les lèvres et s'apprêtait une fois de plus à convaincre Fergus qu'il disait la vérité, quand Laura acheva sa chanson et vint se joindre à eux.

En voyant leur tête, elle leur dit :

— Mais qu'est-ce qui vous arrive ? On croirait que vous êtes en transe.

De la main, Andy s'essuya le front.

— Fergus ne veut pas croire que nous sommes allés à Coney Island. Dis-le-lui, Laura.

Laura regarda Fergus, l'air réprobateur.

— Bien sûr que nous y sommes allés. C'est vrai, Fergus.

Fergus récupéra alors le pistolet planqué sous la table et le fourra dans sa poche, l'air gêné, puis il se leva et sortit du club sans un mot.

— Qu'est-ce qu'il a, Fergus ? demanda Andy à Laura.

— Je crois qu'il a un faible pour moi et il est très jaloux, plus encore que Milt. Peu lui importe que Milt m'embrasse devant lui, mais il ne tolérerait pas qu'un autre le fasse. C'est lui qui s'est chargé de liquider Mort. Il est jaloux de quiconque s'approche de moi.

— Et qu'en dit Milt ?

— Ça lui est égal. Fergus fait lui aussi partie des taciturnes inoffensifs. Il ne m'a jamais rien dit, mais ce genre de choses se remarque.

— Je vois, dit Andy.

Le lendemain, Andy se rendit chez Mike qui prenait son petit déjeuner à la cuisine. Ce dernier le salua, l'air de bonne humeur.

— Salut, Andy, tu veux prendre quelque chose ?

— Oui, répondit Andy en se versant une tasse de café qu'il accompagna d'une tranche de pain grillée. – Il s'assit. – J'ai découvert des détails intéressants, et toi ?

— Rien. Rien de neuf au sujet d'Ingels. Vas-y, raconte.

— Eh bien, Ingels avait des affaires ou je ne sais trop quoi avec Taeger. Cette histoire d'amour pour Laura ne tient pas la route. Il se contentait de l'admirer et de lui faire des cadeaux, et tout ça avec la bénédiction de Taeger. C'est pas pour cette raison que Taeger l'a descendu, il devait y avoir autre chose.

— C'est pas ça qui va nous mener bien loin. J'en ai marre que Mme Ingels mente sans arrêt. Qu'allons-nous faire à présent ?

— J'ai une idée. Je te signale autre chose. Je t'ai déjà parlé de Fergus Lippen, le lieutenant de Taeger, tu te souviens ?

— Ouais.

— Figure-toi qu'il est amoureux de Laura.

— Parfait, voilà une excellente nouvelle, renchérit Mike avec un sourire.

Quand Andy revint chez Taeger, Laura n'était pas encore levée. Andy attendit une demi-heure dans sa chambre, le temps qu'elle apparaisse en peignoir et lui dise, sourire aux lèvres :

— Bonjour, Jimmy Karoubi.

— Salut, répondit Andy en lui retournant son sourire. Tu as fait de beaux rêves ?

— Oui, j'ai rêvé que Jimmy Karoubi nous menaçait avec un pistolet.

— Et alors ?

— Tu le lui as pris.

— Viens ici, à côté de moi, dit Andy en tapotant le canapé sur lequel il était assis.

Laura obéit.

— Ça fait longtemps que tu es levé ? demanda-t-elle.

— Oui, plus d'une heure et demie.

— Où est Fergus ?

— J'en sais rien, je ne l'ai pas vu ce matin. Pourquoi ?

— J'aimerais parler avec lui de ce qui s'est passé hier. Je veux qu'il soit franc avec moi.

— Je ne sais pas si c'est une bonne idée. S'il ne t'en a jamais rien dit, mieux vaut ne pas réveiller le chat qui dort.

— Mais je n'aime pas sentir qu'il me surveille, et qu'il est jaloux comme un tigre. Je veux lui faire comprendre qu'il n'a aucun droit sur moi et que je suis libre de fréquenter qui je veux.

— Ce que tu dis là, tu ne le dirais pas à Milt.

— Mais c'est différent. Avec Milt, je sais à quoi m'en tenir, mais avec Fergus c'est différent.

— Même comme ça, je ne pense pas souhaitable que tu parles avec lui. Mais si tu y tiens je peux lui glisser un mot de ta part. Mieux vaut que tu évites d'aborder le sujet avec lui au risque de provoquer une scène.

— À vrai dire, je t'en serais reconnaissante, Andy. Tu peux le faire ?

— Bien sûr.

— Tu n'as pas peur après ce qui s'est passé hier entre vous ?

— Non, je t'assure.

— Quand lui parleras-tu ?

— Aujourd'hui même, ce soir, au club.

— D'accord, dit-elle.

Elle regarda Andy avec tendresse et lui caressa la joue :

— Tu es vraiment un chic type, Andy. Merci.

Elle se leva ensuite du canapé, alla s'habiller et prendre

le petit déjeuner. Andy toucha de la main la joue que Laura avait caressée, les yeux rivés sur la porte par laquelle elle était sortie.

LE GRAND SOIR

Ce soir-là, tandis que, sur scène, Laura interprétait ses chansons, Andy chercha Fergus. Il le trouva dans les coulisses en train de regarder Laura avec grande attention.

— Écoute, Fergus, lui dit-il, je veux te parler.

— Je n'ai rien à te dire, répondit sèchement Fergus.

— Mais c'est important, insista Andy, il s'agit de Laura.

En entendant cela, Fergus le regarda avec un subit intérêt.

— Très bien. Allons dans la rue.

Ils sortirent des coulisses et, en passant à côté de la table à laquelle étaient assis Herb Rowe et Jim Arnt, Andy déclara :

— J'aimerais que Herb vienne aussi.

— Pour quoi faire ?

— Il s'agit d'un problème que je dois t'expliquer. Peut-être pourrait-il nous aider à le résoudre.

— D'accord, dit Fergus.

Andy fit signe à Herb ; tous trois sortirent.

— Il me semble que mieux vaudrait aller faire un tour en voiture, dit Andy à l'un des hommes de Taeger.

Tous trois montèrent, Andy se mit au volant, Herb se glissa derrière lui ; ils atteignirent en silence la banlieue, où Andy s'écarta de la route et entra dans un drive-in. Ils ne prirent pas les appareils pour écouter la bande sonore du film, et Fergus demanda avec une évidente impatience :

— Eh bien, qu'est-ce qui se passe avec Laura ?

Andy toussota et commença à répondre en regardant l'écran.

— Bon, en fait celui à qui je devrais dire tout ça, c'est à Milt, mais il n'est pas ici et l'affaire est sérieuse. Je crois que nous devrions la régler entre nous avant son retour et faire en sorte qu'il ne se rende compte de rien.

— Dis-nous une bonne fois pour toutes de quoi il s'agit, insista Fergus.

Andy se mordit les lèvres et finit par dire d'une voix éteinte :

— Laura Lee a un amant.

Le visage de Fergus changea brusquement d'expression. Il serra les dents et son regard absent se durcit.

— Comment le sais-tu ? demanda-t-il.

— Je les ai entendus à travers le mur de ma chambre.

— Qu'as-tu entendu ? demanda Herb, sceptique.

— Des voix d'homme, des rires, des petits coups à la porte, une personne qui entre, une heure plus tard une porte qui s'ouvre et quelqu'un qui sort, des bruits, des conversations à mi-voix, des bonsoirs... Et aussi des petit cris qui ne trompent pas. Ça suffit largement.

— Et tu ne sais pas qui c'est ? demanda Herb.

— Non. Que pouvons-nous faire ?

— L'interroger, répondit Fergus les yeux rivés sur l'écran.

— À mon avis, elle ne dira rien, répondit Andy. Elle niera tout. En fait, il n'y a pas de preuves.

Fergus continuait à regarder droit devant lui.

— Laissez-la-moi. Je m'y connais, moi, pour délier les langues.

— Je ne sais pas si Milt apprécierait que tu te serves de tes méthodes avec Laura, intervint Herb.

— Je m'en moque. Qui plus est, je crois que Milt ferait de même. Il faut lui soutirer la vérité quelle qu'elle soit, il faut qu'elle nous dise qui est le mec et l'éliminer vite fait, avant que Milt soit de retour de Chicago. Michen a raison, mieux vaudrait qu'il ne se rende compte de rien. Il faut que l'affaire soit résolue avant le retour de Milt.

Herb gratta son crâne chauve.

— C'est bien, mais dis-toi bien que tu en prends toute la responsabilité.

— Oui, ajouta Andy. Rappelle-toi que j'ai pour mission de veiller à ce que Laura s'en sorte sans la moindre égratignure.

— Oui, je sais, dit Fergus. Ne vous inquiétez pas. Je ne la frapperai pas à tour de bras tant que ce n'est pas absolument nécessaire. Mais elle devra tout m'avouer.

— Fais comme tu l'entends, dit Herb. Mais qu'il soit bien clair qu'il s'agit là de ton affaire, que tu as personnellement décidé d'agir et que tu as agi seul. Moi, je n'ai rien à voir là-dedans.

— Ni moi non plus, dit Andy. Tu m'as donné l'ordre d'établir un contact avec elle et j'ai obéi. Un point, c'est tout. D'accord ?

— Oui, d'accord, dit Fergus. J'en assume l'entière responsabilité.

— Même dans ces conditions, ne vaudrait-il pas mieux attendre le retour de Milt ? hasarda Herb.

— Non, répondit Fergus. Je veux être celui qui en fait son affaire.

— Très bien, comme tu voudras, dit Herb. Et maintenant partons. Je n'aime pas ce film.

Andy démarra la voiture et ils prirent la grand-route.

— Quand comptes-tu l'interroger ? demanda-t-il alors qu'ils arrivaient au Golden Bowl.

— Le plus tôt sera le mieux.

— Ce soir ?

— Oui.

— À la maison ?

— Oui.

— Que ce soit à une heure tardive, vers trois ou quatre heures du matin.

— Pourquoi ?

— Le mieux serait que tu fasses ça dans la salle de bains verte du dernier étage, loin des chambres des domestiques, quand ils dormiront, loin de ma chambre également, tu piges ? Là-bas, personne ne pourra t'entendre.

— Compris. Très bien. Quand tu dormiras. Je ferai comme ça.

Arrivés au club, Andy chercha un téléphone pour appeler Mike qui décrocha.

— Ça y est, dit Andy, tu peux envoyer Tilvern à la maison avant trois heures. Qu'il la... Qu'il la tue dans la salle de bains verte du dernier étage. De là-haut, personne n'entendra rien. Et que ça cogne dur, comme si sa main devenait hors de contrôle lors d'un interrogatoire. C'est tout.

Là-dessus, il raccrocha sans laisser à Mike le temps de rire ou de le féliciter. Il s'assit à une table. Quelques minutes plus tard, Laura termina son numéro et alla le rejoindre. Sourire aux lèvres, elle lança allègrement :

— Salut ! Tu as parlé avec Fergus ?

— Oui, répondit Andy. Tout est arrangé.

— Raconte-moi, insista-t-elle en lui caressant le menton. Elle semblait de très bonne humeur.

— Eh bien, voilà, dit sèchement Andy. Il semble avoir compris et ne te surveillera plus.

— Merci, Andy, dit Laura d'une voix pleine de tendresse. J'ai terminé ma prestation pour la soirée. Si on allait faire un tour en voiture ? – Voyant le peu d'enthousiasme d'Andy, elle ajouta : S'il te plaît.

— D'accord, répondit Andy en se levant.

Ils sortirent, passèrent près de Fergus qu'Andy évita du regard.

Ils montèrent dans la voiture.

— Où va-t-on ? demanda Andy.

— Par ici, répondit Laura en indiquant une direction.

Andy démarra. Laura ne cessait de débiter des banalités, elle avait saisi le bras d'Andy qui, les yeux rivés sur la route, s'efforçait de ne pas l'écouter.

— Arrête-toi ici, dit-elle quand ils arrivèrent à une sorte de parc. Arrête-toi là.

Andy coupa le moteur.

— Je suis contente que tu sois ici avec moi, dit Laura.

Comme Andy ne répondait pas, elle ajouta :

— Je suis contente que tu sois chargé de veiller sur moi et que tu sois toujours à mes côtés.

Andy semblait très mal à l'aise et perturbé, il n'ouvrait toujours pas la bouche. Elle lui mit la main sur le visage et l'obligea à la regarder. Andy était plutôt pâle. Laura souriait quand il s'approcha d'elle et l'embrassa timidement. Elle le serra dans ses bras.

— Je crois que je tomberai amoureuse de toi d'ici quelques minutes.

Andy s'écarta d'elle et la regarda.

— Moi, c'est déjà fait.

Il regarda l'heure et vit qu'il était deux heures et quart. Il mit le moteur en marche.

— Nous devons partir, dit-il. Pour l'instant, je ne peux pas t'expliquer, mais il faut que nous partions d'ici. Ne me pose pas de questions, fais-moi juste confiance.

Laura l'embrassa une fois de plus et la voiture sortit du parc.

— Reste ici, ne t'inquiète pas, dit Andy en arrivant chez Milt, tout ira bien, mais je dois aller quelque part pour que tout se passe vraiment bien. Je serai de retour dans moins d'une heure. T'en fais pas. Tout ira bien. Fais-moi confiance.

— Je te fais confiance, dit-elle.

Elle l'embrassa encore une fois avant de descendre de voiture.

Andy se dirigea alors en direction de chez Mike. Il sonna, mais personne ne vint ouvrir. Il sonna à nouveau et, trois minutes plus tard, Mike vint lui ouvrir en pyjama.

— Qu'est-ce qui se passe ? Je venais de me coucher, dit Mike.

— Il faut que je te parle, Mike, répondit Andy en entrant.

— Qu'y a-t-il donc ? Quelque chose ne va pas ?

— Mais non, allons nous asseoir, dit Andy.

Ils passèrent dans un salon à côté de l'entrée, la porte resta ouverte. Mike s'assit à une table et Milt dans un fauteuil. Mike alluma une cigarette.

— De quoi s'agit-il ? Rien de grave, j'espère.

Andy se caressa le menton :

— L'affaire est close, Mike. On oublie tout ça.

— Quoi ? dit Mike tout en exhalant à la hâte la fumée de sa cigarette. Quoi ? Que veux-tu dire ?

— Que personne ne va tuer Laura, répondit Andy.

Mike essaya de sourire.

— Comment ça ? Tu plaisantes ou quoi ?

Mais Andy était fort sérieux.

— Non, il ne s'agit nullement d'une plaisanterie. Je suis tombé amoureux d'elle.

Mike en resta sans voix.

— Tu veux dire que tu es amoureux d'elle. Mais tu es fou. Après tout ce que tu as fait ? Un peu plus tôt tu m'as appelé pour me dire que tout était prêt, que j'envoie Tilvern. Quand tu m'as dit que tu préférais qu'il s'en charge, lui, j'ai supposé que cela devait te sembler pénible parce que tu éprouvais une certaine sympathie, voire une certaine affection pour cette fille, il ne me serait toutefois jamais venu à l'idée que tu aies pu t'enticher d'elle. Qui plus est, pourquoi ne nous l'as-tu pas dit plus tôt ? Pourquoi dans ce cas as-tu continué à t'occuper de l'affaire jusqu'à son dénouement ?

— J'en sais rien, Mike, je ne m'en suis rendu compte que ces dernières minutes. J'avais remarqué quelque chose, mais d'une façon très vague, j'essayais de ne pas trop approfondir. Voilà pourquoi je suis allé jusqu'au bout. Quand je pensais à l'affaire et que j'échafaudais des plans pour la mener à terme, je ne l'associais pas à Laura, je ne la voyais pas aussi intimement impliquée. Je voyais là quelque chose qu'il me fallait accomplir mais qui, en fait, n'avait rien à voir avec elle, avec la personne que je connais, tu comprends ? Je n'établissais pas de lien entre les deux. Mais à présent je m'en rends compte. Et elle m'aime, elle aussi. Je suis réellement désolé que tu perdes cet argent, Mike, mais nous ne pouvons pas continuer, tu comprends ? Je ferai le nécessaire pour te dédommager, mais l'affaire de Mme Ingels est close.

Mike sourit en montrant le bout de sa langue comme à son habitude :

— Il va falloir que nous en parlions en détail, dit-il.

Andy le regarda, terrorisé.

— Que veux-tu dire par là ? demanda-t-il.

— Que moi aussi j'ai travaillé sur cette affaire et que je n'ai aucune intention de voir ce fric s'envoler. J'en ai déjà assez perdu par ta faute pour la simple raison que tu ne faisais pas personnellement le boulot et que j'ai dû verser deux mille dollars à Tilvern sans lui fournir d'explications. Sache que je n'ai pas l'intention de me retrouver sans rien parce que monsieur s'imagine qu'il est amoureux. Nous avions un accord, Andy, il faut le respecter. Nous avons beaucoup misé sur cette affaire, pas question de faire marche arrière. Je le regrette pour toi.

Andy commença à s'agiter.

— Tu es fou, ou quoi, Mike ? Crois-tu que je vais te laisser appeler Tilvern ? Je te tuerai avant.

Mike se mit à rire :

— Tu n'auras pas à empêcher quoi que ce soit, Andy. Tilvern est sorti d'ici une vingtaine de minutes avant ton arrivée. À l'heure qu'il est, il doit être en train de cogner dur sur le crâne de la demoiselle. Il a dû entrer dans la maison grâce à la clé que tu m'as donnée.

Terrorisé, Andy se leva, prêt à partir, mais Mike sortit un pistolet d'un tiroir de la table devant laquelle il était assis, et le braqua sur lui :

— Du calme, Andy. Ne bouge pas. On va attendre tous les deux patiemment l'arrivée de Tilvern.

Andy regarda le pistolet. Il transpirait à grosses gouttes :

— Mike, s'il te plaît, laisse-moi partir. Je te promets que tu les auras, tes dix mille dollars. Je les obtiendrai coûte que coûte.

— Comment ça ? demanda Mike, sceptique. Avec ce que te paie Taeger ? Tu t'imaginais que tu resterais longtemps l'amant de sa petite amie ? Ce sont des choses qui se remarquent. Lippen ou Taeger lui-même s'en seraient rendu compte. Non, Andy, non. Tu peux en être sûr. Tu t'es très bien débrouillé. Tu as eu la brillante idée de faire appel à Lippen, à toi maintenant d'en assumer les conséquences. Quand on a accepté, tu savais qu'il s'agissait d'une bien vilaine affaire et que Laura Lee était très belle. À présent, impossible de faire marche arrière. La machine est lancée et personne ne peut l'arrêter. J'ignore quels sont tes plans, mais j'ai déjà un billet d'avion pour Rio. Je regrette, mais tu ne bougeras pas d'ici.

— Laisse-moi partir, Mike, ou je te jure que j'aurai ta peau.

— C'est ce que nous verrons, Andy. Pour le moment, le

seul ici qui puisse tuer, c'est moi, dit Mike, et il déplaça le pistolet.

Andy se jeta sur lui, sautant par-dessus la table. Deux coups de feu retentirent, suivis d'un gémissement. Mike se dégagea du corps d'Andy et se leva. Il retourna le cadavre qui gisait sur la table et le contempla. Maculée de sang, la chemise d'Andy présentait un point d'impact au niveau du cœur.

Mike n'eut pas le temps de se nettoyer car, à cet instant, on défonça la porte d'entrée et il reçut une balle. Il plia les genoux, regarda droit devant lui et vit deux inconnus, armés de pistolets. Lui-même était en pyjama. Là-dessus, il s'effondra. Herb Rowe s'approcha de lui.

— Regarde si Michen est bien mort.

Jim Arnt se dirigea vers Andy.

— Oui. Pourquoi diable l'aurait-il tué ?

— J'en sais rien, répondit Herb. Tout ce que je sais c'est qu'il lui devait du fric. Ça va pas plaire au chef qu'on n'ait pas empêché ça.

— On y est pour rien, protesta Jim. On l'a filé comme il nous l'avait demandé. Il nous avait pas donné l'ordre de veiller sur sa vie, juste de surveiller ses allées et venues quand on en aurait le temps.

— Je me demande bien ce qui va se passer avec cette histoire d'amant de Laura. Il paraît que Michen était son amant, tu as entendu ça ? J'y comprends rien.

— Sans doute que Laura pourrait nous fournir une explication.

— Oui, filons là-bas, répondit Herb. Si jamais elle sait quelque chose, Fergus la fera parler.

Tous deux sortirent dans la rue. La sirène d'une voiture de police les incita à regagner leur véhicule et à s'éloigner prestement. Un quart d'heure plus tard, ils arrivèrent chez Milt, une maison de plusieurs étages dont deux ou trois fenêtres étaient éclairées. Ils sonnèrent, personne ne leur ouvrit. Ils s'obstinèrent jusqu'à ce qu'apparaisse un domestique. L'homme était en robe de chambre, il donnait l'impression qu'il venait tout juste de se lever.

— M. Lippen est ici ? demanda Herb.

— Je ne sais pas, monsieur Rowe, répondit le domestique, je suppose que oui, mais...

Herb ne le laissa pas achever. Il le bouscula et alla jusqu'au salon, suivi par Jim. Fergus était là, assis dans un fauteuil, le regard perdu dans le vague, un verre à la main.

— Qu'y a-t-il ? demanda-t-il.

L'air absent, Fergus répondit :

— Elle est morte.

— Qui ça ? Comment ? demanda Herb, impatient.

Cette fois, Fergus ne répondit pas. Herb sortit de la pièce et monta jusqu'à la salle de bains verte du dernier étage. Il jeta un coup d'œil et ressortit. Il alla retrouver Jim, Fergus et le domestique, puis il demanda à nouveau :

— Comment cela s'est-il passé ?

Voyant que personne ne répondait, il ajouta :

— Pourquoi as-tu fait ça ?

Fergus continua à se taire.

— Elle t'a raconté quelque chose ? Que t'a-t-elle raconté ? lui demanda encore une fois Herb en le secouant.

Mais Fergus ne se rendait compte de rien. Herb prit alors le téléphone et composa un numéro.

— Mademoiselle, dit-il à la standardiste. Ayez l'amabilité de me passer l'hôtel Cleveland de Chicago. Non, je ne connais pas le numéro. – Il attendit deux ou trois minutes, puis il reprit : Hôtel Cleveland ? Je voudrais parler à M. Taeger, s'il vous plaît. – Après un autre silence, il continua : Monsieur Taeger ? Ici Herb, je vous appelle de New York. Sautez dans le premier avion. Il s'est passé beaucoup de choses, ici. Laura ? Non, j'en suis désolé, monsieur Taeger. C'est elle. Fergus l'a tuée. Il l'a battue à mort, à ce qu'il paraît. Oui, oui, monsieur Taeger, elle est morte, c'est sûr. Michen ? Il est mort, lui aussi. J'en suis désolé, monsieur Taeger. Oui, oui, c'est sûr qu'elle est morte. Elle a le crâne défoncé. Oui, arrivez vite, s'il vous plaît, c'est ce que vous pouvez faire de mieux.

Tandis que Rowe parlait, la caméra se déplaça vers une fenêtre, et l'on put voir les gratte-ciel.

Juin 1969 - janvier 1970

Composition : Soft Office.
Achevé d'imprimer par Dupliprint,
à Domont (95) en juillet 2025.
Dépôt légal : juillet 2025.
Numéro d'imprimeur : 2025063830.
magasin@gallimard.fr

ISBN : 978-2-07-304772-4/Imprimé en France

618902